ちくま文庫

新版 禁酒宣言

上林暁・酒場小説集

上林暁
坪内祐三 編

筑摩書房

目次

禁酒宣言

上林暁・酒場小説集

女の懸命

或る晩、行きつけの飲み屋「霞亭」へ入って行くと、店は開けたばかりで、おかみの高田さんは焼鳥を串に挿《さ》していた。私が腰掛に坐るや否や、高田さんは待ち構えていたように、私の方に大きな目を注いで言った。

「武智さん、今朝の○○新聞見て?」

「見た。大泉さんの旦那さんの記事が出ていたね。」と、私も待ち構えていたように答えた。

大泉さんというのは、高田さんの朋輩で、やはり焼鳥を焼いて、「福屋」という飲み屋をやっている四十がらみのおかみである。私は時折、大泉さんの店へも行く。二人は同じアパートに住んでいて、店に出て来る時も、店を仕舞う時も、お互に誘い合せて、姉妹のように仲好く通っている。高田さんはまだ三十前である。高田さんの店がしけると、早仕舞いして、大泉さんの店に寄って、大泉さんの仕事が果てるまで待ち受けて、一緒に帰って行く。大泉さんの店がしけると、高田さんの店へ寄って来て、また待ち合せて、一緒に帰って行く。私は、そういう時の大泉さんの姿を度々見ている。手提袋を提げ、酒の酔いで眼縁の赤くなった大泉さんは、高田さんの働いているそばで、椅子に腰かけて待つのである。この女同士の信頼し合った友情は、見ていて気持好く、私は常々美しいものに思っている。心配事がある場合でも、お互に力になりなられている風である。

「わたしはねえ、ついさっきまで知らなかったの。うちでは○○新聞を取ってないもんだから。お店へ来る前、あるお客さんの家へ貸しの催促に行ったら、朝の○○新聞に出ていた大泉というのは、大泉さんの旦那さんじゃないかって聞かれて、初めて知ったの。新聞を見せてもらって、驚いたわ。大泉さんの旦那さんなの。」と、高田さんは口を円めて、驚いて見せた。

「僕は今朝、そこの通りで大泉さんに会ったんだが、案外平気な顔をしてたねえ。僕は知らん顔して、暫《しばら》く立ち話して別れたが、配給のお米を取りに行ってたなんて、ニコニコ話して、ちっともこたえてる風は見えなかった。」

「そのはずだわ。大泉さんたら、わたしがお客さんから貰って来た新聞を見せるまで、何んにも知らなかったんだもの。」と高田さんは笑った。

「そうか。そうだったのか。……大泉さん、寝耳に水で驚いたろうねえ。」

「お店を開けたばかりなのに、今日はもうお仕舞いだと言って、お店を閉めて、粕取《かすとり》を飲んでるわ。」

「やけ酒をねえ。そうだろう、今朝は、あんまりえらいと思った。」私は考え込みながら、コップに口をつけた。

その頃丁度、世間を騒がせた大きな事件が次々起って、新聞を賑わせていた。或る老歌人が、大学教授の年若い夫人と激しい恋愛に陥って、死の家出を計って、我々を驚かせたのも、その一つだった。また、謹厳で聞えていた或る哲学者が、女子大学生を籠絡して、嗜虐を恣《ほしいまま》にしたと報ぜられて、我々知識階級に衝撃を与えたのも、その一つだった。また数ある大疑獄事件の中に、或る公庁の収賄事件があった。これもかなり大きく扱われた。その醜吏の中に、大泉某なる名を見出した時、私は目を瞠《みは》った。大泉さんの旦那であることに間違いないと思ったからである。予《かね》て、「霞亭」や「福屋」の客の間では、大泉さんの旦那が、その公庁に勤めていることが知れ渡っていた。醜吏達は、それぞれ数種の会社から多額の金品を収受したり、資材を横流ししたりしていたが、中でも大泉某は、若い芸者を落籍して囲っているとしてあった。この事件は、知合いの大泉さんに関係あることだから、他の大事件に劣らず、私にはショッキングであった。私のみならず、他の飲み仲間も同じであったろう。

「大泉さんはねえ、旦那さんが汚いお金を貰ったり、役所の品物を横流ししたなんてことは信じないって。あの人の人格から見て、そんなことの出来る人ではないって。ただ心配なのは、若い女を囲っているとあるでしょう、それが口惜しくてならないんだって。」

「そうだろうなア。女としては、これが一番こたえるだろう。しかし、本当だろうか。大泉さんとは、切っても切れぬ仲だろう。」

「以前は、一週間に二度ずつ旦那さんが通って来ていたのに、この頃は、役所が忙しいと言って、一週間に一度ずつしか来ないのが怪しいって、大泉さんは言っているわ。」

「女を一人作る人は、また一人作る危険性を持ってるわけなんだ。それを、大泉さんは感ずるんだろうねえ。」

「それからねえ、旦那さんの歳が、新聞には四十七とあったでしょう、大泉さんには四十五だと、嘘を言ってたそうだわ。」

「色んな襤褸《ぼろ》が出て来るわけだねえ。」

そんなことを話し合っている時、高田さんの店と大泉さんの店を掛持ちでよく飲み歩く祝野という人が入って来た。近くで、建築会社を営んでいる人である。

「おい、マダム。大泉さん、あんなに飲んで大丈夫かね。死ぬるんだって、粕取を呷《あお》っているよ。」と祝野氏は心配そうに言った。

「大丈夫よ。」と高田さんは気にかけなかった。

「マダムがいけないよ。朝になって知らせればいいのに、これから店を開けようって時に知らせるもんだから、飲みはじめるんだ。」と祝野氏は責めた。

「晩だって朝だって、同じことよ。」と高田さんは遣り返した。「どうせ知れるんだから、少しでも早く知って、少しでも早く胸を鎮めるがいいわ。」

「全く気になるねえ。可哀そうだよ。」

「大泉さんだって、言い寄るお客さんを振ることがあるでしょう。だから、自分だって振られることがあるのは当り前だと思えばいいのよ。」

「マダム、ひとの事だと思って、案外冷淡だねえ。」

「冷淡ではないのよ。大泉さんのことを、本気になって考えるから、そう言うのよ。大泉さんは、まだ苦労が足りないんだわ。わたしなんか、散々男にだまされて来てるから、よく判るのよ。」

そこへ、バタバタと足音が乱れて、「高田さん」と叫びながら、入口の扉にぶつかる音がした。

「あっ、大泉さんだ。」

祝野氏は直ぐ扉をあけて、酔い乱れた大泉さんを抱え込んだ。大泉さんの顔は青ざめ、目は泣き腫れていた。いつもの椅子に身を投げかけると、目を瞑《つぶ》って、切なそうに頭を振った。

「高田さん、粕取頂戴。」

「大泉さん、いけないわ。それ以上飲んではいけないわ。」

「いえ、頂戴。」

「いけないったら。絶対に飲ませないわ。」

「だって、苦しいのよ。」

「その気持、判るわ。でも、飲めば飲むほど苦しくなるわ。」

「わたし、死んでもいいのよ。」

「死んでいいか、死なないでいいか、あすの朝、酔いが醒めてから考え直しなさい。――さア、こんなとこにいないで、あすこのお座敷に寝転って、酔いを醒しなさい。」

高田さんは抱え上げようとした。大泉さんはそれを振りもぎった。

「放っといて頂戴。」

「放っといて頂戴じゃないわ。暫くあすこで休んでいなさい。」

高田さんは無理に抱え上げた。大泉さんはよろめきながら、その肩にしなだれかかった。

「ねえ、高田さん。あの人が、わたしのほかに女を囲っていたなんて、信じられないわ。」

「あなたがあんまり信じ込んだのがいけなかったわ。男って、好い加減のものよ。」

大泉さんは、座敷に寝転がされた。転んだと思うと、「ああ、苦しい」、「ああ、苦しい」とのた打ちながら、座敷中を転がりはじめた。二畳ばかりの座敷だから、直ぐあちこちの壁に突き返されて、上《あが》り框《かまち》の方へ転って来た。転って来る時の顔を見ると、目を瞠《みは》り、死人のように蒼ざめていた。着物の裾《すそ》はしどけなく乱れ、上り框から落っこちそうになることもあった。

それを見兼ねて、祝野氏が駆け寄った。上り框に腰かけて、大泉さんの裾を直し、手を握った。

「祝野さんなの。」大泉さんは目を瞑ったまま言った。

「うん、僕だよ。」

「祝野さん、わたし、苦しいわ。」

「その気持、判るよ。しっかりしなさい。」

「しっかりしようと思うんだけど。……ああ、苦しい。」

大泉さんは祝野氏の手を振り放して、また転って行った。

「全く純情可憐だね。娘のようだね。四十にもなって、まだああいう気持があるものかねえ。」と、祝野氏は私達の方を見て言った。

「祝野さん、わたし、純情よ。」大泉さんはまた転って来て言った。

「君のような女に、それほどまで思われる彼氏は幸福だよ。」

「わたし、十年間一筋に尽して来たのよ。」

それを引き取って、高田さんが言った。

「本当よ。大泉さんなら、純粋に旦那さんを思ってるんで、お金なんかで縛られてるんではないわ。お店だって、旦那さんからは一文も貰わないで、全部自分一人でやってるんだし、自分の本名は桜田って言うのに、旦那さんの名の大泉を名乗ってるのでも、それは判るでしょう。旦那さんには奥さんがあるんだけど、大泉さんも奥さんのつもりなの。だから、口惜しくて堪らないのよ。」

大泉さんは嘔気を催して来たらしく、生唾と一緒に黄色い汁を吐き散らしながら、胸をせきはじめた。

「大泉さん、嫌やだわ。畳替えしたばかりじゃないの。嘔きたければ、これに嘔きなさい。」と高田さんは慌てて、洗面器を持って行った。

大泉さんは洗面器の中に顔を突っ込んで嘔こうとしたが、格別出るものはなく、生水《きみず》だけだった。祝野氏はその背をさすった。高田さんは顔を顰《しか》めて、「困っちゃうなア」と滾《こぼ》しながら、新しい畳の上のあちこちを、ちり紙で拭った。大泉さんは喘ぎながら、「ああ、苦しい」と言いつづけた。

私は腰掛に坐って、コップ酒を舐めながら、この狂乱の場面をじっと眺めていた。「可哀そうだなア」と時々呟くばかりで、何んの施しようもなかった。大泉さんのしたい放題に任せて、見守っているよりほか、手の下しようはなかった。私だけでなく、そこにいる誰も何んとも出来ないのであった。一人の人間の死ぬほどの悩みは、他人の慰めなどではどうにもなるものではないと、今更人間の孤独さを思わずにいられなかった。しかし一方では、新聞の上に大きく取扱われた社会的な事件が、人に知られぬ市井の一隅で、名もない女に、運命的な大きな影響を及ぼしている、その微妙な聯関性に、或る面白さを感ぜずにはいられなかった。

それまで上り框に腰かけていた祝野氏が、腰掛の方に還って来ると、入れ代りに、私は座敷の上にツカツカと上って行った。施す法はないと知りながら、そのまま打っちゃっておくのは、哀れであった。もう酔っていたので、何かおちょっかいが出してみたい気持でもあった。私は大泉さんの枕許に坐って、手を握った。

「武智さんですか。」と、大泉さんはやはり目を瞑ったまま言った。

「武智です。大泉さん、しっかりしなさい。」と私は強く手を握りしめた。

「有難うございます。でも、苦しいですわ。」

「新聞に出ただけで、まだ真偽は判らないじゃないですか。旦那さんに会って、どこまで本当か、確めてみるまでは、絶望するに当らないですよ。」

「わたしは、彼氏を信じていますわ。」

「それでいいじゃないですか。信じていて、苦しがるのは止めなさい。」

私は力を籠めて、大泉さんの手を揺さぶった。それから、汚れた口をちり紙で拭ってやった。

「武智さん、わたしが彼氏のために十年の間尽してやったのは、間違っていたでしょうか。」

「間違っているもんですか。立派だったと思いますよ。」

「その報いが、これでいいでしょうか。」

「立派にやった後なんだから、どんな報いを受けたって、満足してればいいではないですか。立派にやらなくて、こんな報いを受けたら苦しんでもいいでしょうが、立派にやって、こんな報いなんだから、自分では後悔するところはないと思ってればいいですよ。」

相手を納得させようと、そんなことを言ってるうちに、私は次第に自己嫌悪に陥って来た。何かお芝居をしているような気がして来たのである。自分の言うこと為すこと、大泉さんの悩みには関係なく、上っ面だけを辷《すべ》っているような気がしてならなくなって来た。

理窟でなく、ピタッと大泉さんの胸に応える言葉が言いたくて仕方がなかった。しかし、そんな言葉は出て来なかった。言えば言うほど、上辷りするだけのことであった。結局何んの足しにもならないことをお喋りしているのに気が附いた。私は握っていた大泉さんの手をそっと外し、「気を大きく持ちなさい。」と、その顔を撫でて、座を立った。

大泉さんも流石《さすが》に嘆き疲れたらしく、「ああ、苦しい」が、だんだん間遠になって行った。眠りに落ちようとして、ふと思い出したように、それが出るのであった。「そっとしておくといい、そっとしておくといい。」と、私達は言い合った。

「風引くといけない。毛布をかけたげなさい。」と祝野氏が言った。

高田さんは立って行って、毛布をかけた。

「高田さん、今夜は注意して上げなさい。万一毒を呑んだり、二階から飛び降りるようなことがあったら、事だからねえ。」と私は心配して言った。

「大丈夫よ。お酒を飲みすぎたからいけないのよ。」と高田さんは飽くまで平静であった。

「あんただけが頼りなんだろうから、力になって上げなさい。」

「勿論よ。わたしが連れてかえりますわ。」

「もう大丈夫だ。鎮まったようだ。」と、祝野氏が和らいだ顔をして言った。

「わたしはねえ。」と、高田さんが改った調子で言いはじめた。「大泉さんみたいなことになっても、あんなに取乱さないつもりよ。だらしないわ。会うは別れるの初めなりって言葉があるでしょう。それがわたしの人生観なの。」

そう言って、高田さんは白い頬をポッと赤らめ、照れ臭そうに舌を出した。

「なかなか、うまいこと言うねえ。」と祝野氏が冷かした。

「見直したよ。」と私も言った。

「だって、そうじゃないの。一度会ったものは別れるにきまってるわ。生き別れ、死に別れ、ねえ、人間というものは、会っては別れ、会っては別れするものよ。大泉さんもそう思えば気が楽なのよ。」

「理窟ではそうだって、本人になってみれば、なかなかそうは思えないんだよ。」と祝野氏が分別顔で言った。

「わたしはねえ、祝野さんや武智さんなどとも、顔を合せられない時が、きっと来ると思うわ。今は、毎晩こうして顔を合せていられるんだけれども。」

「淋しいこと言うねえ。」と私は半畳を入れた。

「でも。」と高田さんは思い返すように言った。「こうしてここに、わたしがお店を出していたおかげで、皆さんともお知合いになられたわけねえ。若《も》しわたしが、ここにお店を出していなかったら、一生お知合いになることはなかったと思うわ。だからわたし、ここにお店を出していてよかったと思うわ。」

高田さんは、ワッと口を開いて、のけぞるようにして笑った。

「光栄の至りだねえ。」と祝野氏も大きく笑った。

「だけど、別れる時のことを考えると、会うってことも、淋しいことねえ。大泉さんのようになっても怖いし。それを思うと、皆さんとお会いしなかった方が、よかったかも知れないわ。」と言って、高田さんはまたのけぞるようにして笑った。

「何れにしても、光栄の至りだね。」と言って、祝野氏はまた笑った。

その時、安房君が入って来た。安房君は、もとは「福家」の客であったが、今では「霞亭」へも時々顔を出している。私とも気安くなって、仕事部屋を世話してくれたこともある。或る新聞社に勤めるジャーナリストである。

「大泉さんとこ、今日は休みかと思っていたら、ここで寝てるのか。」と安房君は大泉さんの寝姿に目を遣りながら言った。

「今まで、大変な狂乱だったんだ。」と私は言った。

「そうと思った。可哀そうだね。」と安房君は同情を籠めた目を注いだ。

「安房さん、来たの。」

安房君の声に目を醒した大泉さんは、乱れた髪を掻き上げながら、むっくり起き上った。

「大泉さん、どうしたの。」安房君は白い歯を出して、ニッコリ笑った。

「安房さん、今日は苦しいの。」と言って、大泉さんは顔を顰《しか》めて、またひっくり返った。

「大泉さん、苦しくて、一人で帰れなければ、僕がおんぶして帰って上げますよ。」

「安房さん、おんぶして帰って下さる？　ほんと？　嬉しいわ。」

大泉さんはまた顔を擡《もた》げた。

「本当だとも。大泉さんをおんぶして帰るくらい、わけないよ。そんなところに引っくりかえっていないで、こっちへ出てお出でよ。いつもの唄でも、歌ってはどうですか。」

安房君の調子は豁達であった。その言葉には真実の思い遣りが籠っていた。おんぶして帰るというのも、頼もしさに溢れていた。安房君は背も高く、筋骨も逞しく、眉目も秀れた好青年である。安房君の声に応じて、大泉さんは裾をからげながら、座敷から降りて来た。それを見ていると、蛇遣いが蛇を使っている感じだった。安房君の言いなりになるのだった。安房君の少しもケレン味のない、真実の籠った言葉が、大泉さんを動かしたのだ。祝野氏の感傷的な言葉や、私の理に落ちた言葉では、大泉さんの胸に、何物も訴えるところがなかったことを、私は思い知らされた。大泉さんの心が、さっきより落着き、酔いも大分醒めているせいもあったろう。しかし、それだけで片附けられる問題とは思われなかった。

大泉さんは、椅子に腰かけた。白粉の剝げた顔には、かなり赤みが差していた。だが、眼は泣き腫れたままだった。

「わたし、黒田節を歌うわ。」

「歌って頂戴。」と高田さんが促した。

大泉さんは、声を張り上げて、黒田節を歌った。歌いながら、その眼から、涙が滴り落ちた。

「うまいもんだ。」と私は心から言った。

大泉さんは、一つ歌い終ると、淋しい笑いを浮べながら、「わたし、泣きながら歌っていたわ」と照れて、涙を拭った。

黒田節を二つ歌った後は、博多節だった。それは、哀艶な調子を帯びていた。それは本調子ではないかと思われた。私はふと思い当ることがあったので、歌の妨げにならないように、声を落して、高田さんに囁いた。

「大泉さんの旦那さんは、福岡の人じゃないの。」

「そうよ。」と、高田さんは私の耳に口を寄せて言った。

黒田節や博多節は、筑前人である旦那から、大泉さんが直接手解きを受けたものにちがいない。それらの唄を歌うことで、旦那に対する思慕の情を募らせていることは、明かである。大泉さんは、さっきよりももっと激しく、涙を流した。それだけ、歌は聴く者の心を動かした。私も危く涙が出そうであった。

大泉さんは、博多節も二つ歌った。

「唄を歌って、気が晴れたでしょう。」と私は言った。

「いいえ、晴れないわ。苦しくなるばかりだわ。」と言って、大泉さんは癖の首を振った。そして、ふと思いついたように、「皆さん、お騒がせしてすみませんでした。」と、頭を下げた。

「それで安心だ。一時はどうなることかと心配でしたよ。」と祝野氏が言った。

「どうもすみません。」と大泉さんはまた頭を下げた。その途端、「あッ、苦しい」と叫んだかと思うと、大泉さんはそこへ反吐《へど》を吐きはじめた。

それから二三日した晩、どんな様子かと案じながら、私は「福家」へ寄ってみた。あの晩は無事に帰ったこと、その翌る日も何んの事もなく店を開いたことは、「霞亭」の高田さんに聞いていた。行ってみると、座には客がなくて、大泉さんは火鉢を抱え込みながら、粕取をチビリチビリ舐めていた。

「この間の晩は、飛んだ醜態をお見せして、申訳ありませんでした。」と大泉さんは詫びた。

「いや、同情しましたよ。」

「有難うございます。」

「事件は、その後どんなあんばいですか。」

大泉さんがニコついた顔をしているし、心にかかることもなさそうな様子だったから、これは案ずるほどのことはなかったんだなと、私は直覚した。大泉さんの語るところによると、果してそうであった。旦那だけは事件に何んの関係もないことが判明した。女を囲っているというのも、根も葉もないことだった。旦那は免職にもならないで、依然として現職に留っている。今朝のこと、旦那が自身で来て、総てを諡して行ったということである。今居るアパートで追い立てを食っているから、この店に建て増しをせねばならぬと言ったら、少しだけれども金を置いて行ったということである。

「わたし、新聞記者に憤慨しているのよ。人間の一生に関すること、よく検べもしないで書き立てるなんて、ひどいわ。」と、大泉さんはいきり立った。

「そうですねえ。もう少しで一切を棒に振るところでしたねえ。しかし、旦那さんは大分損しましたねえ。」

「そうですわ。社会的信用を傷けられましたわ。だからわたし、あの人の信用を回復させるために、今までよりもっとよくしてやるつもりよ。」

「それが、いいですねえ。」

「わたしはねえ、若い時に一度結婚して、失敗してるんです。それから、十年ばかり一人でいましたが、あの人を知ってから、初めて人生というものを知りましたわ。あの人に奥さんのあることは構いませんわ。あの人のない人生なんて、考えられませんわ。」

そう言い切って、大泉さんは手巻の煙草に火を点けた。


（二三・一・一七）

暮夜

一

　二月初め、或る日の午後、釘野成三は、友人の宅で催される文学仲間の飲み会へ出かける途中だった。尼寺の脇の緩い坂を登りきったところで、どこか見覚えのある、前髪を膨らした女が、コオトに身を包んで、胸一杯に大きな風呂敷包みを抱いて来るのに出会った。「森の家《いえ》」のおかみだと認めるのには、一寸間があった。もう半年も前、浴衣からセルに移る頃会ったきりだったからである。間近く来て、「森の家」のおかみだと確めると、彼は手を挙げた。

「あら、釘野さん。」おかみは目を見張って、側へ寄って来た。釘野もまた、袷《あわせ》に羽織、足袋《たび》をはいて、襟巻をしていたから、様子が変って見えたらしかった。浴衣か開襟シャツの釘野しか、おかみは知らないのだ。新しいソフトを冠っているのも、慮外であったろう。いつも、垢染んだソフトか無帽だったからである。

「御無沙汰しました。田舎から帰ってから、一度もお伺いせずに。」

「うちもゴタゴタして、お店の方、止めてしまったものですからねえ。」

「そうだそうですね。田舎にいる時、大久保君からの手紙で知りました。また階下《した》の爺さん婆さんで、やってるそうですねえ。」

「時々、大久保さんや栗原さんたち、階下に見えますけどねえ。わたし、お爺さんやお婆さんがうるさいものですから、知ってても、降りて行きませんの、悪いけど。二階へお上げすると言っても、幸代がいるでしょう、若い娘のそばでお酒を飲ませるわけにゆかないですしねえ。」

「みんなが行くこと、聞いていました。僕も一度お伺いせねばならぬと思いながら、つい。」

「そのうち、いらっしゃいよ。今日も、旅館へお仕事に?」おかみは、釘野が提げた風呂敷包みに目を停めた。それは持ち寄りの酒の肴だった。

「いいえ。田舎から帰ってから、仕事場の方はずっと止しています。今日は、これから友人の家で飲み会がありまして。」

「それは、お楽しみですわねえ。」

「どっか、お出掛けですか。」

「坂の下の染物屋さんまで、これの染め直しに。」おかみは胸に抱いた風呂敷包みを、静脈の浮いた手で叩いた。

「じゃア、また。幸代さんも御元気ですか。」

「ええ、毎日舞台稽古に行っていますわ。」

「よろしく。」

去年の夏から秋口にかけ、暮夜ひそかに、裏木戸を潜って、「森の家」の二階へ上って、友人達と盛んに飲んだことを思い出しながら、釘野は友人の宅へ急いだ。「森の家」のおかみは、もと芸者をしていて、釘野はまだ聞いたことはないが、三味線の名手だということだった。二階は二間で、娘の幸代と二人暮しだが、いつも釘野たちが通された奥の部屋には、三枚鏡などが据えてあって、なんとなく媚めかしかった。釘野は、その三枚鏡に向って坐らねばならなくなる度に、気後れがした。自分の顔が、洗《あら》い淩《ざら》いそれに映るのが眩しくて、まともに見ることが出来なかった。彼は鏡を背にして坐る位置を選んだ。

釘野成三は、昨年の秋、二月許り郷里に帰っていた。郷里に居て、東京の夜々、飲み歩いてばかりいたことを考えると、茫漠として夢のようであった。夜毎酒を飲んで、時間と金と健康とを浪費していたことを思うと、阿呆らしくもあった。料理飲食店が一斉休業になると、酒飲みの彼は、「河童が陸に上ったようなものだ」と喞《かこ》っていたが、或る喫茶店で、ウィスキイを飲んでいるところを、運悪く見附かったこともあった。ジャンパアを着て、客を装って来た警官に見附かったのだった。

郷里の親兄弟の前で、そんなだらしない醜態を思い出すと、恥かしくて、顔向け出来ない気持だった。東京の飲み屋で酔っ払ってよく歌った流行歌を、夜遊びに行く村の青年達が歌って通るのを聞いて、ハッと東京のことを思い出すと同時に、消え入りたい気持のしたこともあった。

「東京へ帰っても、もう酒は飲みに行くまい。」

釘野はそう固く決心して、気分の一新を計って、東京へ帰って来た。彼はその決心を守って、滅多に飲み屋へは顔を出さなかった。友達に引っ張り出されて、拠ん所なく出かけると、「田舎から帰ったって言うのに、どうして顔出さなかったの」と、恨まれることもあった。飲みたくなると、義理立てに、そういう飲み屋へ水筒を持って行って、粕取を買って来ては、うちで飲んだ。

で、田舎へ帰る前は、あれほど足繁く通っていた「森の家」にも、一度も顔を出さずだった。田舎へ帰る道中の退屈凌《しの》ぎに、粕取をリュックに入れて行ったが、それも「森の家」で仕入れたものだった。郷里へ帰ってからも、当座は「森の家」が懐しくて、おかみ宛てに便りを書いたものだった。玉賀吉之助というのが、三味線のお師匠さんであるおかみの名前だった。それほどだったのに、東京へ帰ってからは、見限ったように足を向けなかった。足を向けたところで、経営者が替って、おかみは相手に出来ず、爺さん婆さん相手では、飲んでも面白くないという肚も、底を割ってみれば、ないではなかった。

「釘野さん、一度『森の家』へ行って上げなさい。おかみも、釘野さんだけは、二階へ上げてもいいと言っていますし、爺さん婆さんも喜びますよ。僕が時々行ってやると、『大久保さん、よくいらっしゃいました』と言って、爺さん婆さんは涙を流すんですからねえ。人助けだと思って行ってやりなさい。見咎められても、爺さん婆さんが食えないから、行ってやってるんだと言えば、怒りゃしませんよ。実際、僕たちが行ってやらなければ、あの爺さん婆さん達は餓え死にしますよ。」

人情家の大久保は、そう言って釘野を促したが、それでも彼は行く気になれなかった。おかみには会いたかったが、むさくるしい爺さん婆さんのことを考えると、ひるまざるを得なかった。彼が行っていたのは夏だったせいかも知れないが、昼間から蚊帳を吊って、婆さんは額に濡手拭を載せて、一日中寝床に臥せり、爺さんは枕を並べて寝ていることもあれば、婆さんの枕許に胡坐《あぐら》をかいて、煙草盆を抱えていることもあった。その蚊帳のそばを通り抜けて、二階へ上って行く時、釘野は悪感を催すほどだった。

そんなことも手伝って、彼は「森の家」へ行く気になれず、その日まで、おかみにも会いそびれていたのだった。

酒、ウィスキイ、粕取、ビールと飲み荒れて、会が散じたのは、九時頃だった。皆はまだ飲み足りなくて、外へ出た。釘野も泥酔して、皆と一緒に電車に乗ったが、電車から降りるが早いか、彼は一人ずらかってしまった。彼はスタスタと歩いて、帰途に就いた。途中、五つ辻のところまで来ると、そのまま真っ直ぐ家に帰らず、無意識のうちに、薬王寺の森の下蔭に向って、歩いていた。しかし、彼が気が附いた時は、「森の家」を五六間行き過ぎていた。その時、彼の頭に、昼間「森の家」のおかみに出会ったことが閃いた。「そうだ、『森の家』へ寄って行くんだったっけ」と、ずらかった意図を、彼は初めて思い出した。彼は引き返した。薬王寺の森に対して、道路に面した二階の窓には、燈影が映っていた。「まだおかみは起きてるんだな」と思うと、彼は店の扉を押した。鍵がかってなかったので、扉は直ぐ開いた。店は暗くて座敷が明るく、障子の腰ガラス越しに、爺さん婆さんが、炬燵の中に仲好く向い合っているのが見えた。

「今晩は。」

声を聞きつけて、爺さんが坐ったまま、上体をねじって、障子を開けた。

「釘野さんですか、よくいらっしゃいました。どうぞ、どうぞ。」爺さんは悦ばしげに手を振りながら、釘野を座敷に招じた。

「釘野さんですか。まアお珍らしい。」婆さんも、睡たげな顔を上げて、お愛想を言った。

釘野は座敷に上って、炬燵の側に坐った。

「どうぞ、お入りなさいませよ。」と婆さんが奨めるままに、釘野は炬燵に膝を入れた。座敷は、夏間よりも取片附いて、きれいに見えた。

「釘野さんが、ちょっともお見えにならないものだから、どうなさったかと思っていたんですよ。」と、爺さんは、歯のない口を開いて、歯茎を見せて言った。大きく立った耳が、釘野の据わった眼には、蝙蝠《こうもり》のように見えた。

「今日、道でおかみさんに会ったものですから、寄りたくなって、寄って来たんですよ。」

「そうですってねえ。」と婆さんが引き取った。

「粕取を一杯。」

釘野は、酔った時の癖で、鼻の上に皺を寄せながら言った。爺さんは、手許に置いた一升瓶を握って、粕取を注いだ。

「生憎、お肴がありませんで。」

「お肴は、沢山食べて来たから、なくてもいいですよ。」釘野は肴無しで、コップに口をつけはじめた。

爺さんは炬燵を出ると、梯子段の下へ行った。

「お姐さん。」爺さんは、二階に向って、おかみを呼んだ。「釘野さんがお見えになりましたよ。」

爺さんが座に還って間もなく、梯子段に足音がして、おかみが降りて来た。

「先程は失礼しました。」釘野はおかみを迎えた。

「随分好い御機嫌ねえ。」

「みんなにずらかって、逃げて来たんです。」

おかみは、釘野と婆さんの間に坐ろうとした。そこは電燈に遠くて暗かったので、釘野は、自分と爺さんの間に坐らせようとした。釘野の向いは、茶簞笥があって坐れなかった。

「いいえ、わたしはここがいいですの。」と坐りながら、おかみは釘野の耳許に顔を寄せて囁いた。

「お爺さんの側に行くと、お婆さんが焼餅焼くの。」おかみはニッと笑った。

釘野は可笑しさを怺《こら》えながら、さあらぬ態で頷いた。もう耄碌《もうろく》して、物を言うにも力なく、立ち居も思うままでないらしいこの婆さんが、これもも う耄碌して歯のない爺さんに焼餅を焼くとは、予て大久保から聞いていた。「あの歳になっても、まだ焼餅焼くのか」と、釘野は驚いたものだった。

まだ女学校を出たばかりで、新劇の研究所へ通っている、おかみの娘の幸代が、台所に降りて、皿や鉢を洗っているところへ、爺さんが出て来て、何か幸代に話しかけていたことがあった。それを蚊帳越しに見ていた婆さんは、「お爺さん、お爺さん」と、座敷から呼んだ。「うるさいねえ」と、爺さんが取合わないでいると、婆さんはひょろひょろと蚊帳から出て来て、「何がうるさいのよ」と言いながら、爺さんを引き戻した。そこで、よぼよぼの老人同士の間に、醜い悋気《りんき》の口説が起ったのだった。これは、大久保の実見談である。

「焼餅を焼く婆さんが悪いのか、焼餅を焼かせる爺さんが悪いのか、それはどちらとも言えませんがねえ。」と、大久保は笑った。「二十前の娘に戯れようとする――戯れようとしたかどうかは知りませんがねえ、そういう疑いを起させる爺さんも爺さんなら、それを妬《や》く婆さんも婆さんですよ。」

事情通の大久保の話によると、爺さん婆さんの養女で、おかみの店の手伝いをしていた園子という娘が、家出をして行方を晦ましたのも、爺さん婆さんの痴話喧嘩のもとをなしたからだということだった。若しそうだとすれば、三十を越した年増で、まだあだっぽさの消えないおかみが、痴話喧嘩のもととなるのは当然であろう。

「随分洒落たマフラアしていらっしゃるわねえ。」とおかみは釘野の胸に目を停めた。見れば、赤の交った派手なマフラアだった。

「しまった。これは大久保のマフラアだ。酔っ払って、取り違えて来たんだ。」

「でも似合いますわ。」

「冗談でしょう。」釘野は笑った。

釘野は、「森の家」で仕入れた粕取を飲みながら帰った旅の話をした。田舎の話をした。田舎でまた、一晩も欠かさず酒を飲んだ話をした。芋焼酎密造の話をした。

「お姐さんは」と釘野は爺さんの口調を真似て、「あれから、旅には出ませんか。」

「いいえ。このところずうっと旅暮しよ。今月もねえ、十日過ぎから、仙台石の巻方面へ、一週間の予定で行くことになってますの。」

「そうですか。それは忙しいですねえ。」

おかみは、小唄や三味線の一座で、旅廻りをしているのだった。釘野が郷里に帰る頃も、金沢方面へ出かけていた。店を止めてからは、それが本職になっているらしかった。

「釘野さんは、秋声さんの『縮図』って、小説、お読みになりまして?」

「ええ、読みました。」

「主人公の銀子が芸者衆になって、陸前石の巻に流れて行くじゃありませんの。」

「そうだ。僕もお姐さんたちに交って、旅に出たいなア。」

「一緒にいらっしゃるといいわ。」と、おかみは冗談を言って笑った。

釘野は粕取を二杯飲んだ。おかみは一杯飲んだきりで、あと飲まなかった。

「もう一杯、飲みなさい。」

「もういいわ。これ以上飲むと、とっても胸が苦しくなるの。」

「じゃア、もう帰る。」釘野はむっとして言った。

「今夜は随分召上っていらっしゃるようだから、またいらっしゃい。」

釘野は立ち上ると、よろよろとよろけた。

「大丈夫ですの。」

「大丈夫ですよ。左様なら。」

釘野は空の弁当包みを抱え、酔っ払い特有の無愛想な顔をして、「森の家」を出た。

二

それから二三日して、釘野はまた「森の家」へ出かけた。その前の晩も、十時頃、大久保と二人で寄ってみた。表が閉っているので、裏口へ廻って行ったが、爺さんが出て来て、今夜は駄目ですという風に、口をもぐもぐさせながら、手を振った。

「釘野さん、昨夜は大変失礼いたしました。丁度床を取って休もうとしていたところでしたから。」爺さんは、釘野の顔を見ると、へいへいした調子で前晩の詫びを言った。

「もう十分早かったら、およろしかったのに。」と婆さんも残念がった。

釘野はまた、先夜のところに座を占めて、炬燵に膝を突っ込んだ。二階のおかみの部屋からは、ボソボソと話声が聞えた。

その夜も空肴だった。釘野は、粕取だけをチビリチビリと口につけた。爺さんは、「お姐さん」と言っておかみを呼びに立つ様子はなく、おかみも降りて来る気配はなかった。

「今夜は、これ、来てるの。」釘野は、旦那の意味に拇指を出して見せた。ボソボソとした話声が、娘相手とは思われなかった。

婆さんが黙って頷いた。

仕方がないので、釘野は肚を決めて、興ざましだとは思いながら、爺さん婆さんを相手に飲んだ。そんな釘野の心の中など知ろうはずはなく、爺さんは委細構わず、うるさくおしゃべりをした。最初は、浮かぬ気持だったが、酔いが廻るにつれて、気分がほぐれ、爺さんのおしゃべりを左程うるさいとも思わなくなった。爺さんは頻りに、この界隈で一番古い飲み屋だと言って自慢した。店の権利は爺さんたちが持っていて、二階に間借りしたおかみに、一時経営を任せてあったのだった。

「釘野さん、わたしたちは、明日にでも死ぬかも知れませんけどねえ、店の権利だけは手放したくないんですよ。」

背を屈め、炬燵の上に顎を載せて、猫のように眼を閉じている婆さんが、時々目を開いて、力のない声で、そんな風に口を挟んだ。

「十万円出すと言ったたって、手放すこっちゃない。」と、爺さんは啖呵を切った。

「お爺さんは幾つですか。」

「あたしは丁度七十です。」

「お婆さんは？」

「あれは、六十三です。」

「御元気でいいですね。」

爺さんは兎も角、婆さんは六十三にしては老いぼれているなと思いながらも、釘野はそう お愛想を言った。

「元気なものですか。生きているというだけのことですよ、釘野さん。」婆さんはけだるそうに目を瞑ったまま言った。

「わたしもねえ、これで若い時は、下谷あたりで随分飲んだものですよ。抱えの車を持っていましてねえ、今夜もお泊りだと言って、毎晩のように、うちへ使いに走らせたものです。」爺さんは、深い横皺の走った額を吊って、得意げに高笑いした。

「じゃア、お婆さんに随分心配をかけたんですねえ。」と釘野も笑いながら、爺さんと婆さんの顔を半々に見た。爺さんは笑ったまま口を開いていたが、婆さんは無表情な顔をして、目を瞑っていた。最早、過去もなければ未来もないというような顔だった。

「お婆さんたちには、子供さんはないんですか。」言ったあとで、釘野は園子という娘が養女に来ていたことを思い出した。

「ないんですよ。」婆さんは目を開いて、顎を動かして言った。

「それは、淋しいですねえ。」

「甥が一人、下谷にいるんです。」と爺さんが引き取って言った。

その時、突然停電した。電燈が消え、ラジオもパッタリ止んだ。

行った。

「仕様がないですねえ。」釘野は、畳の上に置いたコップを手探りに摑んで、口へ持って
「二分間の警告でしょう。」爺さんは心得た風に言った。

暗がりにじっと辛抱していると、電燈は直ぐ点いた。しかし十分もすると、また消えた。

「今度は長そうだなア。僕は、そろそろ失敬しましょう。」

「釘野さん、まア、御ゆっくりなさいませよ。」と婆さんは釘野を引き止め、「お爺さん、早く蠟燭をおつけなさいよ。」と尖った声で言った。

「釘野さん、今蠟燭をおつけしますよ。」

爺さんは立ち上って、茶簞笥の抽斗《ひきだし》をあけた。釘野はマッチを摺った。蠟燭は茶簞笥の中の違い棚に立てられた。

明るい電燈の下でも、爺さん婆さん相手では叶わないと思っていたところへ、薄暗い蠟燭である。釘野は無気味なものでも見るように、爺さん婆さんの顔を見廻した。爺さんの黒い顔は、赤黒く脂光りがして、三筋四筋の額の皺は、深い隈になって見えた。眼が大きく光り、いつも唾を溜めて、だらりと開いた歯のない口から、のっぺりした歯茎が覗いていた。その奥で、寸の余った舌が、歯茎に閊《つか》えて、首を振って物言う度に、生き物のように動いた。後の障子には、蝙蝠《こうもり》のように立った耳が、大きく映っていた。

婆さんの顔に目を転じた時、釘野は驚いた。目を瞠った。思いがけず、実に美しい顔な

のである。釘野はこれまで、婆さんの顔をよく見たことがなかった。むさくるしい婆さんだと片附けて、見る気がしなかったのである。同じむさくるしいにしても、爺さんの顔にははっきりした彫りがあって、まともに見ることが出来た。婆さんの顔はくしゃくしゃしているようで、まともに見るどころか、一寸眼をやるだけで、直ぐ顔を反向《そむ》けたくなるのだったが、今仄かな蠟燭の光で見詰めると、肌理《きめ》は細かく、晒粉にでも晒したように白く磨かれていた。口許もちんまりと小さく、よく形の整った細造りの鼻は、鼻口のところが、薄い象牙細工のように繊細だった。目を瞑った目許には、名残りの仇《あだ》っぽさのようなものが漂っていた。この婆さんに、あの西洋の小説や絵に出て来る老媼たちが冠っているような白い三角形のかずき物を冠せて見たら！　釘野は、暫し婆さんの顔に見惚れた。どうしても彼には、西洋の小説や絵から抜け出て来た老媼としか想像することが出来なかった。つつましやかで、信仰深く、人生を美しく諦めている老媼である。

「お婆さんは、若い時は随分美人だったでしょうねえ。」釘野は婆さんの顔から目を離さないで、思わずそう言った。

「歳を取ると、昔のことを言っても始まりませんわ。」婆さんは目を瞑ったまま言った。

爺さんは、ニヤニヤと脂下《やにさが》っていた。

「お爺さんは、お国はどちらですか。」釘野は話を変えた。

「わたしは、新潟県の小千谷です。」

「縮の出来る所ですねえ。」

「釘野さんはよく御存じですわねえ。」と婆さん。

「本で読みました。」

「わたしの家は、駅の直ぐ近くでしてねえ、駅に着けば、雪の上を転んだって帰れます。……この間のお話では、釘野さんのお家でも、酒を造っていられたと聞きましたが、わたしも、小千谷の町で、若い時分に三年許り、酒屋で働いたことがあるんです。」

「そうですか。酒屋の庫男というのは、なかなかいなせなものですねえ。冬の寒中に、一番鶏頃から起きて、シャッシャッシャッシャッと足で米を研いでいるのは、見ていても気持がいいですねえ。」

「朝起きる時は、杜氏がホオイ、ホオイと呼ぶんです。それから五分おいて、もう一度ホオイ、ホオイと呼ぶと、起きねばなりません。褌一つになって米を研ぐんです。」

「庫や室《むろ》へ入る時は、燈し油に火を燈して行きましたよ。」

「酒は香を嫌いますからねえ。仕込中は、女なんかも寄せつけたものじゃない。」

「祝言の時に使う赤い樽ですねえ、僕の家にも、あれが二つ揃っていたんだが、今は埃をかぶっています。」

「酒屋の店に入って、あの赤樽があるのは、目出たいものですわ。」

「お爺さん、お爺さん、僕が子供の時覚えた酛《もとず》摺り歌を歌ってみましょうか。」釘野は酔った紛れに、突拍子もないことを言った。

「釘野さん、歌って御覧なさいましよ。」と、初めて婆さんが口を綻ばして言った。

「じゃア、歌いますよ。」

「ラジオも止っていますから、釘野さん、小さいお声でねえ。」

釘野は、爺さん婆さんを前に、子供の時庫男たちが歌っていた酛摺り歌を歌った。

揃た揃うたよ櫂の手が揃うた　ヤレショ
淀の川瀬の水車　ヨイトソーレカノーエ
二十日鼠が一升、二升、三升、四升、五升樽担《かる》うて　ヤレショ
富士の山を今朝越えた　ヨイトソーレカノーエ

「お上手ですこと。」と婆さんが褒めたのと、「釘野さん、お声が高い、高い。」と爺さんが顔を顰めたのと、同時だった。

「済みません、済みません。僕は酔っ払うと、直ぐ声が高くなるんで、方々で迷惑をかけていますよ。」と釘野は頭を掻きながら笑った。

「二階へいらっしゃった時分にも、釘野さんのお声が一番高い。外まで聞えるので、わたしはいつもハラハラしていましたよ。」

「声の大きい方は、正直だと申しますよ。」と婆さんが救いを出した。

「僕の親爺も声が大きいんでねえ。いつか妹の縁談を持って来てくれた人があった時のこ

とですが、その仲人と話す親父の声が、隣近所に筒抜けだったと言うんです。あんな大きな声で縁談の話をする人は初めてだと、みんな言ってたそうです。面白い話がありますよ。戦争中のことだったですが、酒場が禁止になってから、新宿の二幸裏に、こっそり酒を飲ませる家があったんですが、若い女が二人でやってたんですが、太田という友人が馴染みだったものですから、僕たちも連れてってもらったんです。飲んでるうちに、僕の声が高くなるものですから、みんなからは『シーッ、シーッ』と言われるし、女たちからは『もっと声を小さくしてよ』と泣き言を言われたものでした。あとで太田君から聞くと、『あんな大きな声を出す人は、もう連れて来ないでよ』と、女たちが言ってたそうです。僕はそれを知らないものですから、それから暫くして、今度は僕が案内に立って、新しい友人たちを連れて、その家へ行ったんです。そろっと暗い戸を開けて、『今晩は』と言うと、『どなた』と言って、女が二階から顔を出しました。『太田、太田』と、太田の名を騙って、小さな声で言うと、『太田さん？』と言って降りて来たんですが、僕だと判ると、『駄目、駄目』と言って、追っ払われてしまったんです。去年の夏、或る喫茶店で、ウィスキイを一二杯飲んだところを見附かったことがあったんですが、これもマダムを相手に、僕がうっかり大きな声を出していたからなんです。僕はどうも、ヒソヒソと飲めない性分なんで、裏口で飲むには不向きなんです。損ばかりしていますよ。」

「損なものですか、正直でいらっしゃるからですわ。」婆さんは、釘野のしゃべる間中、聞いているのか聞いていないのか、瞼一つ動かさなかったが、やはり聞いていたのだった。

電燈はなかなか点かなかった。蠟燭も短くなった。

「じゃア、また来ます。御馳走になりました。」

釘野は粕取を三杯飲んで立ち上った。

「釘野さん、また来て下さいよ。」

「またいらっしゃいませよ。」

「また来ます。お姐さんにもよろしく。」

釘野は外に出た。二階を見上げると、窓に人影はなかったが、ボソボソと話声は洩れていた。

三

それからまた二三日経った夕方、今度は水筒を持って、釘野は「森の家」へ行った。

「これに五杯入れて下さい。」

爺さんが、粕取の瓶を傾けているところへ、おかみの娘の幸代が、外出着で降りて来た。

「釘野さん、暫くでした。」

「暫くでした。この間道でお母さんに会いましたよ。」

「そうですってねえ。わたしも一緒でしたけれど、一寸本屋へ寄ってたものですから。」

「お出かけですか。」

「一寸映画を見に。」

つづいておかみも降りて来た。

「釘野さん、この間は随分お酔いでしたわねえ。御無事に帰れるかと心配していましたわ。」

釘野は水筒を提げて、一緒に出た。

「釘野さん、九日の晩に来て下さいません?」

薬王寺の暗い森の下を、針金の垣に添って歩きながら、おかみが言った。

「来ましょうか。」

「幸代も九日十日と、沼津と静岡へ、巡回演劇で行って家にいませんし、わたしも十日の晩上野を立って、仙台の方へ参りますから、その前に、一晩ゆっくりお話してみたいと思いますわ。」

「じゃア、来ましょう。」

「大久保さんも御一緒だといいですわねえ。」

「釘野さんと二人だけでお話しなさいよ。」幸代が笑いながら端から言った。

九日の晩を約して、その晩八時頃、釘野は「森の家」へ行った。

「どうぞ、お上りになって下さい。」

「釘野さん、お上りなさいましよ。お姐さんが待っていますよ。」

釘野は店に入って、一寸ためらったが、爺さん婆さんにそう言われると、下駄を脱いだ。

「じゃア、御免なさい。」

釘野は座敷を通って、そろっと足音を忍ばせながら、梯子段を昇って行った。おかみ一人で待っている部屋へ上って行くのは、情婦のところへ通うようななまめかしい気持で、心がひるんだ。道に面した方の部屋の襖があいていて、おかみは炬燵の上にひろげた譜帳に顔を寄せながら、小声で口吟んでは、三味線を軽く弾いていた。

「御免なさい。」

釘野が気を兼ねて部屋に入った。おかみは顔も向けないで、稽古をつづけた。釘野はポカンと手持無沙汰に立っていた。おかみは区切りのところまで来ると、初めて三味線を置いた。

「いらっしゃいませ。」

釘野は言われるままに、おかみの向いに、炬燵に入った。

「幸代さん、出かけましたか。」

「ええ、今朝出かけました。一度皆さんとゆっくりお話したいと思いながら、あの子がいると、まだ娘でしょう。皆さんをお上げして、お酒飲むなんて、出来ませんからねえ。今夜は丁度留守ですから、ようござんしたわ。」

おかみは譜帳を閉じて、三味線を袋に入れた。茶簞笥の中から、烏賊《いか》の塩辛と、乾海苔を出して、炬燵の上に盆を置いた。それからビール瓶を持って、階下へ降りた。

二つ並んだ大きな茶簞笥には、飲み屋の時分の食器類が一杯詰まっていた。釘野の背後の壁に寄せて小さな本箱があって、それには、娘が好きだというヘルマン・ヘッセの「春の嵐」や「放浪と懐郷」や、おかみが愛読するという秋声の「縮図」や荷風の「夏姿」やケッセルの「昼顔」などが並んでいた。炬燵は窓際に接していて、時折窓の下を通る足音が聞えた。

おかみが座にかえると、二人は粕取を飲みはじめた。少し飲むと、おかみの瞼は直ぐ赤くなった。

「この間、或る雑誌を読んでると、釘野さんのシヒョウが載っていましたよ。」

「シヒョウ?」

「シヒョウですよ。」

「ああ、批評。どう言って?」

「褒めたり貶したりでしたが、要するに彼はお洒落だって。」

「僕がお洒落。見当違いも、ひどい見当ちがいだなア。小説家で、僕くらい野暮天はないですよ。」

「そうかしら。でも、どちらにしても、雑誌を読んでて、釘野さんのお名前を見ると、ほんとに懐しい気持がしますわ。」

「そうですか。僕から言うと、恥しいんですけれどねえ。」

「釘野さんは、亡くなられた奥さんのことばかり書いていられるんですって。大久保さんがそう仰言っていましたけれど。」

「まア、ねえ。」

「わたしは、昔から吉田勇さんの書かれるものが好きなんだけれど、この頃は、妹さんのことを、しょっちゅう歌に詠んでいられますわねえ。」

「あれはイモウトではなくて、イモと読んで、奥さんのことですよ。」

「そうですの。わたしは、妹さんのことばかり思っていましたわ。この頃の吉田さんの歌を読むと、吉田さんもお歳を取られたもんだとつくづく思いますわ。」

「枯れて来ましたねえ。」

「わたしがまだ花柳界にいた時分のことなんですけど、私の姉分の芸者衆をお呼びになったお座敷へ、私も一緒に行って、吉田さんにお会いしたことがありますわ。」

「僕は見たことがないんだけれど、写真で見ると、でっぷり肥っているようですね。」

「お酒が好きで……」

おかみはまた、現代の或る作家のものが好きで、その作家の書いたものと言えば、おかみなどには面白くもなさそうな感想集に至るまで読んでいるのには、釘野は驚いた。しかし、その作家が細君を追い出して、ほかの女を引き入れ、家庭が紊乱していると聞いてからは嫌いになったと言った。

「なかなか潔癖ですね。」

「でも、自分の好きな作家って神聖なものですからねえ。そうはお思いになりません?」

「それはそうですねえ。」

気が附くと、二人差し向いの影が窓に映っていた。釘野は照れて、それとなく窓際から身を退くように努めた。

彼は大分酔って来た。おかみも目縁《まぶち》から顔全体が赤くなった。おかみは、二本目の粕取を取りに、階下へ降りて行った。

「お姐さんが、そうしていそいそと酒を運んで来るところは、なかなかいいですよ。」釘野はおかみが上って来るのを見て言った。

「そうお。いそいそとしてるように見えまして?」

「見えますよ。僕は、女の人がいそいそとしている姿が大好きです。僕の学生時代の或る友人は、日本語の中で、いそいそという言葉が一番好きだと言っていましたが、いそいそとしない女なんて、魅力がないなア。」

「わたしも好きですわ。でも、わたしの彼氏はもう十五六年もわたしのところへ通って来てるんですけど、わたし一遍も、いそいそと迎えたことなんてありませんわ。女が、あんまりいそいそとしたところを男に見せるのは、安っぽく見られる恐れがあってよ。わたしは、初めはむしろつんとしていますわ。」

自分が部屋に入って来た時、おかみが三味線を放さないで、一寸取っ着き場のなかったことを、釘野は思い出した。約束によって来たのだから、もう少しお愛想があってもよさそうに思われて、当てが外れた感じがしなくはなかった。しかし、今おかみの話を聞いて、その伝だったんだなと合点が行った。そんなことは噯《おくび》にも出さずに彼は笑いながら言った。

「初めはつんとしていて、それから徐《おもむろ》に情愛の濃かなところを見せるのでしょう。」

「そうよ。濃かな情愛って、見透かされるような軽っぽい仕草からは生れないわ。心の底深いものよ。簡単に外に現さないわ。わたしはねえ、どちらかと言えば、自分の好かない人の前で、いそいそして見せますの。」

「じゃア、僕は好かれてないのかなア。」

「若し、わたしがいそいそと見えたとしたら、千慮の一失よ。」

「喜んでいいのか、悲しんでいいのか、判らないなア。」釘野は、そろそろ鼻の上に皺を寄せはじめていた。

その時、梯子段にかすかな足音がして、憚るような調子で、「お姐さん、お姐さん」と呼ぶ嗄《しゃが》れた声がした。婆さんの声だった。呼ばれる声に応じて、おかみは直ぐ立ち上った。

「釘野さん、一寸失礼しますわ。」

おかみが降りて行くと、階下でゴトゴトという音が聞えた。間もなく、おかみは上って来た。

「あのお婆さん、お酒が好きなのよ。」

「へええ。あんなお婆さんになって、お酒を飲むんですかねえ。」

「お爺さんが眠るのを見澄ましてから、こっそり起きて飲むのよ。でもねえ、手が慄えて、一升瓶が持てないから、コップにお酒を注ぐことが出来ないの。それで、わたしがいつも手伝って上げるの。今も手伝って来たのよ。」おかみはえくぼを作って、含み笑いをした。

「そして飲んだんですか。」

「コップに半分ばかりだけどねえ、一息にキュウと飲んだわ。」

「瓶の酒が減ってると、お爺さんに勘づかれるんじゃないですか。」

「飲んだ分だけ、お水を入れとくのよ。」

「成程。」と釘野は感心して、「そんな時は、僕たち、薄いのを飲まされるわけですねえ。」

「そうよ。お客さんの負担よ。」おかみは笑った。

おかみの話によると、おかみがまだ店をやってた時分、その時は爺さんがおかみの酒を盗み飲みしたものだそうである。おかみは、知っていて知らない振りをしていたが、飲んだあとは、やっぱり水を割って誤魔化してあった。一口飲んでみると、直ぐ判ったというのである。

「そうだったのか。今だから言うけれど、いやにこの粕取は薄いなアと思ったことがあったですよ。」

「白状すると、そうなのよ。」

「爺さん、今度は婆さんに仇を取られてるわけだなア。」釘野は他愛なく笑った。それから、彼はふと思い返すように言った。「あのお婆さん、よく見ると、実に垢抜けがしてますねえ。この間の晩、初めて気附いて、驚いた。よぼよぼしてるんで、それまで見過していたんだけど。」

「もとは、下谷の芸者衆だったんですから。」

「道理で。随分磨かれた顔をしてますねえ。研いだ米のように白い顔をしていた。」

「いい芸者衆だったそうですわ。わたしの三味を時々シヒョウするのよ。」

「あの人たち、後を見る人がないそうだから、可哀そうですねえ。」

「わたしがお店を引き受けてた時分は、わたしが二人を養って上げたんですけど、今は自分達であやって、粕取を売って、細々暮しを立てているのよ。」

「二人だから、やっと持ててるんだけど、どちらか片っ方——殊にお爺さんが死にでもしたら、あとどうなるんでしょうね。」

「園ちゃんがいればねえ。もう四五年も辛抱すればいいって、わたしは言ったんですけど。

あの人たちの面倒を見て上げて、後を見送ってしまえば、この家でもお店の権利でも、みんな園ちゃんのものになるはずだったんですけどねえ。」

「園ちゃん、今どこにいますか。」

「目黒の方の連込宿で、女中奉公をしているそうですわ。」おかみは立ち上って、押入を開けて、何かを探しながら、言葉をつづけた。「それがねえ、まだ許可の降りない宿屋なんで、お正月の七日間に、たった三人しかお客さんがなかったんですって。」

おかみは、アルバムからひっぺがした跡のある名刺型の写真を取り出して来た。

「これ、わたしの二十の時の写真なの。」

釘野は手に取った。

「随分濃艶ですねえ。」

長襦袢一つになって、襟元も露わに、からだを斜に捻って、鏡台の前に横に坐っている姿だった。頭は島田に結っていた。

「その頃は肥ってたでしょう。」

「肥っていますねえ。頬なんか下膨れしてて。」

「今はこんな骨と皮ばかりのお婆さんになっちゃって。歳を取ると仕様がありませんわねえ。」

今のおかみは、おかみの言う通り、痩せている。頬もこけている。白粉焼けもしている。

しかし写真のおかみは、別人のようにふくよかである。どこか、目のあたりに、娘の幸代の面影がある。

「一花咲かしたから、いいじゃないですか。大ぜいの男を悩殺したことでしょう。」

「悩殺なんて出来ませんでしたわ。」おかみは鼻白んだ顔をした。

茶簞笥の上の置時計を見ると、一時近くなっていた。人通りも絶えて、足音も聞えなかった。写真を見終えると、話も杜切れて、シンとした。釘野は俄に飲み疲れを感じた。

「じゃア、これで失敬します。お邪魔しました。」釘野は静に炬燵を出た。

「今夜は、とても楽しかったですわ。」

「僕もいい気持です。」

釘野は階下へ降りると、はばかりへ入った。おかみは先に、店口の方へ出て行った。はばかりを出て、階下の部屋に一歩踏み入れた途端、その場の光景に眼を奪われて、釘野は思わず足を釘づけにせられた。爺さん婆さんが、二人で抱き合っているのであろう、一つのからだのようになって、頭からすっぽり蒲団をひっ被って、寝ているのだった。嫌味な感じなど少しもしない。枯れ尽した極致と思われた。痩せ衰えているせいか、二人一緒になっても、蒲団はポコッと小さく盛り上っているきりである。それが哀れでもあった。釘野は、世にも美しい光景を見るような気持で、暫く見惚れていた。

「釘野さん、何見てるのよ。」おかみが戸口から顔を向けた。

「いいですねえ。」釘野は声を潜めて、爺さん婆さんの寝姿を指差した。

「ふふふ」とおかみは笑った。おかみは、毎晩この寝姿を見慣れているのであろう。

外に出ると、釘野はおかみと握手をした。

「じゃア、左様なら。」

「お気をつけて。」

暫く行って、釘野が振りかえると、おかみは店の前の電信柱のもとに立っていて、軽くからだを曲げて、お辞儀をした。「もう一度振りかえると、野暮ったいと思われるぞ」と、釘野は心の中で自分に言い聞かせながら、それからはもう後を振りかえらずに、真っ直ぐに歩いた。

（二三・三・二四）

禁酒宣言

先般、私は知友の間に、左の如き禁酒宣言の手紙を発送した。

小生、この度感ずるところあって、酒を止めることにしました。断然止めたいと思います。飲み屋の需めに応じて、「酒は私の一の友二の友三の友である」と、色紙に書き殴ったのは、つい数日前のことですが、毎夜々々飲んだくれて、家に帰るのは二時三時、おひる過ぎにならなくては頭の上らぬ宿酔の胸苦しさは、遂に、「酒は私の一の仇二の仇三の仇である」と、思わせるに至りました。あれほど愛好した酒を止めるのは、自分でも生き甲斐を失うように淋しいし、諸君もまた、今日以後小生の酔態に接することの出来ないのを淋しいと思われるでしょうが、小生の苦しい胸の中を察して、何卒小生の我が儘を許していただきたいと思います。

酒が、小生を滅しそうなのです。酒が、小生の健康、小生の生活、小生の人間全体を駄目にしそうなのです。最近の小生の小説と言えば、酒のことばかりなものだから、友人や読者はそれを心配して、「余り酒を飲まずに文学に精進して下さい」、「お体を大切にして、余りお酒を召上りませんように」などと、繁く言って来る始末です。小生が自滅しないように、皆が憂えてくれるのです。小生も、自戒したいと思うのです。

去年、小生は試みに、一体一年の間に、どれだけ酒を飲むものかと思って、飲んだ日飲まない日の統計を取ってみました。すると、一年三百六十六日の間に（去年は閏年でしたから）、一滴も酒を口にしない日は、九十八日でした。あとの二百五十八日は、多い少いはあれ、酒を飲んでいるのでした。よくも飲んだものだと、我ながら呆れましたが、それが今年になると、どうでしょう。五月が早や終ろうというのに、酒を飲まぬ日と言っては、たった四日しかないのです。しかも、その四日のうちの一日々々が、野球の用語で言えば、スクイズ・プレイ（本塁盗塁）で、辛うじて奪取したものばかりなのです。この勢いで行ったなら、果てはどういうことになるのでしょう。恐しいほどです。それも、晩酌に一杯という程度なら、毎晩でもいいのでしょうが、深酒、梯子酒、酔いつぶれ、どうして家に帰ったかも覚えないのが、毎日のことなのです。

夕方になると、小生はそわそわとして、腕時計を腕に巻き、帯を締め直し、眼鏡の玉を拭きにかかります。すると、十三になる娘の佐津子は、直ぐ小生の外出の気配を感ずるのです。「お父ちゃん、どこへ行くの?」と訊ねます。「一寸、そこまで」と、小生は言葉を濁します。「早う戻んなよ」と、娘は小生の顔を見上げて、田舎訛りで、そう訴えます。「うん。早う戻るよ」と、小生は曖昧に答えて、出て行きます。そして、早く帰った例しがないのです。だから、家内揃って夕食を食べるということも、滅多にないのです。家内揃ってと言っても、御承知のように小生には妻がなく、妹の鈴代と、姉娘の豊子と、それに佐津子と、四人暮しなのですが、彼女達は毎晩、小生のために作ったお菜が空しくなるのを眺めながら、彼女達だけで、淋しい夕食を摂っているのです。

佐津子は、戦争中から郷里に疎開さしてあって、この春小学校を卒えたので、四月初めに小生が東京へ連れて来て、中学校へ入れたのです。佐津子は学校から帰ると、「何にかたとえんやさしき母を」という歌を、よく無心に歌っています。無心にではないかも知れないが、少くとも小生には無心と聞きなされます。小生は、佐津子がその歌を歌っているのを聞くと、胸が切なくなって、居たたまれなくなります。母のない子の哀れさが、身に沁みるのです。いつか、机の上に唱歌帳が開いてあるのを見ると、その歌で、「母の愛」というのでした。小生がたまに皆と一緒に夕食を食べて、晩酌をやると、「うちで飲む方がええ」と、佐津子は喜びます。その喜ぶ心が解らなくはなく、解りすぎるほど解っているのですが、つい外に出て行くと、酔いどれて、家に帰ることを忘れてしまうのです。小生が家に帰る時は、いつももうみんな寝てしまったあとなのです。

或る晩、飲み屋でへどを吐き、ぶっ倒れて、座蒲団を二三枚からだに掛けてもらって夜を明かし、朝の五時半頃帰ったことがありました。もう明るくなっていました。小生は息をひそめて、そうっと家に忍び込みました。佐津子は学校から帰って来ると、「お父ちゃん、昨夜は遅かったの」と聞きました。娘たちが御飯を食べて、学校へ行く頃は、小生は極って寝込んでいるのです。朝、娘たちと顔を合せることは殆どないのです。学校から帰って、初めて顔を合せるのです。小生は佐津子に聞かれると、さては気附かれなかったんだなと、内心喜びながら、「うん、遅かったよ」と、何気なく答えました。しかし、胸は疼きました。向うに邪気がなければないほど、こちらにはこたえるのです。

稀に小生が、十二時前後に帰って来ると、姉娘の豊子は、大概玄関の間で机に向っています。この子は新制高校の三年生ですが、勉強家で、毎晩遅くまで勉強しているのです。小生が酔っ払って、気忙しく玄関に飛び込んで来ても、「お帰りなさい」とも何んとも言わないで、机に俯向き込んでいることがあります。そういう時は、顔も見合せたくないようなのです。もう十九歳ですから、その素振りで、また酔って来たんだなと、父親に反感を持っているのが感じられます。また、独りで悲しみを抱いているのも察しられます。小生も黙って、娘の背後を通り抜けます。我が娘の前に引け目を感じながらです。しかし、小生が寝床に腹這って、「おい、御飯」と叫ぶと、時間外れの膳を整えて、小生の枕許に運んで来てくれるのも、この娘なのです。寝床を延べておいてくれるのも、この娘なのです。

もう去年のことですが、こんな話を妹から聞きました。

「豊子ちゃんが泣いていたわよ。毎晩々々兄さんが酔っ払うものだから、朝学校へ行く時は寝ているし、晩学校から帰る時は外に出ているし、一日中お父さんの顔を見ない日がつづくって。東京へ行って、お父さんと一緒に生活するのを楽しみに帰って来たのに、当てが外れたって泣くのよ。それから、お隣の甲斐さんのお家が羨しいって。」小生はこの話を聞くと、悲しい責苦で、胸が詰りました。娘の姿を伝える妹の調子にも、間接のアドヴァイスが含まれていました。小生は返す言葉もなく、胸の中に涙を溜めながら、黙り込んでしまいました。

豊子も、戦争中から田舎に疎開して、祖父母の膝下にあったのですが、去年の四月、止みがたい向学心と、一人の親である小生の懐ろに帰るのを塒《ねぐら》の楽しみにして、東京へ出て来たのでした。小生の許に帰れば、やさしく、温く、父親の愛に抱かれるものと期待したにちがいありません。勿論父親の人格も、信用していたにちがいありません。然るに、その期待が裏切られてしまったのです。頼みに思う父親は、やさしくも、温くも、彼女を庇ってくれません。来る夜も来る夜も、飲んだくれている父なのです。乙女の感傷も手伝って、誰に頼らんと娘は泣くのでしょう。

隣の甲斐さんというのは、会社に勤めている主人と奥さんと、小さい女の子と男の子の四人暮らしの睦じい家庭なのです。夕方主人が勤めから帰って来ると、ラジオを鳴らせながら、一家楽しく、夕食の卓を囲むのです。子供たちの躁ぐ声も聞えます。主人の休日には、家内打ち連れて、必ずどこかへ行楽に出かけて行きます。主人が男の子をおんぶして、奥さんは女の子の手を引いています。これを小さな幸福と言うなかれ。これを小さな幸福と思いちがいしたところに、娘を悲しい羨望に陥れた小生の禍根があるのです。母親のない娘心に、これは幸福の総てだと映ったのです。それとも知らずに、小生は何んと浅墓にも、娘心を踏みつけていたことでしょう。

話は少し脇に逸れるけれど、御存じのように、五月八日だったかに、「母の日」なる催しがありました。外国から流行して来た催しだと聞きましたが、母ある者は赤い薔薇を胸につけて、母の愛を讃え、母なき者は、胸に白い薔薇をつけて、亡き母の慈しみを偲ぶ趣旨だったようにおぼえています。美しい催しだったにはちがいないが、小生は俄かにこれに与することが出来ませんでした。小生は自分の娘の心事を思うと、寧ろ反対したかった。母ある者が赤い薔薇を胸につければ、母なき者への誇示となろう。母なき者が白い薔薇をつければ、母なき悲しみを新にしよう。小生はその日、「母の日」について一言も触れませんでした。宿酔の寝床で、朝の新聞に目を曝し、娘の目には触れさせたくないものだと、独り心を痛めました。娘が学校から帰って来ると、小生は目を反向けて、まともに娘の顔を見ることが出来ませんでした。娘は巷で、赤い薔薇白い薔薇――別けても赤い薔薇を胸につけた同じ年頃の娘たちを沢山見て来たのではなかったでしょうか。これは、はたち前後の娘には堪え得ぬところでありましょう。心なしか、娘の顔には思い詰めた硬張りがありました。娘はもう先から、赤革の靴を欲しがっています。「金が出来たら買ってやる、買ってやる」と、小生は逃げるばかりでちっとも買ってやらないのです。娘は相変らず、ズックの運動靴をはいて、学校に通っています。その「母の日」、小生は娘の横顔をチラッと見た瞬間、自分が酒さえ我慢すれば、赤革の靴くらい直ぐに買ってやれるのにと、自責せずにいられませんでした。娘はまた雨季を前に、レイン・コオトを欲しがっています。小生は酒を止めて、娘にレイン・コオトも買ってやろうと思うのです。

妹の鈴代は鈴代で、小生の妻の発病以来、亡き今日に至るまで、十一年の間小生の面倒を見て、小生を今日あらしめるために献身してくれた妹も、この頃では少し小生に愛想を尽かしているような気がします。この妹に援けられ、貧乏と、妻の不幸な病気に堪えながら、文学に精進した日の面影、今いずこぞや。小生自身、そう思うほどだから、それが妹の心に映らないはずはないのです。援けるに甲斐なき兄と、今では思っているのではないでしょうか。小生は最早、妹に信を失っていると言えるかも知れません。おひる過ぎ、宿酔から醒めると、拙そうにやっと一杯の飯を咽喉に通し、それから手軽な原稿を三四枚書き殴り、四時五時になるともう家を空けているのです。そういう自堕落な小生を見て妹は、「この頃は、酒を飲むのが本職か、原稿を書くのが本職か、判らなくなったわねえ。昨日も、兄さんが出たあとで、××社の方が見えていたわ。一体約束の小説、出来るつもりなの」と、咎め立てる始末なのです。小生は「出来るさ」と軽くいなしておくものの、そう言われれば、締切を目前にしながら、果して出来るものかどうか、内心の不安は被えないのです。夜を詰めて読み書きに耽り、電気スタンドを枕許に引き寄せ、静かに灯を消して眠りに就いたあの昔に還るすべはもうないのか。げに、一日労作の後の灯消し！　それに譬うべき喜びが、この世にまたとあろうとは思われない。小生はどうあっても、あの灯消しの楽しい喜びを再び取戻さなくてはならない。

妹はまた、「兄さんが酒を飲むのは、抗議する者がいないからでしょう」と、小生を極めつけたことがあります。妹はだんだん厳しくなって行きます。昔はこんなことはありませんでした。そうだ、妹の言う通り、小生には抗議する者がない。妻があれば、小生に抗議するであろう。抗議する者のない気安さ、身勝手から、小生は誰憚らず飲み歩くのです。だが、抗議する者を、小生はどれほど欲しがっていることでしょう。その淋しさが、小生を飲み屋へ駆り立てるのです。それがしばしば、飲み屋の女に現をぬかして、愚痴を演じさせることにもなるのです。

終戦後、小生はどれほど度々、飲み屋の女に現をぬかして来たことでしょう。惚れやすい男だと冷かされるのも、無理はないのです。しかし、小生は心から持てたことは一度もない。最初、一寸持てるように見えることがあっても、永続きしないのです。直ぐ飽きられてしまうのです。或いは、上べだけの持て方に終ってしまう。そして、後から来た者に、直ぐしてやられるのです。小生の郷里の方の俚諺に、「後の烏《からす》が先になる」というのがあります。後から飛んで来た烏が、先に飛んでいた烏を追い越す謂いで、先を越される譬えに使われるのである。言ってみれば、小生はいつも後の烏に先になられてばかりいるのです。惨めな先の烏なのです。小生はへまばかりやっているのです。器量を下げてばかりいるのです。

その例を、二つ三つ挙げてみましょう。一番最初は、終戦の翌る年の春、小生は或る飲み屋の女にのぼせていたのです。その頃はまだ自制心もあり、摺れてもいなかったので――そうです、今のように摺れっからしでなかったので、二日に一度、三日に一度という風に我慢して、店口に輝く赤提灯に心を躍らせながら通ったものでした。小生が行くと愛想好く、小生は好かれていると思い込んでいました。或る晩、小生は少々得意で、或る若い編輯記者を具して、その店へ行きました。それから後の晩、小生がまたその店へ行くと、「この間いらした林さん、おとなしくて、とてもいい方だわねえ。お店にいらっしゃる方で、わたし、一番好きですわ」と、女は言いました。小生は胸を衝かれたようにがっかりしましたが、好きと言っても、自分の次ぎに好きなんだろうと多寡を括って、なお望みを捨てず、通い詰めていました。するうち、二度目にまた、その編輯記者と一緒に行く機会がありました。その晩は飲み過して、二人で店に泊ることになったのです。蒲団が一人分しかなかったので、小生は先にその蒲団に寝かされました。小生は、敬意を表されたと思って、喜んで蒲団にもぐり込んだのですが、豈計《あにはか》らんや、女はその記者に自分のを着せかけ、膝枕をしてやって、一晩動かなかったものです。これがあるべきことかと、小生は嫉しくて、泥酔していながらも、眠ることが出来ませんでした。翌る朝、白い霜の道を踏んで帰ったが、実に索漠たる気持でした。

料理飲食店禁止の政令が出て間もなくの頃でした。小生は仕事場通いの行きずりに、ふと或る喫茶店に寄ったのです。店の主は年配のマダムでしたが、文学などの教養もあり、才智にも長けていました。小生たちは、第一印象から意気投合したものでした。その時、紅茶茶碗でウィスキイを飲んでるところへ、警官に踏み込まれ、小生もマダムも共々、交番へ引っ立てられて行ったのです。散々油を搾られた末、やっと釈放になり、人通りの絶えた街を肩を並べて帰りながら、マダムは小生の手を握って、「武智さんとだったら、留置場へでもどこへでも行くつもりだったわ」と囁いたのです。小生はその一言で有頂天になりました。それ以来、小生は取締りの目を掠めては、マダムの店に通って、酒を飲みました。帰る時は、いつもマダムが省線の駅まで見送ってくれ、手を握って、別れを惜しみました。ところが或る晩、小生は或る若い作家を伴って、マダムの家へ行ったのです。もう冬でしたから、座敷に炬燵が拵えてあって、小生達はマダムを中に挟んで、炬燵に向いました。帰りに、その若い作家が言うことには、「あのマダム、炬燵の中で僕の手を握りしめて、離さなかったよ」。「そりゃ、君に惚れたんだよ」と、小生は冗談めかして言ったが、同じ炬燵の中で自分の手の空しかったことを思い、内心穏かでありませんでした。それ以来、二人の間は急速に濃かになって、小生はいつ行っても、好いところを見せつけられるばかりでした。

去年の夏のことです。小生は或る焼鳥屋へ飛び込みました。おかみさんは少々小説を読むと見え、小生の名を聞くと、喜びを顔に現わし、「よくいらっしゃいましたわねえ」と、小生の手を取って、情の籠った撫で方をしました。好意を持たれていると知ると、小生は嬉しく、しかし外面は素知らぬ顔をして、それから毎晩通いはじめました。おかみはだんだん熱して来るように見え、小生は受け身で、それを楽しんでいました。店の常連達も、小生が顔を出す度に、「ここのマダム、人の顔さえ見れば、武智さん、武智さんと言ってるんですよ」と冷かすようになりました。秋になった或る晩でした。小生が早めに暖簾を潜ると、丁度停電で、おかみは蠟燭を立てて、その仄暗い影で、牛肉をコマ切れに切っては、葱と一緒に串に挿しているところです。おかみは少し興奮して、焦ら焦らした手つきでした。

「ねえ、武智さん、わたしの彼氏、わたしがこれほど思ってるのに、ちっともわたしのことを思ってくれないのよ」と、そう言うおかみの目尻には、涙が溜っていました。それを聞くと、「わたしの彼氏」というのはてっきり自分のことにちがいないと、小生は考えたのです。小生がいつも外面冷かな様子をしているので、愚痴を言ってるんだなと思ったのです。「彼氏って、誰なのよ」と、小生は知らん顔で聞き返しました。「わたしの彼氏、知らないの」。「知らないよ」。「だから、嫌やになっちゃうのよ。わたしの前にいるんじゃないの」。おかみはそう言いながら、目をクルクルと円めて、小生の方を指差して笑いました。小生はニヤニヤとしていました。それから冬の始まろうとする頃でした。その晩は、おかみの店が休みだったので、小生は、おかみの仲好しで、やはり焼鳥をやっている人の店へ寄ったのです。飲んでるうちに、小生が通っている焼鳥屋の話になりました。「武智さん、富子さんの彼氏、御存じ?」と、そこのおかみが聞きました。「知りませんねえ」と答えてから、小生はもう酔払っていたから、臆面もなく、「僕ではないですか」と、聞き込みました。「お気の毒ですが、ちがいます」。「僕だと思っていたんだが」。「いえ、ちがいます」。「じゃア、誰だろう」。「ここだけの話ですけど、富子さんに言っては駄目よ。実は早川さんなのよ」。早川というのは、よその飲み屋で知合って、小生がその焼鳥屋を紹介した新劇関係の若い男でした。恋とは何んて速いものだろうと思って、小生は自分の頓間さに呆れました。停電の夜の、「わたしの彼氏」というのも、既に早川らしいのです。酒飲みは誰でもそうでしょうが、小生も宿酔の自己嫌悪に陥る度び、今日から酒を慎もう、今日から酒を止そうと、身悶えするのです。妹にも、しょっちゅうそう言うのです。しかし、益々酒が深まるばかりなので、「口で言うだけで、ちっとも止めないじゃないの」

と、妹から逆襲されるあんばいなのです。そんな時、小生は妹の前に負けているのですが、酒を止めたいと思い、またそれを止められぬ気持、これは誰にも判ってもらえないのだ、と自分の孤独を噛みしめると同時に、自分でもどうにも出来ぬ弱さを嘆くのでした。

去年の秋のことでした。或る晩酔っ払って帰って来ると、或る旧い友人からの葉書が、机の上に載っていました。その友人は、戦争中郷里の市へ疎開して、そこで戦災に会って、無一物になったのでした。職にもありつけず、東京では中学校へ行っていた彼の息子は、街頭で靴を磨いているような人の噂でした。小生はその噂を聞くと、痛ましい気持で絶えて久しい便りをしたのです。葉書は、その返事でした。噂に違わず、夫婦で串団子を売って、親子四人が、細々とした暮しを立てているという文面なのです。一時は自殺をしようかと思ったけれど、妻子のことを思うと、それもならず、生きているだけの生活だというのです。小生は溜息を吐いて、酔いも一時に醒める心地でした。時には、一夜に千円もそれ以上も浪費して、酔い潰れた挙句には、直ぐその省線駅前から、人力車に乗って帰って来ることもある自分を顧みて、自分の贅沢さに恥入ったのです。面目なくて、彼に顔が合せられないほどの気持でした。そして、明日からもう酒は止そう、その代り、海苔でもお茶でも送って、彼を慰めようと、殊勝な心を湧かしたのです。しかし、翌る日になると、海苔もお茶も送るどころか、昨日に渝《かわ》らぬ酔っ払いでした。

小生の息子の幸夫は、新制高校の一年生で、もう八年越し、郷里の家に預ってもらっているのです。彼は絵に熱中して、盛に写生をやっています。これも去年の秋のことでしたが、或る晩小生が例の如く泥酔して帰って来ると、幸夫からの葉書が、やはり机の上に載っていました。郡内の新制高校の美術展覧会が催され、風景画と自画像を二点、出品したという便りなのです。制作が遅れて、締切期限までに間に合わなかったけれど、特別に頼んで、陳列してもらったというのです。そして、場内で自分の作品が一番大作だったと得意になっているのです。この葉書を読んだ時も、小生は、明日からもう酒は止そうと思いました。遠く離れた故郷で、自分の息子が、少年の純粋な気持で、風景画や自画像に熱中している姿を想像すると、自分の毎夜の所行が恥じられてなりませんでした。かくも、酒のため、心も濁り行いも乱れた父とは知らず、遠く思いを寄せて来る息子の心の内を思うと、自分の心も清まり、行いも正される思いがしたのです。小生の妻が女学生時代から持っていた絵具箱が押入にあり、それにはパステル絵具も入っていましたので、その翌る日早速、それを息子に送ってやりましたが、ただそれだけのことで、小生の乱行は相変らずでした。

小生が、今年の初めから春にかけて、二月ばかり郷里に帰っていた時のことです。東京へ立つ二三日前の晩のことでした。お袋が、突然何を言い出すかと思うと、こんなことを言うのです。「われ（お前）も、東京へ去《い》んだら、もうあんまり酒を飲うで、ほかの者を待たすな。俺《おら》も、お父さんが飲み盛《さか》っちょった時分、毎晩々々、遅うまでお父さんを待った、待った。なんぶ待っても、戻《も》んて来るすべを知らん。あればア辛かったことはなかった。われも、あんまり待たすなや」。酒飲みの夫を持った母の嘆きが、陽に焼け、小さく皺んだその顔に、暗く描かれました。父は長い間村長をしていたので、役場の人たちとよく飲んでいたのです。母の一言、小生の胸に徹りました。何物にも増して、小生の魂を震撼させました。小生は、母の訓えに応えて、今度東京へ行ったなら、もう今までのように飲むまいと、心の中で誓いました。しかし、東京に帰って来ると、母の訓えもどこへやら、田舎へ帰る前も同じな自分を発見して、度し難い息子だと、母の面影に顔向け出来ぬていたらくなのです。

酒を飲むから、仕事が出来ぬ。仕事が出来ぬから、金があんまり入らない。あんまり入らないその金で飲むのだから、シャツもズボンも襤褸を身につけ、生活の危殆に瀕しつつ、その日その日に追われているのです。以前小生は、古本屋を漁って本を買うのが、何よりの楽しみでした。その頃の小生のモットーは、「金が有り余ってから本を買おうとするな。それではいつまで経っても本は集まらない。たとえ襤褸を纏ってもいいから、先ず本を買え」と言うのでした。本を買うためなら、その主義に則るのも、讃むべきではありましょう。ところが、それを酒に移して、酒を飲むために襤褸を纏い、いつもすっからかんでいるのが小生の現在なのです。どこに、讃むべきところがありましょう。

この間の晩、一寸可笑しなことがありました。夕食後、小生は「愛の調べ」という映画を見に行きたくなったのです。あまり毎晩飲みに出るものだから、少し気が差して、「愛の調べ」を見に行くのにかこつけて、一杯飲んでかえる魂胆でもあったのです。「愛の調べ」は、日頃妹が口を極めて推賞していた映画ですから、都合もよかったのです。丁度その晩、或る本屋から印税の残りを届けてくれることになっていたので、夕食後、小生は暫く待っていました。小生の紙入には、前の晩使い果した、十円札が二三枚あるきりでした。本屋からはなかなか遣って来ません。待ち侘びた小生は、妹に借りて行くよりほかはないと思ったのです。しかし、流石《さすが》に言いにくくて、一寸ためらいましたが、そうするよりほかはないので、思い切って茶の間へ行って、「おい、五百円貸してくれ」と妹に言いました。妹は、洋裁の内職で溜めた金の中から、五百円取り出して、小生に渡しました。それを見ると、姉娘の豊子が、「お父さん、明日、父母会費や切れを買うお金が要るんだけど」とねだるのです。小生は渋面を作りながら、「いくらだい」と聞きました。娘は黙算してから、「四百円ほど要るんだけど」と言うのです。小生は、表面は気前よく、五百円のうちから四百円を取って、娘に渡しました。あとには、百円札が一枚、残ったきりなのです。小生は内心べそをかいていましたが、それが表にも現われていたにちがいありません。妹が気の毒そうに、「兄さん、それだけでは、帰りが困るでしょう。もう三百円貸そうか」と言うのです。妹は、酒を飲もうとする小生の心を察したのです。小生は自分の妹ながら、その立派さに感謝しながら、喜色を現わして、「うん、貸してくれ」と応じました。妹は三百円追加してくれました。それから、ものの三分も経たぬ頃おいでしたが、玄関の戸がガラリとあいて、誰か訪ねて来た様子です。小生は、妹から借りた金を紙入れにしまって、外出せんばかりのところでした。妹が取次に出て行きました。「○○社から印税を持って上ったんですが、遅くなって相済みません」という声なのです。小生は慄え上るほど嬉しかった。金に困っている時、思いがけず金の入るのは、天の恵みかとも思われるのです。妹は、掌で口を被い、こみ上げる笑いを嚙み殺しながら、かえって来ました。小生もまた、嬉しいやら可笑しいやら、こみ上げる笑いを殺すために、直接玄関へ出ずに、茶の間から廻り路して、玄関へ出て行きました。本屋の人が帰ると、小生も妹も、思わず大声を挙げて笑いました。暫く笑いは止みませんでした。その笑いの中から、「兄さん、もう五分辛抱すれば、恥を搔かずに済んだんじゃないの」と、妹は言いました。「そうだったよ。三分だねえ」と小生も、また笑いました。小生は俄に大きな気になって、少したんまりと紙入れに押し込み、「愛の調べ」を見に出かけました。帰りは、言わずと知れているでしょう。懐ろに物を言わせて、飲み過したのです。雨上りのぬかるみに尻餅をついて、羽織も足袋も泥んこにして帰ったのです。この晩のことは、一場の笑い話として思い過せば、それでいいのかも知れませんが、小生は、自分の愚劣さが感じられてならないのです。

二三日前、小生は近所の医者へ行って、健康診断をしてもらいました。この頃、少しからだの加減が悪いのです。頭がボーッとして、気が遠くなることがあるのです。時折、尿に白いものが交って出ることがあります。小生は、先ず尿を持参して、検査してもらいました。尿はひどく溷濁していました。「これは何かあるかも知れないねえ」と言いながら、老医師は奥に引っ込み、やがて出て来たところを見ると、キラキラと澄んだ尿になっているのです。「御心配には及びません。酸性反応の結果、尿に塩分が交って出るのです。神経を使いすぎたり、疲労したりする時、こういう現象が起るのですから。尿それ自体には、何んの病気も認められません」と、医師は小生を安心させてくれました。次は、血圧を計ってもらいました。血圧は、百六十でした。小生は四十八歳ですから、四十八に九十を足した百三十七が正常なわけです。二十二多いのです。しかし、二百以上でなければ、そう警戒手当をする必要はないということでした。「酒は悪いでしょうね」と尋ねると、酒よりも煙草が悪いという話なのです。ひとの話によると、医師によって、酒の好きな医師は煙草が悪いと言い、酒の嫌いな医師は酒が悪いと言うのだそうです。してみると、あのお医者さんは酒好きだったのかも知れないのです。しかし、大体において、酒よりも煙草が悪いというのが通説のようですから、小生は一安心でした。医者は、煙草をやめるわけにはゆかないだろうから、吸っても、咽喉まで吸い込まないように、口に含んで吐き出すようとの注意を与えてくれました。それから、心臓を診てもらいました。かなり大きく肥大しているとのことでした。血圧が高いから、それは当然だとの話でした。心臓が無理な働きをさせられるから大きくなったので、そういう心臓は早く疲れが来ると脅かされました。

酒が悪いに決っています。酒を飲まない晩は、よく眠れません。小生は、自分のからだがかなり痛んでいるのに気が附きました。小生は、俄に命の衰えを感じました。小生は命を大切にせねばならないのです。小生は、少くともあと十年は生き延びねばなりません。自分の文学は、まだこれからだと思っています。一家においても、老父母と、弟妹子供の間に立って、一家の柱であるべき人間です。小生は酒を廃して、命を全うしたいのです。

昨夜は、これから当分酒を飲まないのかと思うと、「最後の晩餐」の感じでした。で、知合いの飲み屋を、片っ端から飲み歩いてみました。「僕は血圧が高いから、もう明日から酒は止めです」。何か、敗者の感傷めいたことを言いながら、飲み屋から飲み屋へ渡り歩きました。まともに受けて、「武智さんが酒を止めるなんて淋しいわねえ」と言う人もあり、「へえ、酒を止めるんですか」と、一笑に附する人もありました。行きつけの飲み屋だけでなく、噂に聞いていただけの飲み屋へも、この際と思って、一二寄ってみました。その中には、昔新劇女優をやっていたという女の営む屋台もありました。彼女は身ぎれいにすれば、十分美しいはずなのに、髪も額も垢じんで、指など黒ずんでいました。彼女は写真アルバムを出して来て、小生に見せました。女学生時代、新婚時代、それから女優時代の舞台写真など、今の彼女を前にすると、まるで嘘のような、良き時代の写真が一杯貼りつけられてありました。粕取一杯で、「一夜の馴染みか」と心の中で呟きながら立ち上ると、小生は帰途に就いたのです。もう二時近くでした。やがて、帰り途にある「ぼたん」という屋台の前にさしかかりました。そこは最終点の屋台で、そこから先にはもう飲み屋はないのです。灯が点って店が開いているのに客はなく、店の前の暗がりに、若いおかみが立っていました。「もう一度飲めるのか」と喜びながら、小生は近寄って、「一杯飲ませて下さい」と言いました。「随分お酔いだから、今夜はおよしなさい」とおかみは言いました。「僕は明日からもう、酒は止めるんだ。飲ませてくれよ」。「でも、およしなさい。おからだに悪いですわ」。「じゃア、お客がいないじゃないか。一緒にかえろう」。「お伴しますわ」、とおかみはきさくに受けました。小生は店の前の箱かなんかの上に、ステッキに寄っかかったなりで腰かけて、待っていました。おかみは灯を消し、戸を閉め、葭簀を畳む様子でした。おかみは、煉炭の燃えた七輪を両手に提げて出て来ました。赤く燃えた煉炭の穴だけが、目のように闇の中で光っていました。「煉炭の七輪を抱えてかえるところは、世帯の味があって、なかなかいいねえ」と言いながら、小生はおかみの肩にそうっと手をかけました。それからほんの二三間歩いたと思いました。「それでは、ここで失礼いたします」と、おかみは腰を屈めました。「なんだ、もう別れるのか」と、小生は呆っ気に取られて言いました。「あたしの家は、ここの路地を入ったところですから」。「そうか、じゃア、左様なら」。「お休みなさいませ」。「最後の晩餐」だというのに、なんだか尻切れ蜻蛉のような感じで、だが何もかにも判らなくなって、小生は帰って来ました。

小生は、この禁酒宣言の文章を、小田原急行沿線の、或る谷深い鉱泉宿の一室で草しているのです。昼過ぎ、東京の家を立って来たのです。途中気分が悪くなって、或る駅に下車して、暫く息を入れました。昨夜の「最後の晩餐」の酒が祟って、昼まで頭が上らず、その宿酔で頭が朦朧として来たのでした。朝昼兼帯の食事を一杯しか摂っていないので、気力も失せていました。だが、たとえ医者に診せて、家に帰って静養せよと言われても、小生は引き返す気にはなれませんでした。是が非でも、東京の猥雑な生活から離れたかったのです。路傍の青草の上に行き倒れても、谷の奥深い林の中で行き暮れてもいい、小生はどこまでも行程をつづけたかったのです。そのうち、胃も差し込んで痛むので、持参の重曹を飲むべく、駅長室へ行って、白湯を貰いました。一二台電車をやり過すうち、漸く気力を回復したので、小生は再び電車を乗り継いで来たのです。

　ここは谷のどんづまりで、三軒ある鉱泉宿のうちでも、一番奥に当ります。眺望というほどのものもなく、窓の外の狭い視界には、黄色く熟れた麦畑と、赤い観音堂のある杉森と、夏を思わせる白雲が立っているのが見えるきりです。小生の居る部屋は、三級旅館の二等室で、古びた二階の一室です。小生が今これを書いていると、左足指のところを、何かがモジャモジャと引っ掻く気配です。見ると、三寸もあろうかと思われる大蚰蜒《げじげじ》が、足指に取っ着いているのです。小生は慄い立って、有り合せのフルーツ・ナイフで切りつけました。蚰蜒の首は容易に落ちませんでしたが、鋸を挽くようにナイフを挽いているうち、遂に半ば切断されて、蚰蜒はぐたりとなりました。

明日の午後は、小生はここを立って、もっと奥の鉱泉場に歩いて行くつもりです。三十分で行かれるのだそうです。ここで二晩を過すつもりでしたが、どうしてもそこまで行ってみたくなったのです。そこには、たった一軒きりしか、鉱泉宿がないのだそうです。思うても、鄙びた宿のようです。その一軒宿が、小生を招いて仕方がないのです。滴るような、またゆさゆさ揺れるような山の緑を恋うて、人里離れた奥へ奥へと、どこまでも行ってみたいのです。それは、渇者が水を恋うて、これでもかこれでもかと、咽喉へ水を通す気持に譬えられましょうか。

(昭和二十四年七月)

いさかい

上野へ展覧会を見に行ったかえりだった。省線電車を降りると、子供を連れていたので、一路帰宅するつもりだった。しかし、いつもの悪い癖が出て、一杯引っかけなくては帰れない気持になって来た。で、子供を先にかえして、私は通りがかりのビーヤホールへ入って行った。絶えて久しいビーヤホールなるものが、私の好奇心を唆ったのでもあるが、通し附百三十円という貼り出しが、懐中に百円札を二枚しか余していないその日の私にとって、何よりなのであった。

ジョッキを一杯傾けると、私は外に出た。そのまま帰ればよかったのだが、ついフラフラと、二三軒後戻りして、「ゆかり」の暖簾を潜ってしまった。七十円あれば、焼酎が一杯いけるという肚だった。「ゆかり」のマダムは、もと新劇の女優だったそうであるが、いつもは貧乏たらしく、垢染んだ恰好をしているのに、その晩に限って、喪服とでも言いたい、黒の裾長の洋服に身を包んで、薄く化粧をしていた。袖はピチッと手首を締めていた。折り返しの襟には、白い花の刺繡が施してあった。

狭苦しい店には、見たところ三十四五かと思われる若い男が、顔を赤くして、三つしかない椅子の一つに腰かけ、壁に倚っかかって、ビールを飲んでいた。

「武智さん、暫くでした。」その男は、私を見るなり、そう会釈した。

私は驚いて、彼の顔を凝視した。どこかで見たことのある顔だとは思いながら、どうしても思い出せなかった。私はもどかしくてならなかった。

「失礼ですが、どなたでしょう。頭のどこかまで思い出せながら、どうも思い出せないんです。」と私は言った。

「『青草』という雑誌のあったのを御存じでしょう。」とマダムが口を挟んだ。

「ああ、思い出した。砂田君ですねえ。」と私は思わず叫んだ。

砂田君は、終戦直後、「青草」という雑誌の編集をしていて、私の家にも何度か来たことがあった。或るキャバレへ案内してくれたこともあれば、或る旅館の一室を、私の仕事場に世話してくれたこともあり、割合親しくしたのであったが、雑誌が間もなく潰れるとともに、ずうっと顔を合すこともなかったのだった。訊けば、今はダンス教習所の支配人をしているということだった。

「こんなところで落ち合おうとは、意外でしたねえ。」と私は言った。

「このマダムとは——梅田さんと言うんですが、梅田さんとは、二十年来の友達でして……」

「二十年来の友達？ 僕が別々に知ってる砂田君と、マダムとの間に、そんなゆかりがあろうとは思わなかった。全くゆかりだねえ。」焼酎を口につけて、俄に酔いを発して来た私は、そんな駄洒落を飛ばして喜んだ。

「僕もねえ、あすこの壁に、武智さんの書いた字が懸っているのを見て、度々飲みに来られると聞いて、世間は狭いものだと思いましたよ。」

私の書いた字というのは、或る晩酔っ払って、便箋に書き殴ったのが、色んな人の字に交って、壁に貼りつけられているのだった。

「全くねえ。字も書いとくものだねえ。」と私も感慨を催した。

砂田君は、マダムに招ばれて、相談事で初めて店へ来たのだったが、今に私が現れるかも知れないと、長いこと待っていたということだった。待ちきれなくて、一時間ばかり中座して、私の家へ迎えに行ってみたけれど、私の家を探し当てることが出来ず、散々歩き廻って、空しく帰って来たところだということだった。

「武智さん、実に会いたかったですよ。いいところへ来てくれましたねえ。懐しいですよ。今夜は大いに飲みましょう。」砂田君は、私の焼酎のコップへビールを注ぎ足した。

「いや、僕は毎晩飲みすぎているし、今日は金も持ってないから、また改めて大いに飲むことにしましょう。」と私は恐縮した。

「いや、この嬉しさで飲みましょう。」と言いながら、砂田君は洋服の内ポケットから、幾枚かの百円札を出して、マダムに渡した。

「梅田さん、今日はこれだけしかないけど、決して迷惑はかけないから、大いに飲ましてくれよ。」

「じゃア、うちには何んにもないから、何かお肴を買って来ましょうね。」と言って、マダムは出て行った。

マダムの出て行く後姿を見送りながら、

「そうですか。二十年来の友達なんですか。それじゃア、お互に青春を頒ち合ったわけですねえ。」と冷かしながら、私はもう一度感慨を繰返した。

「何も変な関係はないんですが、お互に芝居が好きだったものですからねえ。それ以来、梅田さんに何か困ったことがある度に、相談に乗ってやってるんです。今度は、娘さんが精神病院に入院したもんですからねえ。」と、砂田君は事情を打ち明けた。

その娘は、私も一度だけ見知っていた。初めてこの店に来た時だった。セエラア服で、眼鏡をかけて、髪をお河童にした、背の高い娘が、店を出たり入ったりしていた。まるで表情のないその素ぶりが変だった。奥に引っ込むと、「お母アちゃん」と何度も呼び立てた。その度にマダムは、「静にしていなさいね」とたしなめた。

「十七ですけれどねえ、頭が一寸変になってるんですよ。お医者さんに見せると、何かショックを受けたことがあるんだろうと言うんですけど、何も心当りがありませんの。」とマダムは、頰を膨らせて煙草を細く吹き出しながら、沈んだ顔で言った。

「早発性痴呆症でしょうね。」と私は言って、私の妻も早発性痴呆症で亡くなったことを話し、入院を奨めたのであった。

「わたし、あの子に若し死なれるようなことでもあれば、生きてる気がしませんわ。」と、マダムは突き詰めたことを言った。

砂田君の話によれば、その娘は、マダムの芝居仲間であった前の夫の子供だということだった。マダムはその男に捨てられたのであった。今の夫は胸を病んで、名古屋あたりの田舎で、病いを養っているということである。夫と娘と、二人の病人を抱え、飲み屋だけではとてもやってゆけないので、前の夫に話して、補助してもらおうというのが、マダムの意向なのである。そのことで、砂田君は相談を持ちかけられたのであった。

「梅田さんの困ってることは判るんだけど、そんなことは止せと、僕は言ったんです。今更、自分を捨てた男の力を借りるなんて手はないですからねえ。」

「そう聞けば、可哀そうですねえ。」

そんなことを話し合っているところへ、マダムが帰って来た。私は口を緘《つぐ》んだ。マダムは、買って来たトンカツを皿に載せながら、気配を勘づいたような笑いを浮べて、私達の顔を見廻した。

「砂田さん、また何か話したんでしょう。」

「いえ、何も話しませんよ。」と砂田君はとぼけた顔をした。

私は照れ臭くて、むずむずして来た。何か誤魔化したくなって来た。

「梅田さん!」と、私は大きな声で呼びかけた。いつもは「マダム」と呼んでいるのに、酔った勢いで、急にやんちゃになったのだった。「梅田さんは、今夜はとてもきれいだと思っていたら、昔の恋人が訪ねて来たんだってねえ。」

「恋人だなんて。」とマダムは打ち消して、「ねえ、砂田さん、ほんとに何んにもなかったわねえ。」と、砂田君の顔を覗き込んだ。砂田君はニヤニヤと笑っているきりだった。

「少くとも、淡い恋愛くらいはあったんでしょう。」と私は砂田君の顔を見た。

「それくらいはあったかも知れないけど。」と、マダムが引き取って言った。

「兎に角梅田さんは幸福だよ。こういうしっかりした人を」私は砂田君の肩を叩きながら「二十年来の相談相手として持ってるんだからねえ。」と感激的に言った。

「ほんとに、わたしもそう思いますわ。」とマダムはしんみり受けた。

「梅田さんが舞台に出ていた頃」と砂田君はからだを起して、「二十年前のことですがねえ、僕はまだ早稲田の学生で、フランスの演劇を研究してたんですよ。その梅田さんが、舞台をやめて、松竹へ入って、映画女優になると言うんです。僕はそれは堕落だと言って、その頃住んでいた笹塚から新宿まで一緒に歩いて、諫止に努めたものでした。あの時分は、変な情熱を持っていたものですねえ。」

「あの時分は、ほんとによかったですわ。あの時分の砂田さんと来たら、とても純粋で、生一本でしたわ。わたし、到頭説き伏せられてしまいましたの。」とマダムは笑った。

「今夜の梅田さんが、聖未亡人とでも言いたいほど冴えて見えるのも、そういう青春が蘇って来るからでしょう。」

「わたしねえ。」とマダムは話頭を転じた。「女学校の時分に、好きな人がありましたの。中学生でしたけれど、その人が突然死んだ時の悲しかったこと！　それから一年間というもの、お花を持って、毎日お墓へお詣りしましたの。今でも、その人のことを思うと、胸が熱くなって、忘れられませんわ。まア言ってみれば、その時以来、私の生涯は未亡人みたいなものですわ。」マダムは淋しく笑った。

「なんだ、惚気か。」と、私は交ぜ返した。

時間が経って、次第に私は座に飽いて来た。砂田君に御馳走になってばかりいるのも心苦しくなって来た。私は座を変えようと思った。

「砂田くん、ここはこれだけにして、どっかほかへ行ってみませんか。」と私は誘った。

「でも武智さん、お金お持ちじゃないでしょう。」と砂田君はためらった。

「金は持ってないいんだけど、顔の利くところがあるんだから。」

「それは悪いなア。」

「いや、いいですよ、顔を利かせますから。」と砂田君は考えてから、「梅田さん、さっき渡した金のうちから二百円返して下さい。」と手を出した。

「駄目よ、砂田さん。」と、マダムは砂田君の手を拒んだ。

「いいじゃないか。その二百円を武智さんに持ってもらって、あと奢ってもらうということにするから。」

「いいよ、砂田君。心配要らないよ。」と、椅子に坐って動かぬ砂田君を、私は引き立てた。

「いや、それでは気持が悪い。梅田さん、二百円返してくれよ。」と、砂田君はまた手を出した。

「いいったら。」と私は砂田君の手を引いたが、砂田君は聞かなかった。

「駄目ったら、砂田さん。それをお返ししたら、明日の朝、娘の見舞いに行くことが出来なくなるんですもの。」とマダムは悲しそうな顔をした。

「そんなら、明日の朝病院へ行くまでに、僕んちへ来るといい、必ず返済するから。」

「だって、昨夜武智さんたちに飲んでいただいたビールだって、今夜のビールだって、みんな近所で借りたのよ。」マダムは益々悲しそうな顔になった。

「いいじゃないか、明日の朝までと言うんだから。」

砂田君は絡んでゆく。マダムは取り合わない。私はこの諍いを耳にしているうちに、その前の晩、友達二人を連れて来て、千円余り借金しているのが、マダムの絶体絶命の様子に照し合せ、居たたまれない気持になって来た。私は家へ帰って金を持って来るために、そっと席を外した。

三四十分の後、私が金を持って帰って来ると、マダム一人ポツネンとしていて、砂田君の姿は見えなかった。

「砂田君、どうしたの。」私は急き込んで訊ねた。

「帰りましたわ。」

「僕が悪かった。折角、あなた達二十年来の友情を、僕が傷つけたじゃないか。」私は胸が切なくてならなかった。

「いいですよ。あの方、お酒に酔うと、片意地になる癖がありますのよ。気にすることありませんわ。」マダムは案外平気そうだった。

「そうか、そうならいいけれど。喧嘩別れじゃ、ないでしょうね。」

「いいえ、今夜限りのことですわ。」

私は金を置いて出たが、その後度々店を覗き、砂田君がやって来たということを聞くまでは、気になってならなかった。

「これ、呉れよ。」と言って、或る晩砂田君は私の書いた字を剝して行ったそうである。それには、「天の星を叩き落そうとは思わない、地の落花を掻き集めたい」と書かれてあった。私の文学観のつもりの文句だった。

それを聞いて、私はやっと安心をした。

（二三、七、一三）

春寂寥

　つい昨夜のことだった。私は珍しく、「近江屋」で一杯飲んで来た。「近江屋」で飲むのは、今年になって、初めてだった。

　と言うのが、例によって「千鳥」へ出かけたんだが、生憎屋台が閉っていた。気勢を殺がれた形で、がっかりして、どこで飲んだものかと思案に暮れながら、駅前の方に帰っていた。知合いの屋台はいくつもあるのだが、どこの屋台を思い浮かべてみても、「千鳥」よりほかには、一寸行く気がしないのである。我々酒飲みにとって、行きつけの飲み屋に休まれるくらい、心淋しいことはない。殊に「千鳥」では、五月一日、料理飲食店の再開とともに、新宿へ移ると聞いていたから、もう早やここの店は閉めてしまったのかと、心細い感じだった。ぼんやり踏切を渡っていると、傍を足早やに通り抜けて行く後姿が、「近江屋」の「母アちゃん」だった。油っ気のない髪がそそけて、赤ん坊を負んぶしていた。

「今夜は、近江屋へ寄って飲んでみよう。」

咄嗟に、私の肚は決った。「近江屋」には色気がない。別にサアビスもあるわけではない。それが却て、その時の私の気持にぴったり来るのだった。何か淋しくて、一人になりたくて、ひとに顔を合せるのもうるさい折々、色気のある賑かな屋台を避けて、「近江屋」の汚れた畳の上で、しょんぼり飲んで行くのが、私の習わしだった。昨夜もそんな晩だった。

ガラスの嵌った格子戸を押すと、直ぐ開いた。暫く来ぬ間に、店の模様がすっかり変っているのに、私は驚いた。ゴタゴタした土間の代りに、新しい普請の二部屋が出来ていた。片側の壁には、おしめが懸け並べてあった。これも珍しかった。

「今晩は。」

「どなたですか。」母アちゃんは、奥の部屋で横になって、赤ん坊を寝かしつけている気配だった。

「武智です。」

「武智さんですか。お珍しいですね。」

「すっかり御無沙汰しました。酒はやっていないんですか。」

「やってますよ。よかったら、そちらの部屋にお上り下さい。」

私は障子をあけて、座敷に上り込んだ。

「今、子供を寝かせていますから、一寸お待ちになって下さい。」

「いいですよ、どうぞ。」私は新聞を取り上げながら、「うん、赤ちゃんが生れたそうですね。いつ生れたんですか。」

「去年の暮の二十九日に生れたんですが、三日違いのことですから、戸籍には、今年生れとして届けました。」

「そうですか。遅い初産でしたねえ。」

「えへへえ。」と母アちゃんは曖昧に答えた。母アちゃんは、もう三十を越えている。

「赤ちゃんを育てるのは、大変でしょう。」

「何が何だか、夢中になって、やってますよ。」

やがて、母アちゃんは起きて来た。その後から、赤ん坊が泣き声を立てはじめた。母アちゃんは、はだけた胸を合せながら、襖を開けて出て来ると、押入の中から、一升瓶を取出した。それから、赤ん坊の泣き声に急き立てられるように気忙しく、薬缶の中にコップを置いて、コップに並々と酒を注いだ。その酒を薬缶にはけると、電気焜爐のスイッチを入れて、薬缶を載せた。

「ここにこれを置いときますから、失礼ですが、今のようにして、勝手に飲んで下さい。図々しいやり方ですが、皆さん、お馴染みばかりですから、そうしてもらっています。」

と言いながら、母アちゃんは一升瓶を、私の前にズシリと据えた。

「承知しました。」

「何んにも、お肴がないんですけど。」

「南京豆はないか知ら。」

「隣で買って来ましょう。」

母アちゃんは南京豆を一袋買って来ると、慌しく襖の向うへ消えて、子供のそばへ行った。

薬缶が微に音を立てはじめると、私は焜爐のスイッチを切って、コップに酒を注いだ。コップは畳にじかに置いたまま、南京豆は袋を破つて、新聞の上に撒いた。そうして私は、一人静に、酒を舐めはじめたのである。ここの常連達は、みんな勤めの帰りに一杯引っかけて行く連中ばかりだから、九時と言えば、もう誰も寄って来るものはなかった。母アちゃんが向うの部屋にいて、その場に居合せないのもよかった。私は心ゆくばかり、一人になって行った。

「児玉さんがお帰りになったの、御存じですか。」

襖の向うから、母アちゃんが話しかけた。それと聞いて、私は淋しさが腸に沁みわたるような気持だった。

「いえ、知りません。到頭帰ったんですか。」

「四五日前に帰ったんです。」

「さうですか。ちっとも知らなかった。尤も、三月限り転出證明書を貰っていると言ってましたから、何れは近いうちに帰るだろうと思っていましたが、しかし、いよいよ帰ったとなると淋しいなア。一週間ばかり前、僕の家で、小松君と三人で飲んだのが、最後になりました。」


私の親友児玉左武郎が岡山県の田舎へ帰ってしまったのである。食い詰めて、都落ちしたのである。彼は熱心な文学愛好家で、私の作品を支持してくれ、創作にも志があったが、これという職業もなく、どこからか闇酒を仕入れて来ては「近江屋」に売込んで、それで下宿生活を凌いでいた。ここのおかみさんを「母アちゃん」と呼びはじめたのも、児玉だった。彼はここでよく飲んでいたが、彼の飲む酒は、今自分が売込んだ酒で、従って売込んだ値段より高い値段で飲むという奇態なことになっていた。そんな奇態なことが似合う風格だった。彼はまた、府中や、中山の競馬にも、よく行っていた。しかし生活は次第に窮迫するらしく、もう先から下宿を追っ立てられており、私は彼を憐んで自分の著書の校正を頼んで、幾何《いくばく》かの謝礼を握らせたことがあった。この頃では、酒屋に酒が出廻って、闇酒の売込みも思うに任せず、専ら蔵書の売り食いに依存しているということだった。私のところへも岸田劉生の画集を売りに来て、こんなことを話して、笑って行った。

「売り食いなんて、実に心細いものですねえ。例えば、芯の悪い鉛筆を削るようなものですよ。削るそばからポキポキ折れて。忽ち一本の鉛筆をつぶしてしまう工合で、頼りないこと、ありませんよ。」

そんな生活が支えきれず、彼は一人悄然と東京を去ったものと思われた。竹のステッキが、私への置土産であった。

「一旦、田舎へ帰っちゃえば、もう東京へはなかなか出て来られないでしょうねえ。」と母アちゃんが言った。

「こういう時勢ですからねえ、むずかしいでしょうねえ。」

「気の毒ですわねえ。」

「可哀そうですよ。田舎に帰れば、郵便配達でも何んでもやると言ってましたが、どうでしょうかねえ。うちでは、兄さんがちゃんとしたお医者さんをしているそうだし。」

「そうだそうですねえ。」

「しかし、田舎へ帰るほかなかったでしょう。東京に居たって、どうしようもなかったでしょう。僕等も引き留めたって仕様がないから、見送るよりほかなかったんです。」

「何んにも仕事をしていなかったですからねえ。」

「そうですよ。それで、今日までよく持ちこたえられたものだと思いますよ。」

「児玉さんは、小説は書かないんですか。」

「そのことですよ。僕等の友達でも、小松君はちゃんとした見識を持って、赤表紙と言われる雑誌にでも小説を書いているし、八木君は童話を書き始めるし、児玉も何んでもいいから、書けばいいのに、書かないんです。以前から、僕等も書け書けと言うし、本人も書く書くと言って、『冬の初めの雨』という小説を書きはじめたことがあるんです。一昨年の秋、僕が田舎へ帰る前のことでしたがねえ、その時、十六枚出来たと言ってました。僕等も悦んで、何枚くらいになる予定かと尋ねると、六七十枚で仕上げるつもりだということですから、大いに激励して、その後の様子を時々尋ねてみますと、尋ねる度に十六枚しか出来てないと言うんです。この間、うちで飲んだ時尋ねてみても、やっぱり十六枚なんです。これではお話になりませんよ。」

私は酔いを発して、お喋りになり、そして声高に笑った。

「そうですかねえ。」と母アちゃんも笑った。

「要するに、書けないんですよ。しかし、今度帰るについて、東京へ留まるにしても、田舎へ帰るにしても、小説を書くよりほか、君の道を拓く方法はないと言っときましたから、そのうち若しかしたら『冬の初めの雨』を書き上げて、僕のところへ送って来るかも知れないと思っています。そして、僕が読んでみて良かったら、どこか雑誌社へ紹介してやろうと思っています。」

「そうなれば、いいですわねえ。」

私は話しながら、一升瓶を手許に引き寄せていた。コップを一杯空けたのである。私は母アちゃんがした通りに、薬缶の中へコップを置き、コップに酒を注いで、それを薬缶にはけた。電気焜爐の上に薬缶を載せ、スイッチを入れた。そして、薬缶が音を立てはじめたところで、二杯目のコップに注いだ。

「児玉が帰ったと聞いて、本当に淋しいですよ。」私は酔いの加減で、やや感傷的に言った。

「そうでしょうね、いい話相手でしたから。児玉さんは、うちへ来る度に、武智さんの話ばかりしていましたよ。」

「そうですか。どんな風の吹き廻しで、またひょっくり僕の家の玄関へ顔を出さないものでもあるまいと思いますが、結局空頼みに終るでしょうね。当分は出て来られないでしょう。」

児玉は四十を二つ三つ越えていたが、まだ独り者だった。酒焼けのした赧ら顔に、大きな目玉をギョロつかせ、前歯が三四本欠けていた。だから、笑う時は、口に手を当てがって笑った。「近江屋」の常連の一人は、児玉を「写楽先生」と呼んでいた。写楽の描いた役者絵に一寸似ているところがあったからである。児玉をよく知らない飲み屋の女たちは、「児玉さんて、怖そうな方ねえ」と煙たがっていたが、私は彼のコクのある人柄が好きであった。彼も私を好いてくれた。私は彼との附合いの間、一度も不愉快な思いを抱かされたことはなかった。児玉は酔えば、短歌の朗詠をやった。さのさ節を歌った。二上り新内も歌った。最も得意とするところは「帰れソレントへ」であった。私は彼の歌を評して、ちびた箒で掃くような歌だと笑ったが、さびのある声と調子は、玄人めいていて、座を圧した。その側では、私などの好い加減な歌は、青臭い気がして仕方がなかった。

私と児玉の関係は、古本が取り持った縁だった。彼は愛書家である。私も本好きである。彼が初めて私を訪ねて来たのは、戦争の終る年の五月か六月頃であったが、一見旧知の如く、それ以来、古本の話を中心に、三時間でも四時間でも対坐して倦むことを知らなかった。「最近何か手に入れた？」と訊くのが、彼の顔を見る度、私の挨拶代りだった。彼が私の家に来る時はいつも、途中の古本屋で漁って来た本を、一二冊携えていないことはなかった。私は私で、自分の獲た本を、児玉の前に取出して、自慢げに見せるのだった。私の持っている志賀直哉の「留女」は、彼が郷里に帰っていた時、米子の古本屋で見つけて来たのを、譲ってくれたものである。彼の持っている葛西善蔵の「馬糞石」は、彼に譲るべく、私が買って来てやったものである。二三年前頃には、私達は一緒によく古本屋を歩いたものだった。歳も暮れかかる寒い日に、彼に誘われて、東中野から小滝橋、中野へと古本屋を漁ったこともあった。また、夏の暑い日盛りに、私の案内で、三鷹から吉祥寺まで歩いて、古本を抱えて来たこともあった。そんな帰りには、「軽く一杯」と言って、必ず飲み屋に寄るのだった。事実「軽く一杯」で、湯豆腐かなんかを肴に、コップに二杯も飲めば、好い気持になったものだった。その「軽く一杯」が、如何に楽しかったことか。

「あの時分はよかったなア。」と、私達はよく回想し合ったものだった。児玉は最近でも無茶酒は飲まなかったが、今は呑兵衛になってしまった私としては、本当に懐しい気持で、当時を回想するのである。貧しい心を持った黄金時代だった。

児玉の批評眼は犀利であった。彼の鑑賞力は卓越していた。作品の核心をズバリと衝く彼の一言を、私は高く評価していた。私はしばしば啓発されるところがあった。いつか私は、或る知人に彼を紹介して、「僕の友人の児玉君、街の批評家です」と言ったことがあった。街の批評家！　いつも飲み屋にとぐろを巻いて、鋭い意見を吐いている彼の議論も、もう聞けなくなってしまった。彼はあまりに眼が高くなって、それで小説が書けなかったのにちがいない。

或る日彼は、私の本箱から村上華岳の「画論」を抜き出した。「これ読みましたか」と言うから、「まだ目を通していない」と答えると、彼は「製作は密室の祈り」とあるページを指先で叩いて、訥々とした、しかし感激的な調子で、私に読んで聞かせた。

「人間が生きている目的は何にあるか私は未だはっきり言うことは出来ませんが、一番大切なことは世界の本体を摑み宇宙の真諦に達することにあると信じます。ですから私が絵を描くのもその本体を摑む道の修業に過ぎません。画室で製作するのは丁度密教で密室に於いて秘法を修し加持護念するのと同じ事だと思っています。そして又それがために私は煩悩即菩提ということも、煩悩があってこそ菩提があるということもよく知っていますが、しかし矢張り出来る限り煩悩を断って清浄を保ちたいのです。身口意の三つを共に浄めて三密加持してゆきたい、そして菩薩の清浄が欲しいのです。」

私は児玉の朗読を聴きながら、彼の新井薬師近くの下宿屋の一室を目に浮べていた。私はそこを二三度訪れたことがあるのである。玄関の真上の部屋で、一歩室内に入ると、香の匂いがした。彼は朝起きると、香を焚いて、お茶を飲むのだそうである。部屋はきれいに、きちんと片附いていた。彼の愛蔵する文学書は、本箱や床の間に正しく処を得、雑誌でさえも一糸乱れず積み重ねられてあった。壁には、彼に所望せられて私が書いてやった半折が、額に嵌っていた。

「見ずや竹の声に道を悟り桃の色に心を明らむ」

という正法眼蔵随聞記の中にある文句である。部屋のまん中には、カリンの茶餉台と、粗末な椅子一脚。帽子のほかは、衣類一つ見当らない。独り者のむさくるしい下宿部屋を想像していた私には意外であった。彼は外では、闇商売をし、馬券を買い、酒を飲んでいるが、下宿の部屋は、彼の「密室」として住み做しているさまが覗われるのであった。この部屋で、妻もなく子もなく、独り心を澄まして、文学書に読み耽る児玉を想像すると、私は羨望に似た気持を味ったものであった。

「芸術は密室の祈りでなくちゃ、いけないですよ。」児玉は読み終ると、大きな眼玉を輝かして言った。その頃心の荒んでいた私は、それを聞くと、恰も自分が責められたかの如く、心中深く恥ずるところがあった。そして、その翌る日から直ぐ、心の糧を得ようとして、華岳の「画論」を読みはじめたものである。

児玉は時折、一月くらいの予定で、郷里の母の許へ帰ったものである。目白駅の前で買った宝くじ三本のうち、一本が一万円に当って、それを旅費にして帰って来たこともある。彼が田舎へ帰る前の晩には、いつも別れを惜んで、一緒に酒を酌んだ。彼が帰ると、一月の間が待ち遠しくてならなかった。彼はポキポキした大きな字で、筆まめに、田舎の便りを呉れた。極って、「武智一夫様梧右」と書いてあった。私も、彼の留守の間に新に手に入れた本について、値段まで事細かに知らせてやるのが楽しみだった。そんな、一月かそこらの別れでさえも、私は物足りなくてならなかったのに、今度は永久とでも言わば言うべき別れになってしまった。彼は遍歴する人ででもあるかのように、時を措いては、私の家へ顔を出した。時には、昼間から酒気を帯び、顔を朱面にして、「近江屋で一パイやっていました」などと言って来ることもあった。私は彼の顔を見ると、こころも豊かに寛ぐような気持になりながら、何をおいても、彼を座敷に招じたものであった。仕事でどんなに忙しい時でも、決してうるさいとも邪魔っけだとも思ったことはなかった。しかし、今はもう、それも叶わなくなった。いくら待ち受けていても、彼はもうやって来ないのだ。私は片腕をもがれたような気抜けを覚えながら、静にコップを口に運んでは、児玉の面影を懐しんだ。

その時、母アちゃんが起きて来た。

「一人で詰りませんわねえ。」と母アちゃんは気の毒そうに言った。

「いえ、毎晩飲み荒れていますから、たまには一人で、こうして飲むのもいいですよ。酒の味を思い出しますよ。」

「何んにもお肴がなくて、お気の毒ですわねえ。」と言いながら、母アちゃんは押入を開けて、紅生姜の入った皿を取り出して来た。「お菜の残りで失礼ですが、よろしかったら。」

「いいえ、戴きましょう。」私は直ぐ手を出して、紅生姜をかじった。ヒリヒリと舌にひびいた。

「武智さん、この頃専ら『千鳥』だそうですね。毎晩『千鳥』に入り浸ってるってんで、児玉さんなんか心配してたんですよ。」と、母アちゃんはそこに坐った。

「恥しいこってすよ。」と私は照れた。

「正月頃は『源氏』へ盛に行ってるって評判でしたよ。この頃はもう行かないんですか。」

「田舎から帰って『千鳥』へ鞍替えしたんです。」

「田舎へ帰っていられたそうですね。」

「ええ、二月ばかり帰っていて、この月初めに東京へ帰って来ました。――『源氏』へもチョイチョイ顔を出すんですがねえ、何んだか熱がなくなったんです。」

「大分あすこのマダムにのぼせていたって言うじゃありませんか。」

「そうでしたよ。しかし、どんな飲み屋でも、半年も通っていると、飽きが来ますねえ。そうして、どこか新鮮な感じの店へ行きたくなって来るんです。尤も『源氏』は、近く廃めるんだそうですがね。」

「随分浮気ですわねえ。」

「酒呑みって、みんなそうしたものではないですかねえ。その点、薄情とも言えますねえ。気に入ったとなると、毎晩々々、うるさいほど通いながら、気に入らなくなったとなると、ぴたりと行かなくなりますからねえ。そうして、飲み屋から飲み屋へと移って行くんです。終戦後、僕等の仲間でも、最初がここ、それと同じ頃、隣の『富士見』と『泉屋』、それから高円寺の『初花』、つづいてやはり高円寺の『小柳』、それからこちらへ戻って『三日月』、荻窪の『雁金』、また戻って『源氏』、『千鳥』と、随分移ってるんです。僕等はこれを民族移動と言ってるんですが、僕等もこれで、飲み屋のマダムから散々恨まれたことでしょう。」

「『源氏』は、どうして廃めるんでしょうね。」

「聞いてみると、料理飲食店の再開と同時に、許可を受けて営業するとなると、今までの三倍の税金を取られることになるんだそうです。今までだって税金で四苦八苦のところへ、それの三倍の税金を取られるとなるとてもやってゆけないんだそうです。それでマダムが腐って、五月一日限り店を閉める気になって、休んでばかりいるんだそうです。しかし、『源氏』のほかにも、やはり税金に恐れをなして、五月一日から廃めるところが、大分あるようですよ。」

「税金くらい、気にしなくったっていいですのにねえ。うちなんか、昭和二十二年から、一文も払ってないんですよ。」

「そうですか。五月一日からは許可を受けてやりますか。」

「いえ、このままもぐりでやってゆきます。」と母アちゃんは言い放った。「うちなんか、看板を掛けたって掛けなくったって、来る人は極まってますからねえ。」

「そうですね。母アちゃんところは固定した常連があるから、強味ですね。」

それはお世辞ではなかった。事実「近江屋」は味も素っ気もない店のように見えながら、新聞記者だとか、会社員だとか、闇屋だとか、土建業者だとか、そういう人たちが、「近江屋」でなくてはならぬようにして、夕方の一と時、寄り集って来るのだった。母アちゃんの、ざっくばらんな気性に依るようだった。私が行き場を失うとここにやって来るのも、一つはそのためだった。

「『千鳥』はあのままつづけるんでしょうかねえ。」

「それがですねえ。あそこでは食ってゆけないから、新宿へ出るんだそうです。」

「それじゃア、武智さん、置いてけぼりじゃないですか。」母アちゃんは鼻に皺を寄せて、冷かすように笑った。

「それで寂しがっているんですよ。」と、私は本心を冗談に紛らして言った。しかし、私は何か口惜しかったので、急いで言い足した。「荻窪の『雁金』でも、既に新宿に出てるんですよ。」

「みんな、ポロポロ新宿へ出て行って、一体どうするつもりなんでしょうね。やはり新宿へ出なくては食えないんですかねえ。」

「そうらしんです。」

「みんな、廃めたり、よそへ出て行ったり、なんだか心細いわねえ。」

「僕等も、馴染みの飲み屋が、この界隈から、一つ一つ消えて行くのは、淋しくてなりませんよ。馴染みの飲み屋って、いいものですよ。」と私は感激的な口調になった。「今度田舎から帰って来て、しみじみそれを感じたんです。帰って来た翌る日、知合いの飲み屋へは一応顔を出したんですが、どこの飲み屋へ行っても、いつお帰りになったんですか、お肥りになられましたねえなどと、迎えてくれるんです。こちらも、昨夜帰って来ました、長逗留になりましてねえなどと、変に懐しい気持なんです。これは、家族の者や友達などと会った気持とはまた別の気持で、そういう心置きない飲み屋と知合いであるということは、仄々《ほのぼの》とした安息を与えてくれますよ。」

どうも私が、調子に乗って、思わずお喋りしたせいにちがいない、奥の部屋で、赤ん坊が目を覚ましたらしく、泣きはじめた。

「武智さん、どうぞ御ゆっくりなさって。赤ん坊が起きましたから。」と、母アちゃんは裾を乱して立って行った。

「どうぞ、どうぞ。勝手に飲ませてもらいますから。僕の声が高くなったものだから、済みませんでした。」私は酔って他愛なく恐縮した。

外では跫音が絶えず行き交い、それに交って叫喚も聞え、また直ぐの裏手をば、省線の電車は、家ごと持って行きそうな地響を立てながら通っていたが、私の一人居る部屋は、それらに無関心のように静まり返っていた。ただ、新しい普請から発散する杉香だけが、私の鼻を擽《くすぐ》っていた。私はこの杉香が好きである。三杯目のコップに口をつけながら、鼻の奥深く吸う杉香によって、私の連想は「千鳥」の静世さんへ飛んでいた。「千鳥」は、私が田舎へ帰っていた間に出来たとかいう屋台で、暖簾を潜って屋台へ飛び込んだ第一印象が、その新しい杉香だった。そして、そこに静世さんを見出したのである。それ以来、新しい普請の杉香を嗅ぐ度に、私は静世さんのことを思い出すのである。

田舎から帰った翌る日、私は四時頃から「源氏」へ出かけたが、まだ店を開けておらず、「三日月」で飲みはじめ、それから「源氏」へ行った。「源氏」を出た時、既にかなり酔っていたが、それから知っている店へ片っ端から顔を出し、泥酔して戻りかけたが、その時ふと、私の頭に浮んだ女があった。その女は、客と一緒に「源氏」へ来たことがあり、もと雑誌記者をしていたとかで、私の名も知っており、非常に人好きのする人柄だということであった。何んでも名前は、若山節子と言ったようだった。私はその女のいる店へ行ってみたくなったのである。私は飲み屋の店口に立っては、呂律の廻りかねる舌で、尋ねて歩いた。

「失礼ですが、お店に若山節子さんはいませんか。」

どこへ行っても、その人はいなかった。しまいに「えい、どこへでも入ってやれ」とやけで飛び込んだのが、計らずも「千鳥」だった。「千鳥」のおかみはおっとりした感じで、咽喉仏のところに、小さな黒いほくろのあるのが可愛かった。

「ここのマダムは、いいなア。この近所で二番目に好きだ。」私はだらしなくなっていた。他に客があるのも構わず、そんなことを言った。

「では、一番お好きな方は、どこにいらっしゃいますの。」おかみは媚びを含んだ眼をして、睨めるように言った。

「それは、言われない。」私は思わせぶりな笑いをした。胸には、「源氏」のおかみを秘めていた。

その晩は、前後不覚になって帰って来た。それから二三日した或る日、私は妹や娘たちを連れて、街へ映画を見に行った。帰りに、電車を降りると、お八つ頃で、おなかが空いていた。私達は、屋台街の或る支那そば屋へ入って行った。客が立て込んでいて、座席が空くまで、立って待っていねばならなかった。席が空いたところで、妹や娘たちを先に掛けさせ、私はつづいて、皆から離れた一番奥の、壁際の席へ進んで行った。蕎麦の出来るのを待っていると、私の脇の空いた席を狙って、一人の女が近づいて来た。顔を見合せると、その女はニッコリと笑って、会釈した。私は見覚えのない女だから、困った顔をした。女はそれを看て取ると、改めて私の名を尋ねた。

「失礼ですが、武智さんでいらっしゃいましょう。」

「そうです。」

「先夜は失礼いたしました。」

それで、私は思い出した。

「『千鳥』さんですねえ。お見それして失礼しました。この間は酔っ払っていたものですから。」

おかみは、私の隣の席に就いた。

「お店はこの近くですか。」と私は尋ねた。

「直ぐ、この店のまん前です。」とおかみは、店の外に見える屋台を指さした。

「ああ、そうですか。そこですか。酔っ払っていたものだから、どこの店だったか、あとから考えてみても、見当がつかなかったんです。」

その時、店の若い者が私の顔を眙《みつ》めて言った。

「あッ、旦那ですねえ。この間の晩、若山セツコはいないか、若山セツコはいないかって、探して歩いてたのは。」

「そうですよ。」私は家族や客の手前、まっ赤に照れて、小さな声で答えた。

「あの人は若山セツコを尋ね歩いてる、こんなところに若山セツコが現われるんかねえって、みんな大騒ぎをしましたよ。」

「そうでしたか。どうも済みませんでした。」と私は頭を下げた。

「若山セツコって、映画のスタアでしょう。」と、おかみが囁いた。

「そうらしいですねえ。」

「どうして、若山セツコを探し歩いたんですか。」

「それが、人違いなんです。若何んとかいう好い女の人が、このあたりの店にいると聞いたものですから、その人を尋ね歩いたんですが、酔っていたものだから、若山セツコという名前だとばかり思い込んで、そう言って尋ね廻ったんです。翌る朝新聞を見ていると、映画女優論が出ていて、その中に若山セツコというのがあるんです。僕は映画界のことには暗いものですからねえ、若山セツコというのは映画女優だったのかと驚いたんです。僕でも、若山セツコという名をどこかで覚えていて、それが心の底にあったものだから、酔った紛れに、ふっと頭に浮んだんでしょう。」と私は笑った。

蕎麦が一緒に運ばれて来た。私たちは並んで箸をつけた。

「あなたの尋ねていらっした、その若何んとかいう方は、若島さつきって言うんじゃありませんの。」

「若島さつき？　ああ、そう、若島さつきだった。」私は思わず高い声を出した。

「若島さんなら、うちで暫く手伝ってもらっていましたの。」

「そうですか。お店にいたんですか。」

「今は、中野の駅前に、自分で店を出しています。どうして、若島さんを御存じですの。」

私は「源氏」で聞いた趣を話した。

「若島さんが取り持つ縁ですなア。」と私は笑った。

「武智さん、時には顔をお見せになって下さいませよ。」と彼女は肩を摺り寄せながら
「沢崎さんもよくいらっしゃいますわ。沢崎さんから、武智さんのお噂聞いていましたの。」沢崎というのは、私の親しい作家である。

「これから、ちょくちょく行きますよ。」

「きっとですわ。『源氏』へばかり行かないで。」

「きっと行きます。じゃア、左様なら。」

私は立ち上って、席から足を抜こうとした。その拍子に、私はぎこちなく、膝頭でおかみの脇腹を小突いてしまった。「どうもすみません、どうもすみません。」と私は恐縮しながら、店を出た。折角馴々しく好意を持たれながら、自分の無作法、粗忽が、おかみの軽

蔑を買ったのではないかと、私は気になって仕方がなかった。無心に思い過せないのであった。「千鳥」のおかみに対する私の気持は、既に微妙に動きはじめていたのである。

その夜、夕食を済ますと、早速「千鳥」へ出かけた。その後は、一晩も欠かさず、毎晩出かけた。誰でもそうかも知れないが、好きな店が出来たとなると、よその店など見向きもせず、そこだけへ通い詰めるのが、私の癖である。だんだん私は、おかみの静世さんに熱中して行った。静世さんは戦災未亡人で、男の子を一人抱えているということだった。終戦直後に妻を喪って今もまだ独身である私は、次から次へと手近かな飲み屋の女に現を抜かして、それによって僅に生の慰めを得て来たのであるが、指を折ってみると、静世さんは六七人目ぐらいに当るのだった。我ながら浮薄な心に驚かざるを得ない。しかし、そうしなくては、生の淋しさを如何ともすることが出来ないので、致し方ないことであった。勿論、私のことであるから、色を漁ると言うような、無頼なものではない。軽く触れて、自分の閉された心を柔げられたいのであった。

四月も中旬を過ぎた、或るポカポカと暖い日だった。私は午後から、近くの大宮八幡公園へ散歩に出かけて行った。歩いていると、汗ばむほどだった。省線駅の踏切のところで、遮断機の揚がるのを待っていると、丁度来合せたのが、静世さんだった。酒の仕入れに行くところらしく、買物籠に一升瓶を二本入れたのを提げていた。

「どちらへ?」と静世さんが尋ねた。

「大宮八幡公園まで散歩です。花はもう散ったでしょうが。」

「大宮八幡公園て、遠いですの。」

「いいえ、歩いて三四十分のところです。」その時、私はふと誘いたくなった。「一緒に行ってみませんか。」

「そうねえ。」

「往復一時間、向うで一時間、四時半までには帰られますよ。それから店を開けても、大丈夫でしょう。」

「そう。お伴しますわ。」と彼女は燥《はしゃ》いで、「わたし、この瓶を酒屋さんへ預けて来ますから、先へソロソロ行ってて下さい。直ぐ追っつきますから。」

　踏切を渡ると、静世さんは酒屋の方へ別れて行った。私は花屋の店先で花を眺めたり、その間に洋品店の飾窓で帽子を眺めたり、額縁屋に入って、西洋名画の複製を眺めたり、その間には柏餅を買って袂へ忍ばせたりして、時間を潰しながら、女と散歩したことも滅多にない私は、何度も後を振りかえり振りかえり、何か楽しい気持だった。大分行ったところの岐れ道で立ち停っていると、静世さんが小走りに追っかけて来た。彼女は粕取の入っているらしいビール瓶を風呂敷に包んで、持っていた。私達は並んで歩いた。

「あなたは、足は丈夫ですか。」

「どうして？」

「僕に引っ張り廻されて、へたばったと言われては困るから。」

「大丈夫です。田舎で走り廻って育ったから、足には自信がありますわ。」

静世さんが、浮々した顔で、笑みこぼれて、まだ見ぬ遊園地に心を惹かれているらしく歩いているのを見ると、私は嬉しくてならなかった。連れて来た甲斐を感ずるのだった。

「暑いですねえ。陽に焼けますよ。」

私は、その静世さんの額が、陽を受けているのを見ながら言った。

「わたしは、とても陽に焼け易い質ですの。」

「陽に焼け易い人と、焼けにくい人とあるようですねえ。焼け易くっては困りますねえ。」

「これで、子供の時は、一日中水泳ぎをしてて、まっ黒焦げに焦げたこともありますわ。」

「里の子供だったわけですねえ。」

本通りから公園道へ折れると、俄に鄙びたあたりの風景だった。茅葺屋根が見え、畠の向うには竹藪があった。子供等が捨てたのであろう、路の上に、濡れた泥にまみれて、蝦蟹が散らばっているのも、公園の池の近きを思わせた。私たちは、色褪せた花びらの散っているのを踏んで、池に近づいた。僅に散り残りの花の梢が、ところどころに見えるほかは、八幡様の杉森の濃い緑を背にして、前日の雨で色を増したと思われる若葉の粧いだった。遊歩の人影も疎らだった。私たちは岡を降って、池の周りの堤に出た。池にはボートが少しばかり動いていた。中の島で繋がれて、橋が三つ連っていた。向う岸には、新しいペンキを塗った茶店が並んでいた。

「一寸いいでしょう。」

「いいですわねえ。橋を渡ってみましょうか。」

「渡りましょう。」

私たちは、つぎはぎだらけの危い橋板に注意しながら、三つの橋を、一つずつ渡って行った。そして、池に臨んだ茶店の一つに上って行った。座敷の直ぐ外は水で、二三隻のボートが窓の外を行き交った。ボートの一隻には、三人の女学生が乗っていて、一人は膝上に山吹の枝を横えていた。池の向うの堤の上を、家族連れや二人連れが、時折通って行くのも見えた。

「あれ、花か知ら、波か知ら。」

池の向う、岸に近く、池の面が皺立っているのを目に停めて、静世さんが言った。

「花のようですねえ。」私は池の面に目を凝らして言った。

それは、花びらが筏のように連り合って、流れもやらず、たゆたっているのだった。

茶店の小母さんに頼んであったサイダアとおでんは、なかなか来なかった。私たちは待ちくたびれて、額の汗を拭った。窓の真正面から照り降ろす陽が暑く部屋に籠って、風も入らず、蒸し蒸しするのだった。

「夏のようですねえ。」

「暑いですわねえ。」

「こんなことなら、野天の方がよかったですねえ。」

「粕取を少し持って来ましたから、半分残しておいて、あとで、どっか林の中で飲みましょうよ。」

「それがいいですねえ。」

サイダアとおでんが来たところで、サイダアに粕取を割って、私達は飲みはじめた。静世さんは、袂から南京豆を取出した。少し酒が利いて来ると、暑さも忘れて、二人とも好い気持になって来た。取り止めのない話が交された後、「わたし、色々考えた末、五月一日から新宿へ出ることに極めましたの。今のところでは、とてもやってゆけないんですもの。」と静世さんが顔を曇らせて言った。

「そうですか。」と言ったきり、私は底知れぬ淋しさに落ちて行った。「千鳥」に通う私の気持は、いよいよ高潮しつつある時だった。そんな時だけに、突然突き放されたような心許ない気持だった。静世さんに去られては、もう誰に頼らん当てもないような気持だった。

「お店の方も、世話をして下さる人があって、もう極りましたの。」

「そうですか。」矢は既に放たれた思いだった。「静世さんがいられなくなるのは、淋しいですなア。」

「でも、今まで通り、度々来て下さいな。」

「それは、度々行きますがねえ。」

去る者は日々に疎し。それに、腰の重い私のことであるから、そう度々は新宿へ出かけられそうにはなかった。また、新宿まで後を追っかけて行くのも、気の引ける感じだった。そこではまた、新しい客が静世さんを取巻くことであろう。私は独り取り残される心細い日々を思い遣った。俄に気が沈んでならなかった。あたりの風景も、さんさんと陽が降っているのに、色を失って見えて来た。

その時、隣座敷にいた二人連れの男が、勘定を払いながら、茶店の小母さんに話しかけていた。

「小母さんとこは、なぜ、若いきれいな女中を置かないんだ。」

「それがですねえ、若い娘を置いても、アベック組が来ると、妬けて逃げ出してしまうんですよ。」と小母さんは笑った。

「あの小母さん、面白いこと言うわねえ。」と静世さんが微笑んだ。

「成程ねえ。」と私も感心しながら、静世さんの微笑で救われたような気持だった。

私たちは、残り少なになった瓶に、粕取を注ぎ足してもらい、また連れ立って、八幡様の境内へ、段々を登って行った。

「僕は神社へ参拝する度に、文運――武運じゃないですよ。――文運の長久を祈るんです。」と、参道を社前に進みながら私は言った。

「では、私も武智さんの文運を祈りますわ。」と静世さんは言いながら「お賽銭は借りるものではないそうですから。」と、懐ろから蟇口を取り出した。

参拝が終ると、私は社の脇にある菩提樹の側へ寄って行った。一昨年の夏「東京市内に於ける名木大樹」というパンフレットによって、この樹の所在を知り、わざわざ見に来たことがあった。

「これが、菩提樹という木です。」と言いながら、私はすくっと伸びたひこばえの一つに手を当てて、幹を叩いた。親木は朽ち枯れて、その周りに、数本のひこばえが、それもかなり大きくなったのが、勢よく伸びていた。老いたる父を守る息子たちのように、逞しく、頼もしい姿だった。葉はまだ落ちたままで、ただ一ところ、若い薄緑の葉が塊まっていた。

「お釈迦さんが死んだというあの木ですの。」と静世さんは珍らしげに梢を見上げながら言った。

「そう、この木の下でお釈迦さんが涅槃に入ったんですねえ。」思いのほか、静世さんが興味を持ってくれたのが、私は嬉しかった。

私達は脇門から出て、つつじの間の道を歩いて行った。つつじは、花にはまだ早かった。柵の中に大きな仁王様を立てて、その仁王様に向って射的する射的場があった。仁王様の脇には、若い娘が陰鬱な顔をして番をしていた。一人の若者が、どうしたらいいのか知らないが、棚の上に深く乗りかかって、仁王様の開いた口のあたりを狙っていた。その先に茶店があって、店の横に筵が見えた。私達はその筵を借りて、店の前の空地の端に坐ることにした。筵の損料三十円だった。

私達は、茶店の方を背に、池の方に向いて、並んで坐り、一つのコップを代る代る手にしては、また粕取を飲んだ。静世さんは袂から、今度は茹で卵を出した。立木の幹が格子のように並んだ隙間から、池の面がチラチラ見降ろせた。ボートが木の間を掠めて通る。橋の上を走る女の子の赤い毛糸が、一瞬緑に映じて消えて行った。向う岸に並んだ茶店は、茂った梢に遮られて、目にすることが出来ない。私達は、その区切られた眺めの中に収められた俯瞰の景と、そこに生起するささやかな変化を楽しみながら、野遊びの気分に浸った。

私は粕取に飽いたので、ビールを買いに、茶店へ立って行った。ビール瓶と栓抜きを提げて戻りかけると、静世さんの後姿が、私の目を惹いた。静世さんは、春の羽織を着て、私の戻って来るのを待ちながら、一人静に筵の上に坐っていた。私は、その後姿を見ると、いとしくてならなかった。この女が、自分の妻であればいいと思った。うしろから、その肩を抱きすくめたいような気持だった。私は思わず涙が出そうであった。

あの日のことを思うと、実に楽しかった。確に楽しかった。しかし、その底に一脈の物哀しさが流れていたことを否定することが出来ない。別れの遊び、そんな気持がせずにはいられないのである。

三杯目のコップを空けると、私は襖越しに声を張って言った。

「もう失礼します。三杯いただきました。いくらでしょうか。」

「南京豆ともに、三百十円いただきます。」母アちゃんは半身を起した声で言った。

「じゃア、ここへ置いときます。」

畳の上に金を置いて、座敷を降りようとするところへ、母アちゃんが起きて来た。

「お愛想がなくて済みませんでした。」

私は「近江屋」を出ると、また「千鳥」へ引き返した。若しかして、遅くから店を開けてないものでもないと思ったからである。しかし、屋台は依然として閉ったままであった。私は悪い方に取って、もう早や静世さんに会えなくなったのかと心が沈みながら帰って来るうち、ふと気づいて「ああ、今日は日曜だったのか」と頷いた。日曜は客が少いので「千鳥」では休業日になっている。それを思い出すと、私の心はやや安らいだ。

しかし、省線駅から溢れ出る人波に交って家路に就きながら、春の宵というのに、いや春の宵なるがゆえに、私の心の中では、寂寥の思いが募るばかりであった。とある家構えの板塀の上に、夜の闇に紛れて重々と咲き誇っている八重桜を望むと、その花の塊りこそ、自分の寂寥の象徴のように思われてならなかった。

魔の夜

酔い痴れて、ぐっすり眠っていた。目が醒めてみると、一夜にして、恋を失っていた。兼介は呆然として、天井を見詰めた。

前夜、彼が「菊名」へ行ったのは、八時過ぎであった。夕食もそこそこであった。彼は生家に取込みがあって、夏中を郷里で過して来て、約五十日ぶりで、「菊名」へ行くのだった。帰って来た翌る日直ぐ行くはずであったが、暴風雨のため一日延びたのも、彼の心を急《せ》かせていた。彼は、郷里の家で造った芋焼酎の入ったウィスキイの瓶を提げていた。郷里へ立つ時、道中の慰めに、「菊名」のおかみ、お菊さんがそれに焼酎を入れてくれたので、お返しにするつもりだった。

「御免なさい。」

暖簾のかげにチラと見えたお菊さんの姿に心を弾ませながら、彼は店に入った。

「お帰りなさい。」

客はなく、一人で夕刊を読んでいたお菊さんは、ニコッと笑って、軽くお辞儀をした。彼は手を出した。お菊さんは堅く握り返した。

「これ。」彼はウィスキイの瓶を番台の上に置いた。「田舎でお袋が造ったんです。」

「どうも有難う。」お菊さんはまた軽くお辞儀をして、「いつ、お帰りでしたの。」

「おとといの晩。」

「一日違いでよかったですわねえ。昨夜だったら大嵐で。」

「そう、昨夜だったら、どっかで立往生してたんでしょう。旅費がぎりぎりだったから、困っていたでしょう。」と彼は笑いながらビールを註文した。

コップに一口つけると、「ああ、おいしい。」と、思わず兼介は舌打ちをした。田舎ではビールを売ってなかったので、彼はビールに飢えていた。東京へ帰ったら、まっ先にビールを飲もうと思っていた。冷いビールが咽喉を通ると、顔が綻びて、笑《え》みが込み上げて来るほどだった。それは、東京へかえった実感そのものであった。彼は、空けたコップをお菊さんに差した。お菊さんは一息に飲み干した。

「田舎は如何でした!」

「毎日ぼんやりしていましたよ。しかし、田舎にいる間に、夜も眠れるようになったし、食事もおいしくなったし、よかったと思います。」と言いながら、彼は陽に焼けた腕をさすった。

「それはようございましたわねえ。沢渡さん、ちっともお便り下さらないものだから、心配してましたわ。御病気ではないかと思って。」

「僕、手紙出したんだけど、宛人不明の符箋がついて、戻って来たんです。帰りに、京都駅の食堂で書いた葉書も着かなかったんでしょうね。」

「着きませんわ。それならよかったけど、わたし、待ちましたわ。心配もするし、随分薄情な沢渡さんだと思って、毎日プンプンしていましたわ。」とお菊さんは一寸拗ねた顔をして笑った。

「僕も悪いと思いながら、届かないから仕方がなかったんです。あなたの手に、僕の手紙が一つも渡らなかったことが、たった一つの心残りなんです。もう後の祭になったんだけど、嘘でない證拠に、その手紙、今度持って来て見せましょう。」事実兼介は、その手紙をトランクの中に入れて持って来ているのだった。

「わたしの上げた手紙は届いたでしょうか。」

「届きました。虎の子のようにして持って来ています。」

それも事実であった。友人や雑誌社などから貰った手紙は、みんな郷里に置いて来たのに、お菊さんの手紙一つだけは、大事に持って来ているのだった。

「あんな手紙、恥しいから、破って頂戴。」と、お菊さんは極り悪そうな顔をした。彼は取合わなかった。

「大分待った？」

「ええ、一時間くらい。三時に起きて、四時四十二分の二番で来ましたから。沢渡さんは、きっと一番の電車でいらっしゃったものと思いましたの。」

「じゃア、丁度一時間だ。悪かったなア、僕が乗ったのは、五時四十二分の電車でしたからねえ。でも、よかった。僕は諦めていましたからねえ。」

「わたしが来た時は、まだ改札が始まってなくて、みんな地下道に並んでましたの。それで、右側からも、左側からも、一人々々よく見て歩いたんだけど、沢渡さんのお顔が見えませんの。ここに並んでからも、あっちの列こっちの列と、飛び廻って探していましたわ。」

「そうでしたか。済みませんでしたねえ。」

「どこにも見えないから、昇降口を覗きながら、来る人来る人を見ているうち、沢渡さんのお顔がひょっこり現れましたのよ。嬉しかったわ。」

「僕も、ひょいと顔を上げると、あなたの声と一緒に、あなたがいるでしょう、一寸信じられなかったですよ。」

二人とも、あれもこれも、一息に話してしまいたくて、亢《たか》ぶった会話だった。

「わたし、熱海までの切符買ってますの。」お菊さんは帯の間から切符を取出して見せた。

「そう。熱海まで行って下さるの。」

東京駅までさえ有難いと思っていたのに、熱海までと聞くと、兼介はもう一つ大きな喜びに襲われた。尤も前の晩、「熱海までお送りしますわ。」とお菊さんは言ったが、冗談めかしていたので、彼は本気に取っていなかった。が、今それが冗談ではなかったのを知ると、お菊さんの真実に触れた思いで、いとしさが募《つの》るのであった。女に熱海まで送ってもらうなんて、彼の経験では、空前のことであった。誇張なしに、夢のような気持であったが、一面また、何か面映ゆさを感じないではなかった。

「でも、急行券がなくては、この汽車には乗れないそうですわ。」お菊さんは落胆した顔で言った。

「そう、急行券が要りますねえ。」

兼介も急にがっかりしていると、彼等の後に立っていた男が二人の話を聞きつけて、八重洲口に行けば急行券を売っていると言ってくれた。

「またはぐれるといけないけど……。一寸行って買って来ますわ。」と、お菊さんは小走りに八重洲口へ出て行った。

お菊さんが戻って来るのと同時に、乗車が始まった。二人は通路の側に、向い合って座席を取ることが出来た。窓際には、五つくらいの女の子を連れた青年が坐っていた。七時三十五分の発車までには、まだ一時間あった。兼介は冷しコーヒーを買った。汗ばんだからだに、朝の冷いコーヒーは爽かだった。

「おいしいですねえ。」

「おいしいですわ。」膝の上に白いハンカチをひろげて、お菊さんもうまそうに飲んだ。

汽車は発車した。お菊さんと二人で坐っていると、兼介には、一時間が瞬く間であったように思われた。この調子では、熱海までの三時間も瞬く間であろうと思われ、発車と同時に、早くも別れの心細さが、旅の楽しさに食い込んで来た。

「まだ朝だわねえ。」街の空に輝く陽の光を見て、お菊さんが驚いたように言った。

「朝ですよ。」と、兼介はそのあどけなさを笑ったが、そう言えば、まだ陽は闌《た》けてはいない、成程朝だと、彼自身も今更気づいて、夏の朝らしく鋭気を持った街の光に目を放つのだった。

兼介は、その朝家を出がけに演じた滑稽な一騒ぎを、面白可笑しそうに話した。家を出ようとして、汽車の切符が見えなくなっていたのである。その切符は、前の日彼の妻が、交通公社から買って来たものであった。妻に尋ねてみると、昨日渡して、机の上に置いてあったと言う。兼介は切符を見た覚えがないと言う。青い小さな袋に入れてあったと妻が言う。それなら昨日机の周りを整理した時、屑籠にぶち込んだ紙屑を庭で焼き捨てたから、切符も一緒に焼いてしまったのかも知れないと思われた。妻は庭に降りて、紙屑の灰を掻き廻した。焼け残っているはずはなかった。これでは一日延ばすよりほかはないのかと、兼介は途方に暮れた。もう一度、千円余り出して切符を買うのも業腹だった。駅で待っているはずのお菊さんのことを思うと、それが何よりも気になってならなかった。仕方がないので、なお念のためと思って屑籠の底を覗くと、青い小さな袋が、それだけ一つ、そこにあるではないか。「あった、あった、あった。」と兼介は叫んだ。紙屑を焼き捨てた後で、投げ込んだものと思われた。兼介は生き返った気持だった。

「あぶないところでしたわねえ。」とお菊さんも、まアよかったと言った顔をした。

「あぶなかったですよ。あの切符が見つからなかったら、今日こんな旅は出来なかったでしょう。明日に延ばしても、あなたに差支えがあったりして、果して出来たかどうか。今日はほんとに運がよかったですよ。」と兼介も、今日という日の楽しさを噛みしめるのだった。

大船でアイスクリームを買って食べたり、汽車の中で売りに来た瓦煎餅を買って、お菊さんの土産にしたり、隣の席にかけた青年と話したりしているうちに、早くも小田原に来ていた。

「熱海はこの次ぎですわねえ。」

「ええ。実に早かったなア。」

「飽っ気なかったわねえ。」とお菊さんは笑った。

小田原を出ると、兼介は立ち上って、ボストンバッグの中から焼酎の瓶を取出した。お菊さんから貰ったものだった。お菊さんは袂から塩豆を取出した。

「お別れに、一杯やりましょう。暫くのお別れだから。」

兼介は水筒の蓋で一杯飲むと、お菊さんにも差した。お菊さんの目のふちは、忽ち赤くなった。

「朝の酒は利きますわねえ。」と、お菊さんは水筒の蓋の滴を切りながら、兼介に返した。お菊さんがそばの女の子に、豆を分けてやったりする間に、兼介は二三杯引っかけた。酒の力によって、別れの切なさを打ち消そうとするのだった。しかし、刻々熱海が近づくにつれ、彼は我慢がならなくなって来た。別れ難なさに堪えられなくなって来た。

「お菊さん、沼津まで延ばしなさい。」

「でも、わたし、熱海までしか知らないの。知らない所は、帰りが不安ですから。」

「知らない所だと言っても、汽車で帰るんだから、いいではないですか。沼津と言っても、急行だから、熱海の次ぎですよ。」

「でも、切符も熱海までだし。」

「乗り越しすればいいですよ。一度丹那トンネルを越えて御覧なさい。新しい世界が開けますよ。」

お菊さんは考え込んでいたが、「じゃア行っちゃいましょうか。」と、一大決心を現わして、破れるように顔を綻ばし、挑むように兼介を見た。

「行っちゃいなさい、行っちゃいなさい。」

「じゃア、行きますわ。」とお菊さんは気を落ちつけた。

兼介も寛いだ。

熱海を過ぎると、未知の国に入る不安と心細さから、お菊さんは沈んでいた。丹那トンネルに入っても、「長いわねえ。」と驚きながらも、浮かぬ顔だった。しかし、やがて富士の裾野が開け、駿河湾の眺望も目に入って来た。お菊さんの顔は忽ち輝いて来た。

「こんなところなの。いいわねえ、広い世界に出て来たような気がしますわ。」

「今度の次ぎは、京都あたりまで拉して行きますよ。」と兼介は笑った。

しかし、沼津までも瞬く間であった。

「じゃア、お大事に行ってらっしゃいませ。お帰りを待ってますわ。」とお菊さんは腰を浮かせながら言った。

「じゃア、左様なら。夏負けしないようにね、夏負けしちゃア、駄目ですよ。」と、繰り返す時、兼介は目をうるませた。夏に入って、お菊さんが痩せ目立ったのが、兼介には気になっていた。

「悪かったなア、ここまで、引っぱって来て。」

「いいえ。よかったですわ。」

汽車が停ると、兼介は出口まで送って行った。彼はお菊さんの手を握りたかった。しかし、ホームのベンチに人が腰かけていた。彼はお菊さんの肩に軽く手を触れただけであった。二人は、歩廊と昇降口に、無言で向い合って立っていた。お菊さんは気詰りらしく、時々目をそらせた。

「沢渡さん、中へ入って。席を取られますわ。」

「大丈夫ですよ。」

「でも、塞がれるといけないから。」

兼介は、気詰りらしいお菊さんの気持を察して、車室に入った。そして通路に立っていた。お菊さんもホームを移って来た。

「左様なら。」

「左様なら。」

汽車が動き出すまでの間、お菊さんはまともに彼の顔を見ないで、汽車の行く手の方に目をやって、横顔を見せていた。彼はその薄手の耳たぶを見詰めていた。そこに、ほつれ毛が二三本垂れていた。

汽車が動き出した。「左様なら。」と兼介はまた叫んだ。

お菊さんは低く腰を屈《かが》めた。その腰を屈めたままの姿で、お菊さんは彼の視界から遠ざかって行った。

九州までの長い旅の間、前褄が少し上り気味の姿で、ホームに立っていたお菊さんの姿が、兼介の頭の中から消えなかった。故郷の家に起居する朝夕にも、その姿が懐しまれてならなかった。自分に別れて、一人になって、また切符を買って、東京まで帰って行ったお菊さんの心を思うと、いとしまれてならなかった。見送られた自分は、前途があったからよかったけれど、見送って後に残ったお菊さんは、淋しかったろうとも思われてならなかった。

「僕たちのいた汽車に、小さな女の子がそばにいたでしょう。」兼介はその旅の楽しさを思い出しながら言った。

お菊さんは一寸思い出せない風であったが、直ぐ、「え、え、え。」と頷いた。

「あの子がねえ、名古屋だったかで、僕を見て、小父ちゃんは、どうしてアイスクリームを食べないのと言うんです。小父ちゃんは食べたからと答えると、そう、お姉ちゃんと一緒に食べたわねえ、と言ってましたよ。」

「そう。可愛らしい子供でしたねえ。」

「あの小さな女の子の眼に、僕たち、どんなに映ったでしょうねえ。」

「そうねえ。……夫婦と映ったかも知れませんわ。」お菊さんは弾けるように笑って、顔を赧らめた。

「夫婦にしては、お姉ちゃんが可笑しいねえ。」

「そうしたら、恋人か知ら。」

「あんな小っちゃな子供に、恋人なんて観念あるか知ら。」

「女の子って、小っちゃくても、おませなものなのよ。」

　そこへ、二人連れの酔っ払いが入って来た。一人はお菊さんのそばへ来て、しなだれかかったりしていた。

「沢渡さん、わたし、肥ったでしょう。」お菊さんは胸を張るようにして見せた。

「元気そうですねえ。」

「沢渡さんが、夏負けしちゃいけないって仰言るものだから、用心しましたのよ。」

「仲、好さそうだねえ。」と、客はお菊さんを冷かしたりしていたが、やがて焼酎を一杯ずつ飲むと、帰って行った。ほかにはもう誰もいなかった。

「お菊さん、一寸出ませんか。」客が出て行くのを見澄して、兼介はよその店へ誘った。

「お供しますわ。」

兼介は外に出て、お菊さんが戸締りして出て来るのを待った。ビール一本に焼酎を三四杯飲んで、彼はもう強《したた》かに酔っていた。お菊さんが例の小走りに出て来ると、彼は直ぐ彼女の肩を抱いた。もうかなり更けていて、あたりには人通りもなかった。彼は強く抱き寄せて、唇を持って行った。お菊さんは「う、う、う」と呻いて、首をのけぞって、顔を反向けた。彼は手を放した。腹の底が煮え返るようであった。手中の人に裏切られた思いで、口惜しくてならなかった。自分の端ない所行も恥じられた。そして、悲しかった。二人は並んで歩いた。

「沢渡さん、今度は私がお金払いますわ。」

「そう。『かりがね』へ行ってみよう。」

お菊さんが先に立って、「かりがね」の暖簾を潜って行った。

「おや、沢渡さん、いつお帰りでしたの。」マダムは珍しがって、手を出した。「おととい の晩、帰って来ました。」と兼介は手を握りかえした。酔眼に、眉の濃い、初めての女の子が映った。

「随分長かったですねえ。お菊さんがお待兼ねだったでしょう。」とマダムが冷かした。

「みんな、わたしの顔を見ると、沢渡さんはまだかまだかって聞くのよ。聞かれる度に淋しかったわねえ。沢渡さん、ちっとも帰っていらっしゃらないんだもの。」とお菊さんが照れた笑いをしながら言った。

兼介は、その「かりがね」にどれだけいたか、少しも覚えていない。酔った紛れに、どんなことを喋っていたかも、覚えていない。ただ、「僕の友達なんか、ここのマダムに惚れろ、惚れろと言うんだ。」と、大きな声でマダムをからかっていたのを覚えているきりである。格別お菊さんに当てつけに言ったわけではないが、腹の底を割ってみれば、そんな気持があったのかも知れなかった。

兼介が気が附いてみると、彼はお菊さんに附き添われて、帰路に就いていた。その彼は半袖シャツに半ズボンで、腕組みをして歩いていた。足許はよろよろとよろけていた。

「もう、お菊さんには手を触れないんだ、手を触れないんだ。」と彼は強がりを言っていた。

「沢渡さん、『十字屋』さんへ行ってみません！」お菊さんは兼介を誘って、もう一度後へ引っ返そうとした。

「もう帰る。」

兼介はそれを振り切って、先へスタスタと歩き出した。歩き出しながら、「しまった」と思ったが、もう駄目だった。時の勢いに身を任せるよりほかはなかった。しかし暫く歩くうち、彼は自分のへまさ加減に愛想が尽きて来た。お菊さんの言いなりに、気持をほぐして、「十字屋」へ引っ返せばよかったのだ。お菊さんも彼の気持をほぐそうとしたのにちがいなかった。兼介はどうしようもない気持になって来た。彼は、電気の点《とも》った鉄柱に倚っかかって、放尿をした。それなり、そこにぐたりと身を寄せていた。お菊さんの寄って来るのを待つ気持だった。しかし、お菊さんは近づいて来なかった。彼は振り返った。お菊さんは、緩い勾配をした坂の中途に、白い影になって立っていた。彼は駆け寄った。

「お菊さん、もっと送ってよ。」

「お送りしますわ。」

お菊さんは、自由の利かぬ兼介のからだを抱き支えるようにして、歩き出した。墓地の下まで来ると、「こちらからでしょう。」と言いながら、勝手知った道へ、兼介を導いて行った。それは、お菊さんが何度も送って来た道だった。暗い森蔭にさしかかった時、兼介はまたお菊さんを抱きすくめて、唇を持って行った。「駄目よ。」と言いながら、お菊さんはまた顔を反向けた。

「お菊さん、今夜はどうしてな。」と兼介は詰《なじ》るように言った。

「わたし、沢渡さんとは、もう手を切りたいと思いますわ。」お菊さんはきつく言った。

兼介は、胸がドキリとした。晴天に霹靂《へきれき》だった。

「どうして！」

「どうしてでも。沢渡さんは、わがままで、意地っ張りですわ。」

「わがままだったら、許してくれ。あなたに甘えてるんだよ。」

「明日《あした》から、うちのお店へも来ていただきたくないと思いますわ。」

「来るなったって、行くから。」と兼介は自棄に出るほかはなかった。絶体絶命だった。

「来ても、お入れしませんわ。」

「押入るから。」

「わたし、沢渡さんがお国へ帰っていられる間に、随分沢渡さんの悪口を聞きましたわ。」

「方々に借金だらけだからだろう。」

「それもありますわ。わたしの顔さえ見れば、沢渡さんの悪口ばかり言う人もありましたわ。」

「嫉妬だろ。僕たちの仲を妬くのだろ。」

「みんな、わたしのせいに聞こえて、わたし、辛かったわ。沢渡さんたら、よそへ飲みに行ってた時分はおとなしい方だったのに、『菊名』へ行くようになってから、すっかり人が変って、荒れ出したって言った人もありますわ。」

「僕が悪かったために、すまなかったよ。」

「沢渡さん、世の中を甘く見ては、いけませんわ。」お菊さんは極めつけるように、また諭すように言った。

「その好意は、有難う。」兼介は胸に手を当てるような気持で、項垂《うなだ》れた。若い時から散々苦労をして来たお菊さんにかなわぬ感じだった。

「それにねえ、わたし。」とお菊さんは言葉を改めて「いつまでもこんな関係つづけるの、沢渡さんの奥さんに済まないと思いますわ。」

「女房なんか、どうだっていい。」

「よくはありませんわ。わたし、苦しいですわ。これ以上、進むことも退くことも出来ないの。わたし、ほんとに苦しいですわ。わたしは元の一人に還りますわ。」

声をうるませていたお菊さんは、その時白いハンカチを両眼に当てて、涙を絞りはじめた。兼介は、憮然《ぶぜん》として、立ち尽していた。

「沢渡さんは、おとなしくて、好い人で、わたし、尊敬していますわ。だから、蔭ながら幸福をお祈りしていますわ。」

声を立てずに泣くお菊さんの姿を、兼介はじっと見詰めているきりだった。悲しみも怒りも湧かず、彼は痴呆状態で眺めているのだった。どこかで、梟《ふくろう》の鳴く声がしていた。涙が納まると、お菊さんはまた暫く、兼介と一緒に歩いた。

いつか、いつも別れる、林の裾の四つ辻の角まで来ていた。

「では沢渡さん、わたし、もう帰りますわ。」

お菊さんは立ち止った。

「そう、これが最後の別れなの。」兼介はお菊さんの肩を抱き締めた。「お菊さん、僕のことを忘れないでいてねえ。」

「そうねえ。出来るなら、忘れてしまいたいわ。」

「なぜ、そんな冷いことを言うの。沼津まで見送ってくれたお菊さんと、今夜のお菊さんと、同じ人間なの。」

兼介は、お菊さんの顔を両手に挟んで、穴のあくほど見入った。お菊さんは黙って立っていた。

「じゃア、左様なら。」

兼介はもう一度、お菊さんの肩を抱き締めるとお菊さんをそこに残して、歩きはじめた。しかし、二三間も歩くと、彼はそこに跼《かが》んでしまった。切なくて歩けないのだった。やがて心を鎮めて立ち上ると、彼は後を振返った。お菊さんは、もとのところに、白い影になって、彼の動静を見詰めていた。彼はまた立ち戻って来た。

「お菊さん。」と彼は強くお菊さんに抱きついた。「今夜は僕の家へ行こう。」

「そんな無茶なこと、駄目ですわ。」

「僕たち、知り合わなかった方が、幸福だったかも知れないねえ。」

「そうかも知れないですわ。」

「ああ、苦しい。じゃア、左様なら。」

兼介は、しおしおと、また歩きかけた。大分歩いてから、後を振り返ると、お菊さんはまだそこに立っていた。その時、狂暴な亢奮が、制しきれずに湧き興って来た。彼はツカツカと走りかえると、物をも言わずにお菊さんを抱き締めて、唇を持って行った。お菊さんはまた、「駄目よ。」と言いながら、顔を反向けた。彼はどこまでも追いかけた。彼女はどこまでも反向けようとした。しかし、彼は無理無態に唇を押しつけた。一瞬、「アレッ」と、お菊さんは振り払ってしまった。

「わたし、もう帰りますわ。」

「そう。じゃア、最後の別れだねえ。今度は本当に帰るよ、左様なら。」

兼介は離れた。一歩々々が、後髪を引かれるような思いだった。彼は林の下蔭を通って曲ろうとするところで、もう一遍、後を振りかえった。お菊さんは、やはり白い影になって、彼の後姿をじっと見送っていた。

その、前夜の出来事を思うと、魔の夜としか思えなかった。何も彼も、悪夢のようであった。一夜にして、総ては逆転した。総ては転覆した。酔っ払った挙句依怙地《えこじ》になって、我と我が手で元も子もなくしてしまったのである。兼介は、口惜しくて、胸が張り裂けそうであった。それにしても、お菊さんは一時の亢奮で、あんなに強く出たのだろうか。それとも、自分が田舎にいた間に、徐々に彼女の心を支配しはじめていた悩みを、あの際一挙に解決しようと心組んでいたのだろうか。何れにしても、総ては終った。振られたのである。この情ない言葉が、苦い実感となって、彼の胸を締めつけた。ただ、別れに臨んで、彼女が白いハンカチを目に当てて泣いてくれたことだけが、今の兼介にとって、唯一つの慰めであり、救いであった。若しあれがなかったなら、彼にはもう取り着く島はないのである。彼はそれ一つに頼ろうとするかの如く、あの時のお菊さんの姿を、頭の中に描き返すのであった。

宿酔も激しくて、頭は痛く、口は苦く、胸は苦しく、兼介は起き上る気がしなかった。彼は僅に半身を起して、机の中から、二通の手紙を取出した。一通は、田舎にいる時、お菊さんから来た手紙、一通は、お菊さんに出して返って来た手紙だった。お菊さんの手紙は簡単ではあったが、「いつお帰りになりますの。」だとか、「もう直ぐお帰りですわねえ。」だとか、「お帰りを待っていますわ。」だとか、彼の帰京を待つ真情が綴られてあった。彼の出した手紙は、「帰りの時は沼津まで送っていただいて実に嬉しかった。」という書出しで、田舎での生活が細ま細まと報告されてあった。しかし今はもう、何物にも代えがたく貴重にしていたこれらの手紙も、反故同然であった。こういう羽目になろうとは知る由もなく、これらの手紙を受取り、また書いた夏の日、故郷の家で寝起きしていた自分の姿が、今となっては懐しまれてならなかった。

その日一日、見るもの聞くもの、何もかも白け渡って仕方がなかった。食事も咽喉を通りかねた。読み書きもしたくなかった。妻の顔も子供達の顔も、煩くてならなかった。彼は鬱々として椅子に身を埋めているきりであった。じっとしていると、奈落へ吸込まれるような感じだった。小さい娘が、無心に歌を歌っているのを聞くと、危く涙が出そうであった。彼は、妻や子供達に、すべてを明らさまに告げて、許しを乞いたいような気持にもなった。

お菊さんとの附き合いは、二三ヶ月の短い間ではあったが、かなり深い附き合いだったので、忘れようとしても忘れることが出来なかった。楽しかった思い出が、次ぎ次ぎに浮んで来て彼を虐んだ。それらの楽しい思い出ゆえに、諦めようとしても諦めることが出来ないのであった。今は寧ろ、それらの楽しい思い出が、恨めしくてならなかった。総てが無ければよかったと悔まれるほどであった。

田舎へ帰る前まで、作家である兼介は近くの旅館に一室を借りて、原稿書きに通っていた。その仕事部屋に、お菊さんが一度訪ねて来たことがあった。北陸の田舎へ一週間ばかり帰って来るというので、暇乞いに来たのだった。お菊さんは、山百合の花束を携え、風呂敷の中から焼酎の入ったビール瓶とピーナツを取出した。他に、ソースの空瓶を持っていて、それに百合の花を挿すのであった。兼介が水を汲んで来ると、お菊さんは品好く花を挿した。そして、一つのコップで、焼酎を飲み合った。そして、ビール瓶が半分くらいになったところで、「後のお楽しみに。」と、お菊さんは瓶に栓をした。

「じゃア、行って参ります。」

「左様なら。」と言いざま、兼介は坐ったまま、お菊さんに抱きついた。二人は首を寄せ合っていた。なぜか憚られて、唇はつけなかった。

お菊さんは立ち上った。兼介も立ち上った。縺れるようにして、ドアの把手に手をかけようとした時、二人の手が触れ合った。と、「もう一度。」とお菊さんが言うより早く、どちらからともなく抱き合った。そして唇を触れ合った。お菊さんの唇で、一番熱い唇であった。兼介は照れ笑いをしながら、唇についた紅をサッと拭った。二人は連れ立って、玄関へ降りて行った。

その晩は、宿の近所で少し飲んで帰って来た。

「あなた、それ、どうしたの、浴衣についてる赤いもの。」と、妻が兼介の浴衣の袂を目敏《めざと》く見ながら言った。

「どれ。」

彼は振り返って見て、ギクッとした。お菊さんの口紅ではないかと思ったのである。しかし、お菊さんの口紅が、こんなところにつくはずはなかった。仔細に見ると、それは百合の花粉にちがいなかった。旅館の部屋で立ち居している時、百合の長い蕊に触れたものと思われた。

「百合の花粉だよ。宿の部屋に百合の花を挿してあるから。」と兼介はさりげなく言った。

「そう。それならいいけど。」と妻は直ぐ納得した。

そんなことも、みんなもう返らぬ過去となってしまった。兼介は悩ましくてならなかった。

夕方になるのが待たれた。一杯飲んで、心を鎮めるよりほか、手立てはなかった。彼は夕食後まで待ちきれないで、まだ日の高い四時というのに、家を出て行った。何か生きる望みを失ったような、遣る瀬ない気持だった。

彼は道を選んで、昨夜の四つ辻の角へ来ていた。昨夜のいきさつなど、何事もなかったように、そこは白日の下に照らされていた。お菊さんのハンカチかちり紙でも落ちていそうな気がして、目を配ってみたが、そんなものが落ちているはずはなかった。乱れた下駄の跡でもと思ってみたが、踏みならされた砂利道は、そんな跡など留めてはいなかった。ふと目を挙げると、或る名高い歴史学者の家の二階の白い障子が、目に入った。昨夜、自分が狂態を演じていた時、あそこの窓に黄色く灯が点っていたんだと思いながら、彼は歩いて行った。彼はその道を行きながら、ここには自分の一世一代の悲劇が印せられていると思わぬわけにゆかなかった。

緩い坂道にかかると、泥溝に沿って立った電柱が目に停った。昨夜倚っかかって小便をしたのは、これだったなと思いながら、ペンキの剝げかかった柱に目を注いだ。自分の悲しい姿が、そこに見えるようだった。お菊さんが、白い影になって立っていたのは、あのあたりだったなと見当をつけながら、彼は坂を登って行った。

彼は「かりがね」の葭簀《よしず》の中へ入って行った。

「いらっしゃいませ。今日はお早いですねえ。」とマダムが支度をしながら迎えた。

「晩まで待ちきれないんだ。」

「昨夜は御馳走さま。お仲の好いところをお見せ下さって。」と女の子が冷やかした。

兼介はニヤニヤとした。

「お菊さんて、ほんとにいい方だわ。純情だわ。沢渡さんにビールを奢って、借金まで払って上げたじゃないの。」

「そう。借金まで払ってくれたの。ちっとも覚えていない。」

兼介は、唇を嚙んでそれほどまでにしてくれたお菊さんの心尽しをふいにしてしまったことを、心に悔いた。飲み屋毎に借金だらけの悪評を、少しでも除いてくれようとしたものにちがいなかった。自分よりも、お菊さんの方が口惜しがっているのではないかと思われた。

「お菊さんて、清潔な感じの方ねえ。」と女の子が言った。

彼はお菊さんの面影を頭に描きながら、焼酎を飲みはじめた。

「雪ちゃんたら、沢渡さんの昨夜の酔いっぷりで、沢渡さんが好きになったって。」とマダムが言った。

「ほんとよ。でも、沢渡さんには、お菊さんて方があるから駄目でしょう。そうでしょう？」と、女の子は兼介の手を弄りながら、覗き込むようにして言った。

彼は黙って、またニヤニヤとした。

「沢渡さんが、お菊さんを見る眼は、ちがってるわよ。」マダムが横目で睥《にら》むようにして言った。

彼はまた、ニヤニヤとして、焼酎を含んでいた。

お竹さんのこと

私はお竹さんが忘れられない。思い切ることが出来ない。諦めることが出来ない。

私はお竹さんに振られたのである。

或る晩、私はお竹さんの店、「若竹」で飲んで、一時過ぎ頃、例によって、お竹さんに送られて、帰路に就いた。私は泥酔して、お竹さんの肩に掴まりながら、漸く歩いていた。

お竹さんもかなり酔っていた。その時突然、お竹さんが私を詰《なじ》るように言った。

「武智さんは、『田面《たのも》』のマダムにも、本を上げたでしょう。」

本というのは、私が最近出した創作集のことである。

「うん、やった。」

「わたし、いつか一緒に『田面』へ行った時、棚の上にその本が載ってるのを見て、嫌やでしたわ。」お竹さんの声は尖っていた。

「そうか。マダムが本屋で見て来て、呉れ、呉れってねだるから、仕方なしにやったんだ。マダムのほかにも、月田君にも小藤田君にも上げたよ。」

「そんなのは、いいけど。」

「『田面』のマダムにやったのは、それと同んなじこったよ。」

「わたし、わたしにだけ下さったのかと思って、とても喜んでいたの。そしたら、誰にも彼にも上げてるでしょう、わたし、嫌やですわ。」

「それなら、今度から、あんただけ、ほかの人には誰にもやらないから。」

「当てにならないわ。武智さんは、八方美人だという評判だわ。」お竹さんは私を軽んずるように言った。

私はこたえた。「そうか」と、一言言ったきり、俯向き込んでしまった。

「奥さんのお惚気ばかり言ってる月田さんの方が、よっぽど立派だわ。」

私は黙った。お竹さんの目に、友より劣ると見えたことが、口惜しくてならなかった。

「『田面』のマダムは、武智さんのお嫁さんになってもいいって、言ってるそうだわ。」

「そんな、馬鹿なことがあるもんか。」と私は一笑に附した。実際私は、『田面』のマダムは問題にしていなかった。お竹さん、一本槍であった。

「わたしの知らない間に、『田面』へ度々行ってるでしょう。」とお竹さんの言葉は険を帯びて来た。

「ううん。あんたのとこを出て、二三度フラフラと寄っただけなんだ。あんたのところへ行ったおこぼれで行ったんだ。」

「誤魔化さないで。行きたければ、堂々と行けばいいわ。」とお竹さんは怒って来た。

「そんなに怒るなら、今度から『田面』へは絶対に行かない。その契いにげんまんしよう。」

「嫌やですわ。」お竹さんは、私の取ろうとする手を振り払った。

　私はアルコオルで痺れた頭の中で、お竹さんは妬いてるなと思った。お竹さんを怒らせながら、妬かれるほど一途に思われることが、心中嬉しくないことはなかった。しかし、ちょくちょく「田面」へ寄って、お竹さんを妬かせたのは不覚であったと、悔いないわけにゆかなかった。そして、本を「田面」のマダムにやったのは、お竹さんに焼餅を焼かせるきっかけになったのに過ぎないと思われた。

　そもそも私が、「田面」のマダムに初めて会ったのは、お竹さんの店でであった。或る晩私が「若竹」で飲んでいると、店のガラス戸をガラリと開けて、「御免下さい。武智さんという方はいらっしゃらないでしょうか」と訪ねて来た女があった。見ると、昔の女優髷とでも言いたいように、洒落た髪の曲げ方をした女だった。「僕ですが」と私が答えると、「ああ、よかった」と、嬉しそうな微笑を手で遮りながら、私の側に来て並んだ。少し酔ってるようだった。「『田面』のマダムですわ」とお竹さんが言った。私は酒を一杯奢った。彼女は予てから、武智という小説家が界隈を飲み歩いているということを聞いていて、一度会いたかったのだと言った。その夜は、何んとしても会いたいと、先ず「ひさご」へ行った。私が以前よく行っていた店である。そこで尋ねると、きっと「若竹」でしょうということだった。そして私を尋ね当てたのだった。こんな出会いも、今となってみれば、お竹さんが気に病んでいたのではないかと思われた。それからちょくちょく、私は「田面」へも顔を出すようになったのである。

こんなこともあった。或る晩「若竹」で飲んでいて、「田面」のマダムの噂になった。私は酔った勢いで、「『田面』のマダムは、花で言えば、秋草の楚々たる趣があるねえ」と口を辷らせた。と、「わたしは何んの花でしょう」と笑いながら、お竹さんが私の顔を覗き込んだ。「あなたは勿論春の花ですよ」と私は言ったが、後になってみると、冗談とは言え、お竹さんの手前、「田面」のマダムを少し讃めすぎたなと思わぬわけにゆかなかった。心なしか、お竹さんの顔は、負け惜しみで、少し歪んでいたようだった。私はまた、「田面」のマダムをモデルにして、小さな短篇を書いた。それをお竹さんにも読ませた。その中に、例えば、「『田面』のマダムが黒の服を着けると、聖未亡人といった面影がある」という風に書いてあった。それかあらぬか、それから二三日した或る晩、お竹さんと二人で外に出て、「田面」の前を通りかかると、「寄って行きたいでしょう」と、お竹さんが一寸嫌味を言った。「ううん」と私は顔をのけぞらせた。

こんなことが、お竹さんの肚の中に積り積って、発火点を待っていたのだと思われた。私はお竹さんの前に廻って、抱きすくめた。

「『田面』のマダムなんて、何んでもないんだよ。好きなのは、お竹さんだけなんだから。」と、私はお竹さんの肩を揺すぶった。

お竹さんは、冷然と立ったままだった。

「ねえ、後に手を廻してよ。」と言って、私はお竹さんの手を取って、自分の背に廻させようとした。

「嫌やですわ。」と、お竹さんはその手を振りもぎった。

そのまま、私は胸を掻きむしりたいような気持で歩いているうちに、いつも別れる四つ角に来ていた。

「わたし、もう帰りますわ。」

お竹さんは素気なく言い放つと、私をそこに置いたまま、スタスタと後に引き返して行った。私は呆然として、お竹さんの黒い影が、素足の白い影を引きながら、小走りに急いで行くのを見送っていたが、何んとしても胸が納まらなかった。人ひとり通らない深夜の街に、「お竹さアん」と一声あげると、私はお竹さんの後を追っかけた。私が追っかけて行くのを知ると、お竹さんはつと右手の路地に切れ込んだ。私も路地に走り込んだ。そこにある人家を二三軒出外れると、雑草の生い茂った湿地になっていて、路が小さく通じていた。そこまで来てみたが、お竹さんの姿は見えない。どうしたのかとウロウロしていると、人家の裏蔭から、お竹さんの姿が現れた。

「武智さん、もうお帰りなさい。」お竹さんは私に近づいて来て言った。

「胸が切なくて、帰る気がしないんだよ。」と、私はまたお竹さんを抱きすくめた。お竹さんは、されるがままになっているきりだった。

「僕、本当にお竹さんが好きなんだよ。いつかの将棋の駒、いつ呉れるの。」と、私はお竹さんに甘えかかった。

将棋の駒というのは戦争中、お竹さんが、山形県の天童温泉へ行った時、知人から土産に貰ったものだということだった。それが、神奈川県の厚木在の実家に置いてあるというのである。お竹さんは、私の贈った本によって、私が将棋好きであり、山形の黄楊《つげ》の駒がいいということを初めて知って、本を貰ったお礼返しに、その将棋の駒を私に呉れるという約束だった。

「今度田舎へ帰った時、取って来ますわ。将棋の駒なんて、何んの役にも立たないものを貰ってと、ほっちらかしてあったのに、武智さんとお知合いになったお蔭で、役に立つ時が来ましたわねえ。何が役に立つか判らないものねえ。」

その約束をした時、お竹さんはそう言った。私は嬉しかった。私の持ってる駒は、彫った字が黒いのであるが、お竹さんの持ってる駒は、赤い字だということだった。いやが上に、それも私を喜ばせた。そして、きれいな桐の箱に入っているということだった。「その箱の蓋の裏に、武智一夫様、深沢竹子、と書いて下さいよ」と私は言ったが、「わたしは字が下手だから」と、お竹さんはためらった。私はそれ以来、いつ呉れるか、いつ呉れるかと、待ち侘びていたのだった。そのことを、私は言ったのだった。

「将棋の駒なんて、もうなくなったわ。」と、お竹さんは邪慳《じゃけん》に言った。

「どうして。」

「川に流したわ。」

「嘘、嘘。」

「本当だわ。川の上を流れて行くの、とても気持よかったわ。」

お竹さんは、私を焦らすかいじめるために、出鱈目を言ったのにちがいなかった。しかし、その時私の頭の中では、将棋の駒が流れてゆくさまが、目に見えるようだった。赤い字を彫った白い駒が、算を乱して、川の上を浮きつ沈みつ流れて行くのだった。お竹さんが、気持好かったと言う如く、それは、目を瞠らせる光景に思われた。私はそれを信じてしまった。

「どうして流したの。」

私はお竹さんの胸を叩いて、駄々を捏ねた。その時の私の気持は、子供の時、籠に飼っていた目白を逃がした時の気持を思い出させた。地団駄踏んでも、庭の上を転げ廻っても、飛んで行った目白を、もとの籠に戻らせるすべはなかった。あのすべ無さであった。

「もう要らなくなったから。」とお竹さんは冷かに言った。

「要らなくなるはずはないじゃないの。」と私は責めた。

「それほど欲しければ、新しいのを買って上げますわ。」

「駄目だ、駄目だ。もとのでなくちゃ、駄目だ。ねえ、呉れよ、呉れよ。」

「ほんとにないわ。うちには箱ばかり。」

「どうして流したの。」

私は取着く島がなくて、へたへたと、地にへたばるように、踞《かが》み込んでしまった。私は頭を抱えて、空ら泣きに泣いた。どうしたわけか、いつも悲しみが極まる時は、私は涙が出なくて、空ら泣きに泣く習わしである。

その間に、お竹さんは身を飜して、素早く逃げ去った。最早追い縋る気力もなくなった私は、追い縋っても仕方がないと諦めて、暫く頭を抱えて踞んだままだった。やがて立ち上ると、私はあたりを見廻した。お竹さんは、影も形も見えなかった。唯一筋、お竹さんの逃げた方《かた》に、丈高い雑草の間に挟まれて、細々とした路が、ぼうっと霞んでいるきりだった。

「お竹さアん、お竹さアん」と、私は呼ばわった。しかしそれは、寝静まった人家と、それに取囲まれてひろがった草っ原の上に、空しく谺したただけだった。私は諦めて、独りしおしおと帰って来た。

私はお竹さんから、最後の宣告を受けたのだった。それきり、私とお竹さんとの、一年に近い深いえにしは、ブツリと絶たれてしまった。あれからもう一月余りになる。私はお竹さんの心変りが信じられなくて、未練がましくその翌る晩も、その翌る晩も、三晩四晩引きつづき、今晩こそはお竹さんが思い返しているのではないかと期待しながら、「若竹」の閾を跨いだものだった。しかし、いつ行っても、お竹さんは私の顔を見ると、困った男がやって来たとでも言わんばかりに、顔を顰め、額に皺を寄せて、笑顔一つ見せず、話一つ仕かけるではなかった。私が機嫌を取るように話しかけても、お座なりに返事をするきりだった。酒を注ぐのもお座なり、通しを出すのもお座なりだった。まっ白い歯を見せ、笑みかたまけて、いつも愛想好くしてくれたお竹さんは影をひそめて、そこにはもう赤の他人のお竹さんがいるとしか思えなかった。

「若竹」には、三畳くらいの居間のほかに、店の方に、一畳そこそこの小さな部屋がある。私はいつもそこに通された。ほかのお客は腰掛の上で飲ませておいても、私だけはその部屋に通してくれた。「武智さんだけに取ってあるお部屋ですわ」と、お竹さんが言ったこともあった。去年の暮れから今年の初めにかけ、私はその部屋で、火鉢に手をかざしながら、お竹さんのお酌で、数々の楽しい夜を送ったものだった。今年ももう秋闌《た》けて、私はまたその小さな部屋に閉じ籠って酒を飲みたいのであったが、お竹さんは素知らぬ風で、私を通してくれないのであった。ほかのお客がそこで飲み騒いでいるのを、指を咬えて見ていねばならなかった。のみならず、私はその部屋で恐ろしいことを見た。

去年の暮れ近く、私が初めて「若竹」に飛び込んだ晩、開店間もなかったお竹さんは、「入舟」のちらしを持って来て、私に字を書いてくれというのだった。私は酔った紛れに、「開運の願」と書き、自分の名を署した。お竹さんは非常に喜んで、「永久に家の宝にしますわ」と言って、それをその部屋の板壁に貼りつけた。私も嬉しかった。そのちらしは、あの呪うべき夜まで、そこに貼りつけられたままだった。それが、或る晩気附くと、剥ぎ取られてしまって、形を留めないのだった。それほど明瞭に、お竹さんの心を見せつけられては、流石の私も総てを断念せねばならなかった。辛いが、断念せねばならなかった。私はガチャンと戸を閉めて「若竹」を出ると、二三軒やけ酒を飲み歩いて、泥酔した。帰る途々、私は頭を掻きむしり、胸を掻きむしり、泣き声を立てながら、よろけ歩いた。朝起きてみると、どこで失ったのか、冠りつけのハンチングが見えなかった。

それ以来、私は「若竹」には足踏みしないことにした。と同時に、私の梯子酒が始まったのである。「若竹」に入り浸っていた一年近い間というもの、最近になってちょくちょく「田面」へ行ったほかは、私はどこの飲み屋にも殆ど足を向けなかった。「若竹」だけであった。それまでよく行っていた「ひさご」へも一切顔を出さず、そこのおかみから恨まれたほどだった。それほどお竹さんが好きだし、またお竹さんに操を立てたい気持でもあった。ところで、「若竹」が禁断の店となるとともに、私は行き場を失ってしまった。今更「ひさご」へ戻るわけにもゆかず、飲み屋から飲み屋へ、一晩のうちには五軒も六軒も転々するのだった。しかし、どこへ行っても、落ちつかず、心の底から楽しむということもないのだった。一寸好きだなアと思う女があっても、また私を好いてくれそうな女があっても、私の胸の中には、いつもお竹さんがあるのだった。お竹さんのようには、どの女も好きになれないのだった。私はお竹さんから袖にされても、少しもお竹さんを恨んではいなかった。ただ自分の不覚を嘆くだけだった。繰返し繰返し、自分の不覚を嘆くのだった。

私はお竹さんを忘れることが出来ない。思い切ることが出来ない。諦めることが出来ない。しかし、今はもう元の他人に還ってしまった。いくら手を延ばしても、私の手の届かぬ世界の人となってしまった。そのもどかしさに、私は身悶えするばかりである。

あのことがあって間もなく、私は「松風」へ行った。「松風」のおかみは、同性愛と言ってもいいくらい、お竹さんとは無二の親友である。おかみは、私とお竹さんの仲に好意を見せてくれ、私の顔を見る度に、お竹さんの話を持ち出すので、それが嬉しさに、それまで滅多に行ったことのなかった「松風」へも、梯子酒の序《つい》でに、度々寄るようになったのである。おかみは、私とお竹さんの仲がああなったのを知ってか知らないでか、その晩もまたお竹さんの話を持ち出したのであった。

「この夏、武智さんがお国へ帰られた時、お竹さん、熱海まで見送って行ったでしょう。一時頃帰って来ましてねえ、『武智さん、本当に喜んで下さったわ。わたし、送って行った甲斐があったわ』と言ってましたわ。そしてわたしには、椿油を土産に買って来て下さったわ。」

わたしはその話を聞くと、いとしさが胸に溢れて来て、思わず番台の上に泣き伏した。柔い涙が流れた。汽車の中で、お竹さんは、熱海で降りたら、「松風」さんに何かお土産を買ってかえらなくちゃアと言っていたのを、私は思い出した。熱海土産に、椿油を買ってかえったお竹さんが、私はいとしくてならないのだった。縁が切れてしまったがゆえに、その時のことを思うと、猶更いとしくなるのだった。

事に触れ折に触れ、見るもの聞くもの、お竹さんを思い出す種ならざるはない有様で、私はその度に胸を虐まれるのであるが、或る日も、机の上に置いた腕時計が停っているのに、私は気が附いた。

「おい、いま何時。」と、私は茶の間に声をかけた。

「三時五分前だわ。」茶の間の置時計を見て、娘が言った。

私は針を動かし、ネジを巻いているうちに、ふと、初めてお竹さんの店へ行った時のことを思い出した。

あれから、もう追っつけ一年になろうとしている。それは、去年の暮れに近い十二月初めのことであった。正確な日附けを覚えていないのが残念である。その頃私は、近くの或る邸宅の二階の一室を借りて、原稿書きに通っていた。夕方の帰りには、原稿用紙や弁当箱などの入った小さなトランクを提げて、必ず駅前に出て「ひさご」で一杯飲むのであった。その晩も、「ひさご」で飲んでいたのであるが、おかみがほかのお客と仲好くしはじめたので、私は飛び出した。そして私は、トランクを振りくりながら、前行ったことのある「紫蘭」という店へ飛び込んだ。そこは、飲み屋街からは辺鄙な奥まったところで、位置が悪く、雨が降ると、店の前の通りはドロドロにぬかるむのであった。

私が飛び込んだ時には、店はガランとして無人であったが、「御免なさい」という私の声に応じ、「いらっしゃいませ」と奥から出て来たおかみは、思いがけず、見知らぬ人だった。「おや、代替りしたんだな」と思いながら、店の様子を見ると、すっかり新しく改装されていた。店の方には、障子の入った小さな部屋が出来、番台も調度品なども皆新しく、見違えるように清潔な感じだった。その人は、白い歯を見せ、軽く腰を屈め、にこやかな顔をして、私を迎えた。その人が、お竹さんだった。

「代替りしたんですか。」

「ええ。」

「いつから始めたんですか。」

「先月の二十五日からです。」

「じゃア、開店早々ですねえ。」

「ええ。『若竹』って店ですの。どうぞよろしく。」

「こちらこそ。」

　それが、お竹さんと口の利き初めであった。

　その店は、去年の三月頃出来た店で、最初は「白水亭」と言った。或る洋画家の細君だという人が営んでいた。円《ま》あるい顔で、眼鏡をかけた人だった。私がその辺鄙な店を知ったのは、その頃私の家へ出入りしていた或る文学好きな少女が、「わたしの女学校の時の上級生が、飲み屋をはじめましたの。一度御案内いたしますわ」と言って、私を連れて行ってくれた時からである。私はその後、数回行った。

　次いで「紫蘭」であった。背の高い、痩せぎすなおかみが営んでいた。或る晩、私は粕取に酔っ払って、高声で喋っていた。酔っ払うと声の高くなるのが、私の悪い癖である。そこへ、料理飲食店営業停止の折柄であったから、取締りの警官が二人、やって来た。おかみは素早く、茶呑茶碗の粕取を、番台のうちらにはけてくれた。「もっと沢山いたようだったがなア」と警官の一人が言いながら、私一人いるのが不審らしく、店の中を見廻した。私の声はよっぽど高かったと思われた。遠くから聞くと、沢山の人が飲み騒いでいるように思われたのにちがいないのだ。事実、私一人であった。警官の一人は、私の前にある茶碗の中を覗いた。その傍らにある小さなアルミの薬缶も取って、滴を垂らしてみた。

一滴の粕取も出なかった。その間、私はふて腐れた気持で、どうにでもなれと思いながら、黙って腰かけていた。やがて、警官達は引き上げて行った。そんなことがあって以来、私は怖くて、「紫蘭」へは寄りつかなかった。そして、一月余り経って、「紫蘭」だと思って飛び込んでみると、「若竹」になっていたのである。

私は一と目で、お竹さんが好きになった。私が「若竹」に飛び込んだのは八時半頃であったが、それから十二時頃まで、三時間半も私は粘ったらしい。しかし、今になってみても、精々一時間くらいしかいなかったように思えてならない。好きな女の側では、時間が実に早く飛ぶもののようである。しかも、紙入の中には七八十円しか残っていなかったので、私は粕取一杯のつもりであった。それでいて三時間半も粘ったのであるから、随分厚かましい話である。お竹さんがあまり好きなので、厚かましいのも意としなかったようである。

その上、もう一つ厚かましい話がある。私が一人で粘っている時、三十四五の恰幅の立派な男が入って来た。「あなたは池部良の兄さんですか」と私は慣れ慣れしく言った。あとで判ったところによると、この人は開店の日から「若竹」へ来ていて、お竹さんをひいきにしていたのである。したたかに酔っ払っていた私は、気がついてみると、人もあろうに、その人を摑まえてこんな無態な、恥かしいことを言っていたのである。

「ここのおかみさんは、いいなア。ここのおかみさんは、いいなア。僕、好きになったんだ。あなた、取り持ってくれよ。ねえ、取り持ってくれよ。僕は女房が死んで、独り者なんだ。」

私は本当に、お竹さんが番台の向うにいて、手の届かないのがもどかしくてならないのだった。知らぬ人でも誰でもいい、その人に頼んで、取り持ってもらって、手許に引き寄せたくて堪らないのだった。その気持が発して、そんな酔態となったのだ。

そのうち、私はふと自分を名乗った。

「あなたが、武智さんですの。小説家の。」お竹さんは驚いたように、まじまじと私の顔を見つめた。

「武智という酔っ払いです。」

「そうですの。」お竹さんは私の顔から目を放さなかった。「前の『紫蘭』さんから、武智さんていう小説家がお見えになるって聞いていましたわ。」

「武智に間違いありません。」と、嘘でない證拠に、私はトランクの中から書きかけの原稿を出して、自分の署名を見せた。

「武智さんですわねえ。これから御ひいきにお願いしますわ。」と言って、お竹さんは改めてお辞儀をした。

それから私は、一日座敷に上って、例の「入舟」のちらしに字を書かされたのである。

私はあたり構わず、なお粘っているうち、腕に巻いた腕時計のなくなっているのに気附いた。「どうしたんだろう」と不思議に思いながら、そこら中を見廻したが、見当らない。目を凝らして足元を見ると、私は自分の足で時計を踏んづけて、時計は柔い土の中にめり込んでいたのである。取上げてみると、泥まみれになった時計は、ガラスが破れ、長針もなく、滅茶々々になっていた。

「お預りしておいて、明日時計屋さんへ持って行って、直しておいて上げますわ。」とお竹さんが言った。

そんな心遣いも、私を惹いた。私は時計を預けて、帰って来た。その時計は、一週間ばかりして、直って来た。

私は時計のネジを巻きながら、あの初めての晩のことを思い出してならないのだった。お竹さんが、如何に気持の好い女に見えたことであろう。間もなく初会の日が来るので、その時には記念の酒を飲もうと言い交してあったが、今はもうそれも仇となってしまった。

翌る日は、晩になるのを待ちかねて、私は仕事場を出ると、まっ直ぐ「若竹」へ行った。「ひさご」などへはもう寄る気がしなかった。お竹さんは輝くような顔をして、濡れ手を前掛で拭いながら、愛想好く私を迎えた。

「あら、いらっしゃいませ。一晩きりで、うちなんかへはいらっしゃっていただけないかと思っていましたわ。よくいらっしゃって下さいましたわねえ。」

私は早速、「どうぞ、どうぞ」と小部屋へ通された。お竹さんはいそいそと、火鉢を運び、座蒲団を出してくれた。私は畏った風に、膝を揃えて坐っていた。

「どうぞ、趺坐《あぐら》をかいて、お楽になさって下さいませよ。」お竹さんはお銚子を持って来て、そう言った。

「いや、僕は酒の入らないうちは、こんなに固くなっているが、だんだん酔いが廻るにつれて、趺坐になり、壁に倚っかかり、肱枕になるんです。そういう段階を踏むのが楽しいんだから、気を遣わないで下さい。」

「変化を尊ぶって言うんですの。」とお竹さんは笑った。

「そう。そのうちへどもを吐きますよ。」と私は冗談を言った。

「その時は、お介抱させていただきますわ。」とお竹さんは親身な調子で言った。

その晩は、客が立て込んだ。奥の座敷には、四五人連れの客が飲み騒ぎ、店の番台にも客が押し並んでいた。お竹さんは才弾けた応待をしながら、あちこち忙しそうに飛び廻っていた。私が独り飲んでいる部屋にも、障子を開けて時々顔を覗け、二三杯お酌をすることを忘れなかった。私はその度に一杯差した。

「御免なさいねえ、お愛想が出来なくて。とても忙しいのよ。」

「いいですよ。大いに立ち働きなさい。」

「わたし、武智さんには、最初から甘えていますわ。」

お竹さんが、ひそひそとそんなことを話して、また障子を閉め、店の方へ出て行くと、

「君の彼氏なの」とからかう客があった。

「ええ、わたしの彼氏なの。」お竹さんは済した声で、言い切った。

私はその晩、十本くらいお銚子を空けたろう。私が帰ろうとすると、「そこまでお送りしますわ」と、お竹さんは附き添って出た。もう十二時を過ぎていた。店には私一人きりになっていた。お竹さんは小半町も送って来ると、「ここでお別れしますわ。」と、道の途中で立ち停った。

「じゃア、左様なら。」私は手を握って別れたが、直ぐまた引き返して、お竹さんを抱き締めた。お竹さんも身を寄せた。暫く行ってから振り返ると、お竹さんはそこにまだ立って、私を見送っていた。「左様なら」と、もう一遍手を振って、私は愉しい後味を味いながら帰って来た。

それから後、お竹さんが送って出る時は、いつも私の姿が見えなくなるまで立ち尽してくれたものであった。「若竹」へ足踏みしなくなってから、私は或る飲み屋の女に見送ってもらったことがあった。「左様なら」と言って別れて、暫く行って後を振りかえると、女の姿はもう見えなかった。お竹さんに慣されていた私は、何か断層でも見たような物足らなさを感じてならなかった。お竹さんの有難さが今更思い返され、私はひどく淋しい気持で帰って来た。お竹さんは、送って出ない時は、店口に顔を出して、私の姿が通りの角に見えなくなるまで、じっと見送ってくれた。私は角を曲る時、「左様なら」と手を挙げる習わしであった。客が立て込んで、店口までも出られない時は、「今夜はお送りしませんわ」と、お竹さんは断った。

私が一晩も欠かさず、お竹さんの店に入り浸っているという噂が立つにつれ、友人や先輩などが、私のことを心配してくれるようになった。或る晩、私が奥の間で、お竹さんと差し向いで飲んでいると、先輩の馬場氏がひょっこり現れた。

「君の巣を到頭突き止めたよ。」と馬場氏は笑いながら入って来た。「今『ひさご』で聞いて来たんだ。」

「そうですか。」と私は、悪いところを見られたふうに照れた。

「君が変なところへ入り浸ってると聞いたものだから、どんなところかと思って来てみたんだ。」

「まア、飲みましょう。」私は馬場氏の機嫌を柔げるように杯を差した。

その晩は、炬燵の中で、三人が夜を徹して飲んだ。私はいつか酔い潰れ、横になってウトウトしていた。

「君は武智が好きなのか。」と、本気とも冗談ともつかない調子で、馬場氏がお竹さんに訊ねている。

「さアねえ。」とお竹さんは言葉を濁した。

「それ見ろ、蕊から好きなんじゃないんだろ。武智を誘惑しちゃ駄目だぞ。武智は大切な人間なんだから。」

「それは判ってますわ。でも、誘惑なんかしませんわ。」

「新橋の芸者なんか、男を十人くらい持たなくちゃ、やってゆけないそうだがねえ、君もその手で、武智を引っかけてるんだろ。」

お竹さんはハンカチを目に当てて、泣きはじめた。私はそれを見ると、やおら起き上った。

「馬場さん、僕はこの人が好きなんだ。」私も悲しくなって泣きはじめた。

「君が好きだって、この子が君を好いてるもんか。」と馬場氏は一蹴した。

「馬場さん、僕は女房もなし、愛情が欲しいんですよ。」私は、我れと我が感情に負けて、炬燵蒲団の上に泣き伏した。

「この子に愛情なんか、あるもんか。さっきから、この子の素振りに気を附けているんだが、好きな男の側にいる素振りなんて、ちっともありゃしない。騙されちゃ、駄目だぞ。この子なんか、やめちまえよ。」

「わたし、武智さんが好きなのよ。握手しましょう。」

お竹さんはハンカチを放し、泣き腫れた眼で、私に手を出した。私も手を出した。お竹さんはその手を固く握って、幾度も振り返した。

「何んだ、そんな上べだけのことをして。武智、君は大切な人間だぞ。文学を忘れるな。」

と馬場氏は忠言をつづけた。

「馬場さん。僕は文学は忘れませんよ。でも、愛情も欲しいんです。」私はまるで若輩のようであった。

「愛情が欲しくったって、女に溺れて、文学を忘れちゃ、駄目だ。君のこの頃書くものは、良くないぞ。」

私はこたえて、また泣いた。

「いくら惚れても、毎晩飲みに来るのはよくない。三日に一遍くらいにしろ。よかったら、僕が好いところを世話するから、飲みに来るのは止して、時々逢引きするくらいにして、あとは女のことなんか忘れて、文学に一生懸命になれよ。君は今が大切な時だぞ。自分を生かすも殺すも、君の心懸け一つだ。」

そのうちに夜が明るんで来た。朝の光が障子を白くして来た。

「じゃア、僕帰るよ。」と馬場氏は立ち上ると、「でも君は、嫌やな顔もしないで、よく附き合ってくれたねえ」とお竹さんに言い残して、帰って行った。

私は酔いがひどくて、気分が悪く、胃も痛み、帰ることが出来なかった。お竹さんは小部屋の方に、蒲団を延べてくれた。私は横になった。

「おひるまでも、御ゆっくりお休みになって。わたしも少し休ませていただきますわ。」

お竹さんが障子を閉めようとする時、私は寝床の中から両腕を伸ばした。お竹さんは顔を寄せて来た。

「僕、本当にお竹さんが好きだよ。」と言いながら、私はお竹さんの首に手を廻して、初めて唇をつけた。

「わたしも、好きですわ。」お竹さんの熱い鼻息が、私の頰にかかった。

その頃から、お竹さんはどうもからだの工合が好くないと言いはじめた。食事がまずく、夜も寝就きが悪く、よく眠れないということだった。からだもだるくて仕方がないと、言い言いした。以前腎臓を患ったことがあるから、それが再発したのではないかと心配していた。そして、或る日、小水を持って病院へ行って来たらしかった。

「どこにも異状がないって、お医者さんは言いますのよ。腎臓のほかに、心臓も胸もおなかの方も、よく診てもらったんだけど、どこにも悪いとこがないって。」とお竹さんは報告した。

「じゃア、よかったですねえ。」

「でもからだの工合が悪くて仕様がないんですから、どこか悪いところがあるのじゃないでしょうかと訴えると、軽い神経衰弱でしょう、恋をしてるんじゃないんですかと言われましたのよ。」とお竹さんは笑った。

私はニヤニヤしていた。

「図星を指されましたわねえ。」と、お竹さんはまた大きく笑った。が、笑いを直ぐ納めると、お竹さんは今度は真面目な顔になって言った。「わたし、この頃変ったたって言うお客さんがありますのよ。ほんとに変ったでしょうか。」

「さア、僕が来はじめてから、変ったようには見えませんがねえ。」

「開店当時から見ると、随分変ったたって言うんですの。そして、武智さんと恋しはじめてから変ったたって冷かすんですわ。」

「どうですかねえ。」と私は照れた。

「どんなに変ったんでしょうねと尋ねると、天真爛漫な潑剌さがなくなって、憂いの翳が射して来たって言うんですわ。本当でしょうかねえ。」とお竹さんは考え込む風であった。

兎に角、からだにも心にも変化が起るほど、お竹さんは私を恋してくれたのであった。そのお竹さんが寝返りを打ったとは、私は今以て信ぜられぬのである。寝返りを打ったのは別のお竹さんで、本当のお竹さんは、私のために恋患いしてくれた人としか思えないのである。

お竹さんの店は、地の利を得ていないのにも拘らず、多勢の客がついて、大繁昌であった。「わたし、『若竹』を立派な店にしますわ」と気負っていた通り、お竹さんの腕と働きのせいだった。で、人手が足りなくて、一時女中を雇っていたことがあった。三十ぐらいで、顔もまずく、頓馬で、機転も利かなかった。使い歩きがやっとという感じであったが、「わたしも好い男と一緒になって、奥さんのようにお店を出してみたいと思うわ」と言ったことがあったという。この女中に対《むか》って、「豊ちゃん、お店に来るお客さんで、誰が一番好きなの」とお竹さんが尋ねてみた。「蒲原さんですわ」と、女中は言下に答えた。蒲原という男は、私も「若竹」で二三度落合っていたが、どこかの会社に勤めていて、瀟洒とした美青年であった。

「わたし、それを聞いた時、寂しかったわ。」とお竹さんは溜息を吐いた。お竹さんの心では、秘かに、「武智さんですわ」と、女中が答えてくれるのを期待していたのだった。自分が好きな男は、女中の眼にも好き人と映るのを望んでいたのだ。お竹さんが「寂しい」と洩したのには、そんな期待の裏切られた含みがあるのだと、私は汲み取った。

「そうですか。」と私はさりげなく答えた。私自身も、一抹の寂しさを感じていた。

「それから、武智さんはどうなのと、訊いてみましたの。酔っ払って、大きな声ばかり出しているから、嫌やですわと、言いましたわ。」と、お竹さんは寂しそうな笑いを浮べて、俯向いた。

「やられたなア。」と私は苦笑した。

「あんな女だと思っても、そう言われてみると、とても寂しかったわ。やっぱりねえ、あんな女でも、きれいな男は目につくらしいわねえ。でもわたし、美男なんて好きではないわ。」

私は突然感極まって、いきなりお竹さんの肩を抱き締めた。二人の歯がカチカチと合った。

「お竹さんは、そんなに僕を好いてくれるの。」と、私はお竹さんの耳元で囁いた。

「好きだから、あんなこと言われると、寂しいわねえ。」

その夜以来、お竹さんに対するいとしさが一入《ひとしお》募るのを、私は覚えた。私はお竹さんのことを思うと、いとしいという辞が、直ぐ頭に浮んで来る。私のお竹さんに対する気持は、恋だとか愛だとかいう辞では、どうも適切でなく、いとしいという辞でしか言い表せないのだった。そんな感じを与えるお竹さんだった。今はもう、縁もゆかりもないお竹さんになってしまったが、お竹さんに対するいとしさは、今もなお、私の心の中で息づいている。

お竹さんは、白い歯が美しかった。小さな、磨かれた歯が、きれいに列んでいたが、その歯の特徴は、前歯の間が、かなり大きく空いていることだった。先ず目につくのは、その歯だった。言わばその欠陥が、お竹さんの歯、延いては、お竹さんの表情全体を引き立て、人を魅する力を持っていることは争われなかった。

「前歯の空いてる人は、早く親に別れるって、僕の田舎では言うんだが。」と、或る晩私は言った。

「そうですのよ。わたしには母親がありませんの。九つの時に死に別れたんですの。」とお竹さんは物悲しげな顔をして言った。

お竹さんの母親は、早くから病身で、床に寝就いたきりであったが、学校から帰って来た時など、たまに母親が起きて、そこらを動いているのを見ると、とても嬉しかったと語った。母親がないために、小さい時から散々苦労をして来たと言って、お竹さんは暗い顔をした。折角結婚した男とも、うまくゆかなくて、子供を残して別れたということだった。

「わたし、この歯を埋《う》めようかと思ってますの。」とお竹さんは言った。

「そりゃ、駄目だ。あなたの歯の魅力は、前歯が空いてるところにあるんですよ。」と私は口を極めて言った。

「そうでしょうか知ら。でも、人目について、気になって仕様がありませんわ。」

「人の表情というものは、あまり完全なものより、多少欠陥のある方が、魅力を生むものですよ。例えば、ほくろがあるとか、受け唇であるとか。あなたの前歯が空いてるのも、それですよ。埋めるのは、絶対にいけないなア。」

そして私は、私が前歯を欠いた時のことを引き合いに出した。私は酒を飲んでいて、前歯を一本欠いたことがある。一週間ばかり前歯を欠いたままでいて入れ歯をすると、或る友人がそれを見て、「武智さん、入れ歯をしなかった方がよかったなア。歯の欠けていた方が、愛嬌があって、よかったですよ」と言ったのだった。その言葉が私の心に残っていて、お竹さんを阻止する土台となっているのだった。

「あなたがその歯を埋めるのは、大阪城の外濠を埋めるようなものですよ。元も子もなくするに極まっています。そんなことは、およしなさい。あなたが僕の女房だったら、絶対に埋めさせませんよ。」私は変に熱を持って言った。

「奥さんだったらねえ。」と口に出して、お竹さんはポッと顔を赧らめた。

私も思わず顔を赧らめた。が、酒の勢いで、私はもっと突っ込んだことが言いたくなった。

「お竹さんが、本当に僕の女房だったらいいなア。」

「わたしのような者では、武智さんの奥さんは勤まりませんわ。」

「僕は五十だし、あなたは二十九だし。僕がもう十若かったらなア。」

「歳のことなんか考えませんわ。」

私はそれを聞くと、また感極まって、お竹さんを抱き締めた。

「本当！ 歳のことなんか考えないの。」

「考えませんわ。」

「有難う。」

私はお竹さんを抱き締めたまま、目を落すと、半腰に爪立ちになっているお竹さんの足の裏の汚れが、皺襞もありありと、間近かに迫って見えた。

お竹さんのことを思えば、思いは果てしないが、今年ももう大分押し詰まって、やがて正月が来ようとしている。今年の正月元旦には、お竹さんが、私の家へ挨拶に見えた。私は大晦日の晩、友人達と「除夜の鐘を聴く会」というのをして飲み明かし、おひる近く帰宅して寝ているところだった。

「お父さん、女の人よ。垢抜けのした人だわ。」という娘の声に、私はフラフラと起き上った。玄関に出ると、思いがけずお竹さんだった。

「どうぞ。」

お竹さんは遠慮そうに入って来ると、私の脱ぎ放った靴の乱れているのが気になったらしく、俯向いて靴を揃えてくれた。この仕草は、深く私の印象に沁みた。お竹さんは、ビール瓶に詰めた粕取焼酎と、林檎の包みを土産に届けてくれたのであった。それもさることながら、乱れた靴を取り揃えてくれた心づくしの嬉しさには比すべくもなかった。私は将来、昭和二十四年の正月に、お竹さんに焼酎と林檎を貰ったことを忘れることがあっても、靴を揃えてもらったことは忘れ得ないであろう。

「今さっき、除夜の鐘を聴く会から帰って来て、寝てたところですよ。」

「お休みのところ、済みませんでしたわねえ。」

「いや。何んにもありませんが、一寸お上りになりませんか。」

「いいえ。ついそこの親戚まで行って、親戚の者に連れて来てもらっているのですから。」

「そうですか。」

「またお伺いいたしますわ。」

「そう。それは寂しいですねえ。」

「御挨拶が後になりましたけれど、昨年中は色々有難う存じました。今年もまたよろしくお願いいたします。」と、お竹さんは改めて挨拶をして、土産を出したのであった。

「どうぞ、御ゆっくりお休み下さいませ。」と、お竹さんは雨の中を帰って行った。

お竹さんが帰った後、私は寂しさが腸に沁みた。

正月三日は、お竹さんの店で、常連達がする新年宴会の約束だった。私は福寿草の鉢を抱いて、早目に出かけて行った。集まる者四五人で、飲み且つ歌った。歓を尽して皆が帰ったあと、私は一人で残っていた。お竹さんは席を片附け、お茶を淹れてくれた。私達は電気炬燵に入って、お茶を飲んだ。

「今夜はとても愉快でしたわ。」とお竹さんが言った。

「愉快でしたねえ。」

「来年はお正月は、皆さん、どうなっていらっしゃるでしょうねえ。」来年を思い運らすような顔をして、お竹さんが言った。

「そう。あなたの店は、相変らず大繁昌でしょう。」

「武智さんは結婚なさっていられるでしょうか。」

「どうでしょうかねえ。」

「武智さんが結婚なさったら、わたし、こんな店なんか止めてしまいますわ。」

「どうして？」

「詰らなくなるんですもの。」

「じゃア、結婚しないよ。」

「安心ならないわ。」

「あなたを女房と思えば、安心でしょう。」

「じゃア、安心してますわ。」

そんな、今年の正月のことを思い出すにつけ、来る年の正月の索漠さが思い遣られてならない。私にとって、お竹さんは、心の慰めであり、心の救いであり、心の支えであると言えた。生きる望みとも言えるほどだった。或る晩、「若竹」へ急ぐ途中、或る友人に会った。「武智さん、あなたのあの晩の眼は、とても熱っぽくて、いい眼をしていましたよ。」と、後になって、その友人にからかわれた。それほどまでに思い詰めていたお竹さんを失って、私の眼からは、既に生き生きしさが影を潜めつつあるようである。

出来ることなら、私はお竹さんのことを忘れてしまいたい。諦めてしまいたい。しかし、隣家の細君の言葉を聞いても、私はお竹さんのことを直ぐ思い出すのである。隣家の細君は、お竹さんと同じ神奈川県の田舎の出である。その訛もアクセントも、お竹さんとそっくりである。細君の言葉を聞いて、「おやっ」と耳を聳てたことも、一再ではない。また、庭下駄にしてある古下駄を引っかける度に、私はお竹さんのことを思い出す。この下駄がまだ新しかった時分、私はお竹さんの店で飲んでいて、相客に誘われて他の店へ行くことになった。その晩私は、煙管で刻みを吸っていた。私がこの新しい下駄を突っかけて出ようとすると、お竹さんは「これ持っていらっしゃい」と言って、私にピースを渡してくれた。ハンチングを冠ろうとする。するとまた、私はお竹さんのことを思い出す。この春、私が帰郷することになった間際の頃、私は或る友人と「若竹」で飲んでいた。その時その友人が、「そんな古びたハンチングなんか止めて、これ冠って帰りなさい」と言って、彼の冠っていた黒のソフトを私の頭に冠せたのだった。「いけないわ、武智さんは絶対にハンチングでなくちゃア」と、その黒いソフトを取り除け、もとのハンチングを私の頭に載っけたものだった。

総ては空しき夢路であった。しかし、お竹さんは魑魅魍魎の如く、私の行くところ、どこにも潜んでいるのである。だから私は、忘れようたって忘れられないし、諦めようたって諦められないのである。

私はペンを擱こうとして、ふと机の上の文芸手帳を取り上げた。何んということもなくページをめくっているうち、私はハッと胸を衝かれた。乱れた鉛筆書きで、「炭坑節」が、書き込まれているのである。

月が出た出た月が出たヨイヨイ

三井炭坑の上に出た
あんまり煙突が高いので
さぞやお月さん煙むたかろサノヨイヨイ

主さんの腕に寝るよりはヨイヨイ
月の射し込むあばらやで
主さんお庭で藁仕事
わたしはおそばで針仕事サノヨイヨイ

お竹さんは炭坑節が得意であった。また上手でもあった。私は、新年宴会の晩、それを初めて聞いたのであったが、お竹さんが膝を乗り出し、声を張って歌うところは、なかなかいいきであった。私はその歌が好きになった。お竹さんと飲んで、酔っ払う度び、その炭坑節を歌ってもらった。そんな或る晩、私は唄の文句を手帳に控えたのだった。鉛筆書きが乱れているのは、私が酔っていたのだった。

私がこの夏、お竹さんに熱海まで送られて田舎に帰った時、汽車は四国山系の吉野川渓谷に沿って走っていた。小雨が降って、渓谷は煙っていた。汽車が、とある阿波の小駅に停った時、傘を持って、車室の入口に立っていた男や女たちが、ドカドカと降りて行った。

やがて、駅の構内を出て、傘をさしながら、焼け木材の柵の外を歩いて行く彼等の姿が見えた。その中から、突然唄声が起った。炭坑節であった。若い男の声であった。

私は耳を澄ました。歌は、小雨の降る狭い山峡に谺した。私は「若竹」を思った。お竹さんを思った。しかし、最早遥にお竹さんを離れ、まだもっともっとお竹さんに離れて行かねばならぬ我が身を思い、遣る瀬なくて仕方がなかった。

私はそんなことも思い出しながら、手帳に誌した唄を、うろ覚えの節で口吟んでみた。いくらかでも、お竹さんの口調に似通わせようと努めながら。歌は似ても似つかぬものであったが、そうして歌っていると、声を張ってあの唄を歌ったお竹さんの面影が、目前に浮んで来て、手帳の上にポタポタと涙を落した。

（二四、一一、二）

愉しき昼食

榊千吉は最近、屋台「末吉」へ、入り浸っている。ここ一二ヶ月以来、秋の初めからのことであるが、おかみのお園さんとは、かなり深い仲になった。旦那がそれを勘づいて、殆ど毎晩のように店へ顔を出すようになった。

極く最近、お園さんは、旦那に小さな家を建ててもらい、アパートの室から、そこに引っ越して来たということであった。榊の家からあまり遠くないお寺の傍だそうだが、お園さんも詳しくは教えないし、彼はまだその家に行ってみたことはなかった。詳しく聞いておいて、昼間、一度押しかけてみたいような気はしたが、旦那と落合っては大変だし、落合わなくとも、お園さんが迷惑するだろうし、それに、お園さんの折角の家を犯すような気がして、押しかける気持になれないのだった。お園さんはどのあたりに住んでいるのだろうか、どんな家に住んでいるのだろうか、などと空想することによって満足した。それがまたなんだか楽しかった。現場を知らなくて空想を運《めぐ》らしている方が、浪曼的な気持でさえあった。

しかし榊は、お園さんの住居が突き止めたくて、或る日散歩の序に、その真言宗のお寺の方へ足を向けた。もう十年余りも前頃には、彼は「孤独な散歩者」と自称して、所在ないままに、その寺の境内へも、よく足を運んだものだった。が、戦争中から戦争後にかけて滅多に散歩をすることもなくなった彼には、長い間用なき場所となっていた。

お寺が近づくと、彼はそれと覚しい家の門札を覗きながら、歩いて行った。お園さんがそのあたりに住んでいると思うだけで、彼の鼓動は激しくなった。雰囲気も、懐しくてならなかった。お寺の参道にかかると、昔ながらに、鼻が欠け、汚れた涎掛けをした小さな石地蔵が、三四基立っていた。それから葉の落ちかけた桜の並木だった。お寺の本堂の赤いトタン屋根は、以前は毒々しいほどの色だったが、今は色褪せ、剝げかかっていた。庫裡の前には、這うように幹の曲りくねった百日紅が、紅い花を群がらせていた。その花にも、見覚えがあった。記念塔のそばの朴の木はと見ると、黄色く色づきかけていた。或る雨の降る日に、彼は傘をさして、この朴の白い花を見ながら、立ちつくしたことがあった。彼はお園さんの住居を頭に描きながら、その小さな寺の境内を暫く行きつ戻りつしたのち、幅広い朴の葉の垂れ下っているのを、一枚ちぎった。彼はそれを大事に手に持った。その朴の葉さえ、お園さんにゆかりあるものと思われてならないのだった。帰りは別の道を取って、またそれと覚しい家の門札を覗きながら歩いて来た。

それから二三日した或る晩、榊は相客二人に誘われるまま一緒に、お園さんの家に押しかけることになった。お園さんが屋台を閉めるのを待ち、四人は駅前から二台の厚生車に分乗して、出かけて行った。彼はお園さんと一緒に乗ったが、酔っ払っていて、お園さんの肩にしなだれかかっていた。お園さんの家に着くと、四人一座で焼酎を飲み直し、二人はそこに泊まることになったが、彼は家が近いので帰ることにした。朝の四時半か五時近くであったろう。お園さんは門口まで出て来て、彼に道順を教え、小雨が降っていたので、傘を貸してくれた。

翌る日になって、前夜のことを考えてみても、どこをどう車に揺られて行ったのか、どこをどう歩いて帰ったのか、お園さんの家がどこにあったのか、彼には少しも憶えがないのであった。ガラスのはまった格子戸を開けると、小さな玄関、三畳くらいの小部屋と六畳の部屋があって、きれい好きなお園さんらしく、部屋の中がきちんと片附いていたことが、フットライトを当てられたようにはっきりしていて、ほかの周りはぼうっとして、何も憶えていないのであった。そして、「お気をつけてねえ。」と言って、お園さんが送ってくれた言葉だけが鮮かに残っているきりであった。

そうして思い返していると、彼はどうしてもお園さんの家が突き止めたくてならなくなって来た。一と目、お園さんの住み做《な》している家が見たいのであった。夕方になるのを待ちかねて、彼はお寺を目標にして出かけて行った。お寺の前に、小さな掘割がある。その掘割に沿って、朝方帰って来た時のうろ覚えの記憶を頼りに、彼は歩いて行った。暫く行くと、雑木に囲まれた茅葺《かやぶ》きの百姓家があって、その前が秋枯れた草っ原になっている。なんだかそんな風なところだったと思って、草原の方へ目を遣ると、つい鼻先に、二軒の新しい家が、径《こみち》を挟んで、背を見せている。彼は思わずドキッとした。左の方の小さい家が、お園さんの家に間違いないのであった。

彼は暫く、そこに立ち竦《すく》んだ。怖いようで近づけないのであった。お園さんは最早店の方へ出ているはずで、台所の明り採りと覚しいガラスにも、灯の光は射していず、家の中はまっ暗のようだった。それでも猶《な》お、旦那が来ているのではないかと、彼は気になった。右の方の大きめの家は、玄関に煌々と軒燈が点っていて、ラジオの音が賑《にぎや》かだった。そのラジオの音に足音が紛れそうだったから、彼は思い切って、二軒の家の間を通り抜けてみることにした。彼は足音を忍ばせて、そろそろと近づいて行った。その時突然話し声が起った。どうも、お園さんの家らしく思われた。彼は慌てて後戻りした。心を鎮めて、聞き耳を立ててみると、話し声は隣家から起っているのであった。彼は胸を撫で下ろして、また歩を進めた。胡乱《うろん》臭く歩いていて、隣家の人にでも見附かって、怪しまれては工合悪く、万一お園さんか旦那にでも見附かれば、猶更《なおさら》工合が悪いので、彼は殆ど駈足であった。両家の間を、彼は本当に駈け抜けたのであった。二三十歩駈け抜けると、若い杉垣になっていて、その先に精米所があるらしく、発動機の音がガタガタと響いていた。彼はそこに立ち停り、杉垣越しにお園さんの家を眺めた。無人らしく、雨戸が閉っていて、灯一つ洩れていなかった。星空の下に、黒く静まっているその小さな家を、彼は世にも懐しいものに眺めた。朝晩この家で寝起きするお園さんのことを思うと、彼は悩ましくてならなかった。

それから彼はお園さんの店に向って行って、何喰わぬ顔で現れた。

「昨夜は失敬。酔っ払っていて、お園さんの家がどこだったか、さっぱり覚えていない。」

「覚えていて下さらない方がいいですわ。それより、御無事で帰れまして。」

「どうにか帰り着いていたが、寝巻にも着更えないで、濡れしょぼけた着物のままで寝ていて、大変だった。」

「わたしたちは十一時頃起きて、それからまた四時頃まで、うちで飲んでいましたのよ。」

お園さんの顔は赤かった。

「そう。あまり無理しない方がいいですよ。」

それからまた二三日した或る晩、夜更けて、彼とお園さんとは連れ立って帰って来た。別れ道のところまで来ると、彼は別れがたなくて仕方がなかった。

「お園さん、今夜は、お園さんの家へ寄って行くよ。」と彼は無躾けに言った。

「駄目よ。来てるかも知れないから。」

「来ていちゃ駄目だけど、兎に角そこまで行ってみるよ。」

「明日の昼いらっしゃい。昼間ならいいですわ。」

「今夜行きたくて、明日まで待てないよ。この間の晩行ったんだけど、ちっとも覚えてないから、一度行ってみたいんだ。」

彼はお園さんの肩を捕えて、お園さんの曲って行く方へ、曲って行った。お園さんも承知をした。

「ここで待っていらっしゃい。見て来ますから。」

彼は杉垣のそばに立っていた。お園さんは、家の裏手へ廻って、錠を外して、台所口から上って行ったらしかった。やがて玄関の戸が開かれ、お園さんが小走りに出て来た。

「いいわ。来てないわ。」とお園さんは囁いた。

彼はお園さんの後について、怖わ怖わ玄関を入って行った。お園さんは玄関の戸に鍵をかけた。家の中はまっ暗だった。

「停電だわ。」

「そう。気が附かなかったなア。」

お園さんは、台所から蠟燭をつけて来て、茶餉台の上に立てた。彼は仄暗い部屋の中を見廻した。見覚えのある着物が衣桁にかかり、赤いメリンスの覆いが鏡台を被うていた。そのほかは、新刊雑誌が二三冊。塵も止めないくらい片附いていた。彼はお園さんに倣《なら》って、自分ももっと身ぎれいにし、身の周りを整えたいと思った。そして、長いことやもめ暮らしで、こんな女の雰囲気に飢えている彼は、お園さんの住み做しているさまを見るにつけ、またしても悩ましい気持に襲われた。

お園さんは、一升瓶を持ち出して、焼酎を注ごうとした。

「焼酎はいいですよ。お茶を一杯下さい。」

「一杯だけしか注ぎませんから、お上りなさいませよ。」

「じゃア、戴くかな。」

お園さんも自分のコップに注いで飲んだ。

「差し向いで飲むのは、楽しいなア。」

「家庭的ですわねえ。」

「そう、家庭的と言えば、今度僕の家へ来ませんか。月水金は、妹も洋裁学校へ行っていて、昼間留守ですから。一緒におひるを食べようじゃないですか。」

「そんなら、うちへいらっしゃいませよ。一緒におひるを戴きましょう。」

「それなら猶おいいや。いつにしようかなア。」

「来週のうちだったらいつでもいいですわ。銀行の用事で関西へ出張してしまいますから。」

「それなら、水曜日に来ましょう。その日の午後三時から、或る学校で文芸座談会をすることになっていますから、十一時半頃やって来て、一緒に御飯を食べて、それから出かけることにしましょう。」

「じゃア、そうして下さいませ。」

水曜日と言えば、あと四日目である。思うても、楽しい限りであった。彼は上機嫌になった。彼はコップを一杯あけると、気負った感じで、立上った。

「お菜は、僕が見つくろって買って来るから、何んにも買わないでいて下さい。」彼は玄関に出ながら言った。

「いいえ、わたしが支度しておきますわ。お買いになっていらっしゃっては、駄目ですわ。」お園さんは受附けなかった。

「僕が見つくろって来るのも面白いんだけど……。」と言いながら、彼はお園さんの心を汲んで、その心意気に任せることにした。

彼が土間に降りると、「さア。」と言いながら、お園さんが手を出した。彼はその手を握り返した。

「左様なら。」

「じゃア水曜日、お待ちしていますわ。」

「きっと来ます。」

彼は戸を閉めようとしていた。

「雨が降ってもいらっしゃいませねえ。」

「雨が降っても来ます。左様なら。」

彼は戸を閉めた。帰る途々、「雨が降ってもいらっしゃいませねえ。」と言ったお園さんの言葉を、何度も反芻していた。その心の籠った言葉は、約束の当日になるまで、彼の心の中で長く余韻を引いた。

その翌る晩「末吉」へ行ってみると、屋台は閉ったままだった。寒い雨の日が多く、お園さんは風邪を引いたと言っていたから、それがこじれて、寝込んだのではないかと思われた。昨夜おそくまで附き合わせたのがいけなかったのではないかと、悔いられもした。しかし附き合わせたおかげで、愉しい昼食の約束が出来たんだと思うと、そのことだけに彼はかかずらって、お園さんのことはそれほど心配ではなかった。

お園さんの店が休みなので、彼は落胆して、その晩はよその屋台で少し飲んだ。ブラブラ帰りかけると、急にお園さんの家の様子が見たくなって来た。彼は魔法杖にでも導かれるように、お園さんの家に近づいて行った。杉垣のところに立ち停って覗うと、雨戸は閉っていたが、小部屋の方のガラス窓に灯が映っていた。彼は足音を殺して、通り抜けて行った。ビクビクした気持ながら、彼は一寸立ち停って、小耳を傾けた。何かの物音でも聞えないかと思ったが、物音は何もしなかった。灯が点いているのは、本好きなお園さんが、寝ながら本を読んでいるのではないかと思われた。彼は病み臥せっているお園さんを思い、壁一重でそこに近づけないのが、もどかしくてならなかった。帰る時、彼はひどく淋しい気持を抱いていた。

その翌る晩も、お園さんの店は休みであった。病気が長引いて、折角の約束がおじゃんになるのではないかと思うと、彼は気が気ではなかった。

その翌る日は、約束の日の前日であった。寒い秋雨が降り頻っていた。彼は家に引き籠って、ぼんやり午前中を過すと、午後からは、気晴らし旁々、散髪に行くことを思い立った。髪の伸びほおけた、むさくるしいなりが嫌やであった。さっぱりした恰好で、お園さんの家へ行きたかった。

床屋を出ると、彼は迷った。そのまま家に帰るのが味気なくてならない。見舞を兼ねて、お園さんの様子を見に行きたいのであったが、明日を控えて、今日行くのは少しあくどく、このままそっと帰るのがいいのではないかとも思われた。とつおいつ考えた末、彼は思い切って、行ってみることにした。昼間ならいいと言ったお園さんの言葉にも励まされた。手土産をと思って、彼は果物屋の前に立った。出だしたばかりの柿が目についたが、柿をたべるとからだが冷え、病気にはよくないと聞いていたから、若しかしてお園さんのからだに障ってはいけないと思ったので、柿はあきらめることにした。彼は直ぐ、お園さんの痰切りに、飴玉を買うことを思いついた。彼は二いろの飴玉を買って、それを袂の中に入れた。

お園さんの家は、少し空合いが明るんで、小降りになった雨の中に濡れていた。雨戸が一尺ばかり開いて、硝子戸を現わしていることによって、お園さんは家にいるものと思われた。差しかけの物置に盥が見え、玄関脇の水栓に、褐色のゴム・ホースが垂れているのが、お園さんのつつましい世帯を思わせた。

彼は案外臆しないで、玄関の戸をコツコツと叩いた。

「どなた。」とお園さんの声があった。寝床からの声であった。

「榊です。」

「榊さんですの。縁側の方へお廻り下さいませよ。」

彼は縁側の方へ廻った。小さな縁側は、雨のしぶきで濡れていた。

お園さんはガラス戸を開けた。浴衣の寝巻のままで、伊達巻を締め、白粉気のない寝呆け顔をしていた。

「御免なさいねえ、こんな恰好で。」

「いいや。風邪がよくないんですか。」

「大したことはないんですけど、少し頭が痛くて、今日も朝から寝ていました。」

「そう、それはいけないですねえ。昨夜もその前も、お店を休んでいましたね。」

「ええ。風邪なんかで、こんなに寝ついたのは、初めてですわ。」

「起こして、悪かったなア。」

「いいえ、いいんですの。夕方になったら起きて、お買物に出かけようと思っていたところですから。まア、一寸お上りなさいませよ。」

「じゃア、一寸。」

彼は座敷に上った。そこには、お園さんの体温が籠っていそうな蒲団が延べられてあった。

「お蒲団敷きっ放しで、御免なさいね。上げると、埃が一杯立ちそうですから。」お園さんは癇性らしく言った。

「いいですよ。いいですよ。」

お園さんは顔を洗い、彼にお茶を出すと、鏡台に向って、お化粧をはじめた。白粉を塗り、頰紅をさし、口紅を引く横顔を、彼は飽かず眺めた。

「御免なさいねえ。人前でお化粧なんかして。」

「いいですよ。いいですよ。」

お園さんはお化粧が終ると、衣桁にかかった着物を取って、寝巻を着換えながら、また「御免なさいねえ。」と言った。彼もまた「いいですよ、いいですよ。」と繰り返した。

「子供騙し。」と、照れながら、彼は袂から飴を出した。

お園さんは、皿を持って来て、黄と褐色の紙に包まれた二いろの飴玉をきれいに並べた。

そして頰っぺたを膨らませて、飴玉を舐めはじめた。

「おいしいお菓子ですわ。」

「割合おいしいですねえ。柿にしようかと思ったんだが、病気だと柿はよくないと思いましたから、飴玉にしたんです。飴玉は痰切にいいそうですよ。」

「そうですってねえ。有難いですわ。」

やがて、お園さんは買い物に行くために、立ち上った。

「明日はいらっしゃいませね。」

「ええ、来ます。明日の仕度の買い物でしょう。悪いなア。」

「いいえ、構わないですわ。」

二人は連れ立って出た。彼は一杯引っかけて帰りたかったから、駅前の方に行くお園さんに伴った。本通りを避けて、狭い裏通りから行ったから、傘をさして、二人並んで歩くのは困難だった。すると、お園さんは傘を畳んで、彼の傘に入って来た。彼はお園さんの肩に手をかけたいところだったが、明るい昼のこととて、それもならず、行き交う人の手前、さりげない話を交しながら歩いて行った。

翌る朝、彼は珍しく九時頃起きた。このところ宿酔が十日余りもつづき、床を離れるのは大抵十二時前後で、妹も誰もいない時は、一人ボソボソとお茶を沸かし、汁を温めて朝昼兼帯の食事をするのだった。それも酒と煙草の夜更しのため、頭はぼうとして、口は苦く胃は重く、全然食慾がなくて、御飯もお菜もまるで味のない食事である。御飯を食べなくてはからだに悪いと思うものだから、無理をして一杯でも二杯でも咽喉に押し込むのだった。それを思うと、食事の時の来るのが気が重いほどであった。この夏彼は郷里に帰っていたが、その前頃もこれと同じ状態で食事は努力であったが、郷里に帰った途端、三杯でも四杯でも、食事が自然に咽喉を通るのを不思議に思ったものだった。そんな状態に加え、一人ぼっちでする食事、妹と二人きりの食事、夕方になって妹や二人の娘たちが帰って来ても、妻のいない食事、彼は真に愉しい食事の味を忘れ、食事はいつも味気ないのであった。

そういうところへ、自分の好きな女であるお園さんと一緒にする食事であるから、彼はその愉しさを思って、起きるとからそわそわして、十一時半になるのが待たれてならなかった。彼が珍しく九時頃起きて朝食を摂ったのは、おひるまでにおなかの工合を程好くしておく魂胆であった。いつもの時刻に起きては、おなかが空きすぎていてだるく、少しでも食事をして行っては、大事な食事を台なしにするのである。彼はどうも落ちつかなくて、読書も執筆もその気にならず、部屋の中をあれこれ片附けることで心を鎮め、時間を消した。

十一時になると、下の娘が学校から帰って来れば直ぐ出かけられるように、彼はそそくさと外出の支度を整えた。中学一年の娘は、丁度定期試験で、試験さえ終れば、十一時過ぎには帰って来るはずになっていた。娘が雨の中を帰って来たところで、彼は早速、「座談会に行って来るから、お留守をしていてねえ。その前によそへ廻らなくてはならないから、少し早いけれど、今から出かけるから。」と言い残し、慌しく出て行った。心は弾んでいた。上のポケットには、お園さんにやるために、その朝寄贈されて来たばかりの或る婦人雑誌を入れていた。

　彼は果物屋に寄って、梨を四つ買った。食後の果物にするつもりだった。

旦那が出張中と言えば、大っぴらの気持だった。彼はコツコツと、玄関の戸を敲いた。

「榊です。」

「どうぞお入りになって下さいませ。」

　彼は玄関に入って、傘を置き雨外套を脱いだ。

「雨が降ってもやって来ましたよ。」

「雨降ってもねえ。」とお園さんは笑った。

「今日は迷惑かけますねえ。」

「いいえ。何んにもありませんわ。ほんとに簡単ですのよ。お恥かしいくらいだわ。」

「簡単なのが、おひるらしくって、味いが深いですよ。」

　座敷に通ると、茶餉台が出され、向い合って座蒲団が敷かれてあった。彼は向うの座蒲団に趺坐をかいた。鏡台の上に置かれた置時計は、十二時十五分前を示していた。座談会の始まるのは三時だから、二時にここを出て行けばいいなと思いながら、彼の心は楽しんだ。

「一寸お待ちになってねえ。」

「どうぞ御ゆっくり。」

お園さんは、鰹節をかいたり、大根を下ろしたりして、忙しく立ち働いていた。風邪も快くなったらしく、頬は桜色に上気し、小さな前掛を下りめにキュッと締めて、世話女房のような世帯ぶりだった。不断のお園さんより、一層際やかに見える。

お園さんは、鰯の煮つけに大根おろしを添えた皿と、ほうれん草のおひたしの皿を持ち出して来た。新しい塗りの茶餉台に、皿は影を落し、料理はお手のものだから、彼の家で見るより、何程か手際よく出来ていた。

コップも置いた。つづいてお園さんは、アルミの小さな薬缶を抱え、右手をそれに当ててみながら、出て来た。薬缶で直燗《じきかん》にした酒の加減を見ているのだと思われた。御飯だけだと思っていたので、酒とは意外であったが、彼は嬉しかった。酒は勿論だが、お園さんの心が嬉しかったのだ。お園さんは、彼のコップに注ぎ、自分のコップにも注いだ。酒は昼の光で、琥珀色に見えた。

「一杯、召し上りませよ。」

「お酒ですか。済みませんねえ。」

「昼酒もまたいいものですわ。」

「酔っ払って、座談会の話が滅茶苦茶になったら大変ですから、加減しましょう。」

そう言い乍ら彼はコップを口に持って行った。軽いアルコール中毒らしく手と頸が微に慄えた。昼の酒は一口でおなかに泌みた。

「うちでまずい食事ばかりしているから、とても今日は楽しい気持ですよ。」

「何んにもありませんけど、喜んでいただけて嬉しいですわ。榊さんは、お店へいらっしゃっても、お酒でもお通し物でも、何んでも嫌やな顔もせず、むつかしいことも言わないで、いつもおいしそうに召し上って下さるから、ほんとに嬉しいですわ。」

「そう。僕は別に好き嫌いがないから、何んでもおいしく食べますよ。尤もこの頃は、酒のせいで、食事が一寸まずいですがねえ。」

「榊さんのお食べになるところ、とてもおいしそうですね。いつもそう思ってますの。口を鳴らして、お食べになりますわ。」

「そう、舌鼓打つらしいですねえ。自分では気が附かないんだけど。」

「それが、とてもおいしそうに見えますわ。」

「それについて面白い話があるんです。もう二十年も前、僕が雑誌記者をしていた時分のことですがねえ、時々社長の宅で編集会議があって、おひるになると、いつも食事の御馳走になったんです。或る時食事をしていると、社長が僕に向って、『榊君、君はなかなかおいしそうに食事をするねえ』と言ったんです。僕は勿論冗談だったが、『皆さん、そう仰言います』と応えたものです。すると、社長は透さず、『君は貴人の前では食事が出来ないねえ』としっぺ返しを喰わせたんです。口音を立てるなんて無作法な食べ方では、貴い人の前では、食事が出来ないという意味なんです。」

「そうですの、そう言えばそうですわねえ。」

「この社長は面白い人でねえ。僕たち社員に御馳走する時はいつも、『君達、これはとてもおいしいんだよ』と言って、勧めたものです。普通の日本人なら、『まずいものだけど、食べてくれ給え』とか何とか言うところですよ。それが反対なんです。うまいから食べろ、と言うんです。しかし僕はこの社長の勧め方を面白いと思いますよ。」

「一理ありますわねえ。」

「一寸惚気《のろけ》になるんだけど、僕が学生時代に夏休みに国へ帰っていた時、好きな女学生がありましてねえ、その娘の家へ毎晩遊びに行ったんです。夏休みがすんで、東京へ帰って来る時、一と晩その家で鶏を御馳走してくれたんです。その時、そのお袋さんがやっぱり、僕がおいしそうに食べると言ってくれたんで、とても嬉しかったことを覚えています。」

「少々無作法に食べても、おいしそうに食べて下さる方は、御馳走する方では、御馳走のし甲斐があって、嬉しいものですわ。」

「それからねえ。僕の学生時代からの親友に秋津という男があるんです。お父さんは、昔侍従武官をしていたこともあり、元陸軍少将だったんですがねえ。この友人に、本郷の僕の下宿で、時折おひるを御馳走したことがあるんです。ところが驚いたことには、食事中その友人は口音を一つも立てないんです。僕は育ちのよさを感じましたねえ。その友人はまた、冬でも足袋を穿きませんでしたよ。」

「えらい方だわねえ。」と言いながら、お園さんはまた立って行って、薬缶を持って来た。二杯目の酒が、彼にだけ注がれた。座談会は気になりながら、注がれれば、彼は否まなかった。酒を見ると目がないのであり、若しまたほかの人が注ぐのだったら拒んだかも知れないが、お園さんが注ぐのだから拒まないのであった。

「ああ、いい気持だ。仄々《ほのぼの》として来ましたよ。あんまりいい気持になりすぎて、座談会に出かけるのが、少し億劫になって来たなア。」と彼は笑った。

「いい気持になったところでお出掛けになると、きっと座談会が成功しますわ。」

「そうだといいんだが。まア、酒の勢いで、なんとか誤魔化して来ることにしましょう。」

「お部屋の中が、小し煙ったいですわねえ。」とお園さんは立って行って、片側のガラスを開け、巻き上げてあった簾を下ろした。

精米所の音が耳について来た。

「僕の家の筋向いにも精米所があって、朝から晩までガタガタ聞えて、うるさいですよ。」

「慣れればそれほどでもないけど、病気で寝てる時なんか、うるさいですわね。」と言いながら、お園さんは台所へ還って行って、台所で何かゴトゴト言わせはじめた。

「お園さん、もう何んにもいいですよ。あんまり立ち働かないで、じっとしていらっしゃい。」

「えへへ。いそいそと立ち働きたいですわ。」

お園さんは、火の熾《おこ》った七輪に網鉄器を載せたのを抱えて来た。その後から、笊に入れた松茸を持って来て、その松茸を細かく裂いては、鉄器の上に載せた。松茸は香ばしい匂いを立てた。皿に取った松茸には、青橙の汁が絞られた。

「榊さん、温いうちにお上りなさいませよ。」

「ええ、戴きます。」

二人は一つの皿から松茸を挟んでは食べた。

その時庭先に、「奥さん。」と呼んで、女の声だった。「はい。」と調子よく答えて、お園さんは縁側へ出て行った。

「いつもいつも戴きまして、ほんとに申訳ありませんわ。有難う存じました。」と言いながら、お園さんが座敷に入って来るのを見ると、紅白のコスモスの一束を提げていた。切り立ての花は、お園さんの手の中で揺れ、雨に濡れていて、清々《すがすが》しい色合いだった。

「きれいですねえ。」

「お隣の奥さんから戴きましたの。」

「そう。今ここへ来る時、お隣の庭を見て、きれいなコスモスだなアと思いながら、やって来たんです。」

お園さんはそれを、小部屋の花瓶に挿した。三杯目の酒がまた注がれた。

「いや、これは少し飲みすぎたなア。」

「大丈夫ですわ。これだけしかありませんから、あるだけ飲んで行って下さいませよ。」

「酒の匂いをプンプンさせて行くと、学校の神聖を瀆すって、抗議が出るかも知れないなア。」

「却て愛嬌があって喜ぶかも知れませんわ。」

榊は時計を見た。

「もう早や一時を過ぎたか。お園さんと一緒にいると、いつも時間が早く過ぎちゃうんで、嫌やになりますよ。」

「じゃア、時計の針を停めておきましょうか。」と、お園さんは笑った。

最後に、お園さんは、西洋皿に五目鮨を山盛りにしたのを持って来た。

「いやに御馳走してくれますねえ。」

「いたずらで、おいしいですかどうですか。」

榊は箸をつけた。

「僕の田舎では、五目鮨のことを、もぶり鮨と言うんです。もぶるというのは捏《こ》ね廻すことで、五目をお鮨の上に載っけないで、五目とお鮨を一緒に捏ね廻してあるんです。五目と言っても、大根の切干しや芋殻や牛蒡や人参なんかです。」

「そうですの。」お園さんも口をもぐもぐさせていた。

「大きな半切《はんぎり》（盥と同じ形）に一杯つくって、お皿に四杯も五杯も食べるんです。」

「おいしいでしょうねえ。」

「お鮨というものは、食慾をそそりますからねえ。このお鮨、おいしいや。お園さんは、お鮨作るの、上手ですよ。」

「出鱈目ですわ。」

出されたものは、全部平げた。食後の梨も、二切れがやっとで、彼は満腹だった。

「御馳走さま。今日はほんとにおいしい食事をした。近来ないことでした。」

「御粗末でした。」

「兎に角、お園さんと一緒に食べると、何んでもおいしいんです。」

「そうですか知ら。」

「常住、こんな食事がしてみたいですよ。」

「ほんとね。わたしもおいしかったですわ。」

茶餉台の上はきれいに片附けられて、茶呑茶碗だけが残った。楽しさが終ったあとの、ふと寂しさが感じられた。

彼の持って行った婦人雑誌を見ながら、雑談をしているうちに、時計の針は容赦なく進んでいた。早くも二時であった。あともう五分と思ったが、立ち際をきれいにしようと思った彼は、二時かっきりになると同時に、潔く立ち上った。

「丁度二時になったから、これから出かけます。御馳走さま。」

「じゃア、行ってらっしゃいませ。」

彼はお園さんに送られて、玄関に出た。彼は手を出した。

「行って参ります。」

「しっかりやっていらっしゃいませ。」お園さんは彼の手を握り返した。

「じゃア、左様なら。」と言い乍ら、彼が玄関の戸を閉めようとすると、お園さんは彼の顔を見ないで俯向いて、目をパチパチとしばたたいていた。彼はお園さんの感情を看て取った。

杉垣のところまで行って、彼は後を振りかえった。思いがけなく、お園さんは縁側に出て来て、戸袋に凭れながら、彼を見送っていた。彼は昔の「失敬」のように、手を挙げた。お園さんは胸を屈めた。

その翌る日から、彼は直ぐ近所にあるお風呂を避けて、少し遠いけれど、お園さんの家に近いお風呂に通いはじめた。

酔態三昧

だらしない話である。恥かしい話である。私は酒がやめられないのである。殊勝げに「禁酒宣言」という作品を発表してから半歳、いつまでつづく泥濘ぞ、大酒、深酒、梯子、宿酔の連続である。おまけにこの頃は、酔い荒れて、ひとに絡むという悪い癖も出て来た。日頃は文通もない或る先輩作家が、私の小説を読んで、憂えて、「酒は程々にして下さい。からだが大切ということもあるようです。」と、心を籠めた手紙を下さったりする。高等学校時代からの或る旧友も、「あんまり飲むな。君は酒で身を滅すぞ。」と、わざわざ忠言に来てくれたりする。飲み屋のマダムでさえ、商売を離れて、「そんなに飲んじゃいけません。」と、杯を取上げ、剣突くを喰わす始末である。今のところ、誰からも見放されていないのが、まだしもと言えよう。唾をひっかける人もなくなったら、おしまいである。

しかし、私の家の内部では、既に私に対する反撥の火の手は挙っている。朝起きるのは大概おひる前後であるが、夕方の三時四時頃になることも珍しくない。そうして部屋の中を見廻すと、前夜脱ぎ放った洋服、着物、足袋、帽子などの類いが、そこら中一面に散乱している。足を踏み入れる場所もないほどである。それを見る度び、宿酔の不快さは、さなきだに高まって来る。で、或る朝、私は妹や娘たちを前に、不機嫌な顔をして、苦情を言ったものである。

「あんた達のうち、誰でもいいから、俺の脱ぎ捨てた着物や洋服を取上げておいてくれよ。毎朝目につくはずなのに、それだけのことにさえ気が附かないのか。」

すると妹が、不貞腐れた顔をして答えた。

「それだけのことくらい気が附くわ。でも、あれを見ると、癪に障って、片附ける気がしないわ。」

つづいて、娘が私を責めた。眼には涙を溜めていた。

「お父さん、昨夜帰ったのは四時だったわ。わたしは五時まで起きて本読んでいたんだけど、お父さんは知らなかったでしょう。」

私は唇を嚙んだ。妹も娘も、日頃は見て見ぬ振りをしていたらしく、何も言わなんだが、心の中では、私を恨み、私を怒っていたのを、初めて知ったのである。「父の酒癖を悲観して自殺した娘」――そんな新聞記事をいつか見たような気がして、私は慄然とした。

一度び「禁酒宣言」を発表するや、各方面に話題を投げたようである。話題を投げただけならいいけれど、酒を止めもしないのに、誠しやかに禁酒の宣言をしたのであるから、私は人を欺く仕儀となったのである。或る高名な作家（私はこの作家に久しく会ったことがない。）ですら、それを真に受けて、「貴兄は酒を止めた由、偉いと思う。僕は自分の酒癖を持て扱いかねていて、女房にも君の作品を読ませた。女房も褒めていた。どうかこれから、澄んだ作品を書いて下さい。」という意味の手紙を呉れたのである。それの返事を書く時、私は如何に辛い思いをしたことであったか。人もあろうに、私は堂々たる作家に一杯喰わせたのである。私は罪を犯したのである。また、私と同郷の或る女流作家も手紙を呉れて、「一度、遊びにいらっしゃって下さい。お酒は止められたそうですから、甘い物を用意しておきます。」という文面であった。私は苦笑した。その他、読者からも色々手紙が来たのであった。「酒を止めたのは、いいと思う。文学に打ち込んで下さい。」というのがあるかと思うと、「酒を止める必要はないのではないですか。適量に飲みながら、元気に書いて下さい。」というのもあった。禁酒同盟なるものからは、禁酒についての感想を求めて来た。

あの「禁酒宣言」という作品は、「先般、私は知友の間に、左の如き禁酒宣言の手紙を発送した。」という書き出しで、一行空けて本文となり、最後は、酒を断つべく、東京の猥雑な生活を離れて、山深い鉱泉宿に逃れるところで終っている。そのあとへ、一行空けて、「しかし、私は遂に酒が止められなかった。相変らず飲んでいるのである。」と書き足せば、よかったのだ。そうすれば、人を欺く罪を犯さずに済んだのだ。しかし、私は書き足さなかった。一応書き足そうかとも考えてみたが、わざと書き足さなかった。後になって、ひとに何んと言われようとも、何んと誤解されようとも、あの作品はあのままで、まともに押し出したかった。そこに私の悲しい意図があったのだ。

或る真面目な新進作家は、「禁酒宣言」の後、私が依然飲み歩いていることを伝え聞き、憤慨して人に語ったということである。「武智亮なんて、真実を吐露する私小説家を以て任じながら、『禁酒宣言』なんて嘘っぱちの作品を書くのは、風上におけないねえ。」と言ったそうである。また、或る雑誌記者は、二人の学生が、電車の中で、私のことを非難していたと伝えてくれた。「禁酒宣言」を発表して間もなく、私は或る雑誌の求めに応じ、友人とビールを飲んでいるところを、写真に撮らせた。その写真の載っている雑誌の口絵を見ながら、「武智亮なんて、禁酒を宣言しておきながら、洒々《しやあしやあ》と飲んでやがって、度し難い作家だ。」と、学生たちが極めつけていたというのである。その他にも、私のことを憤慨し、非難している人が多いにちがいない。私は「禁酒宣言」によって、世間の軽侮を買った。作家的にも人間的にも、信用を失墜した。今日以後、私がどんなに真実に溢れた作品を書こうとも、ひとはもう信用してくれなくなるであろう。私は、大損をしたのである。しかし私は、それも覚悟の前であった。

𦬇って、私はあの作品によって、ハッタリをかけようとしたのであろうか。人を欺いて恥じない戯文を草したのであろうか。そして、それはまた、怪しからん所行であり、度し難い作家的態度であったろうか。そう思われるのは勝手として、私も文学に半生を賭けて来た作家の一人として、悲しい意図を抱かないで、どうしてあんな作品を書くものか。徒らに人を欺いて恥じない戯文を弄して、快しとするものではない。その、私の悲しい意図を見抜いてくれた人が、ただ一人あった。それは、或る老練な文芸批評家であった。その批評家は、私の「禁酒宣言」を批評して、次ぎのように書いてくれたのである。

「『禁酒宣言』は必ずしも『酒』でなくともよく、私はこれをあらゆる自己毀損にたいする、単純な、柔軟な魂の抗議的な慟哭として読むことが出来た。」

私はこの一文を読んで、今更の如く批評家の有難さを思った。私も大分年功を経て、文壇的な毀誉褒貶に対しても、或る程度超越出来るつもりになっているが、この批評に接した時ほど心を動かされたことは、近来稀有のことであった。私は一読、魂の交感を覚えた。そこまで立ち入って考えてくれる行き届いた鑑賞眼と愛情の深さに、胸は感謝で一杯になった。百人の非議者に対して、一人の味方を得たというような喜びでもあった。

私は、酒をやめたくてならなかった。しかし、自分の力では、とても止められそうには思われなかった。そうなると、私は益々苦しかった。いみじくも、犀利な批評家が言ってくれた如く、私はせめて自分の魂の慟哭なりと、書き記して、胸の苦しさを柔げたかったのだ。作品「禁酒宣言」に対する私の悲しい意図というのは、そのことにほかならなかったのである。

それかあらぬか、その「禁酒宣言」は、単なる涙の痕となって、酒による私の自己毀損は、今なおつづいている。そこで、私はここに再び、慟哭しようとするのである。私が今最も欲しているのは、鉄の如き意志である。スッパリと酒を止めるに足る意志の力である。

それにつけても思い出されるのは、私と親しい若い画家の山木君のことである。山木君は、或る会派から会賞を授与され、会員にも推挙され、真摯な芸術的良心と精進とによって、将来を期待されている有望な新進画家である。顔は鬚もじゃで、人物も朴訥である。もとは相当酒を飲んでいたということであるが、今は一滴も口にしない。以前焼酎が配給になっていた頃、瓶のままそっくり、私の家に持って来てくれたこともある。私は、山木君が酒を廃した動機を聞いて、その時ほど感動したことはない。

戦争中、山木君は大陸の奥地に在って、喇嘛《ラマ》教徒の村に駐屯していた。其処で山木君は、喇嘛教徒によって、起死回生とも言えるほどの世話になったのである。山木君はどうかしてこの大恩を返したいと思った。考えた末、思い浮んだのが、断然酒を止めることであった。喇嘛教徒の間では、酒を断つことが、最も重大な戒律の一つとなっているのだそうである。山木君は決心して、喇嘛廟の神前に行った。そして、酒を断つことを誓った。それ以来、一滴も酒を口にしなくなったのである。一時山木君が窮迫の底にあった時、代々木の喇嘛教会へ行って、水汲みでもして働こうかと思うと、私に洩したことがあったが、その時その話をしたのである。私はそれを聞いて、山木君の厳しさに、頭の下がる思いがした。心を搏たれた。（豈に酒のみならんや。それが生活の万般にわたって厳しく戒律することとなるのである。）私も山木君の如く、自己を厳しく律することが出来たなら、どんなにかいいだろう。しかし、薄志私の如きには、到底思い及ぶべくもない。それだけ、山木君に対する私の尊敬の念がいよいよ深まるのを如何ともすることが出来ない。私は酒を喰らって醜態を演ずる度びに、山木君の鼻糞でも煎じて飲みたいと思うのである。

去る十月某日は、私の誕生日であった。また、私達飲み仲間の月例会のある日だった。雨は降っていたが、仲秋明月の日でもあった。心をときめかすことが三つも重なって、その日は、私にとって、全く目出度い日のはずであった。然るに、好事魔多し、その晩の会で、私は酔っ払って取紊し、折角の目出度い日を、我と我が手で滅茶苦茶にしてしまったのである。目出度い日は、一瞬にして、呪われた日となってしまった。こんな口惜しいことがまたとあるものだろうか。今以て自分を恨んでも恨み足りない気持である。

その朝、私の行きつけの飲み屋のマスタアやおかみや女の子たちが四人、私の誕生日を祝って、てんでに花束や焼酎や果物籠などを携えて、私の家を訪れてくれた。時ならぬ花やかな来客に気を好くして、私は手ずから酒を沸かしたり、干物を焼いたりして、心ばかりの持てなしをした。私は全く愉しくてならなかった。

みなが帰って間もなく、私は気負った気持で家を出ると、自分の誕生日のしるしに、葡萄を一箱買って、飲み会の会場へ駆けつけた。丁度その日は、私も幹事の一人だったので、煉炭火鉢を抱えて、お燗番に当っていた。銚子の燗がつくと、私は盃に注いで口利きをやり、ぬるいのはまた薬缶の中に入れ、熱いのは縁端に置いて、冷い空気に当らせて程よくする役目だった。その口利きの酒が過ぎたせいだろう、私は忽ち大酔いを発して来た。私は胸を張って、何か歌いたくなって来た。しかし、幹事役を意識していたので、誰か先に歌わせなくてはならぬと思った。私は私の前に坐っていた或る外国文学者に呼びかけて、その外国の子守唄をせがんだ。氏は遅く来たので、まだあまり酔っていないらしく、私がいくらせがんでも、その得意とする子守唄を歌おうとはしなかった。

「じゃア、僕が歌うぞ。」と言って、私が自ずと歌い出したのが、あの忌わしき「ラバウル小唄」というのであった。音痴の私は、酔っ払う度びに、馬鹿の一つ覚えの如く、この唄を歌うので、「ラバウル小唄を頼む。」とか、「またはじまったぞ。」とか、物笑いの種になっているほどである。その十八番とするところの唄を歌いはじめたのであるが、拍子抜けのした節廻しも声も冴えず、しかも、予想外に多人数集った満座の喧騒に圧せられて、何が何んだか判らない歌になって、有耶無耶のうちに尻切れとなってしまった。その時、私はひどい自己嘲笑に捕えられて、何か悲しくなって来た。

「俺はラバウル小唄しか知らないんだ。」

「俺はピエロなんだ。」

「俺は、殴られるあいつ、なんだ。アンドレエフのねえ。」

そんな得体の知れぬことを独り合点で吐き出しているうちに、それまでの打ち萎れた自己嘲笑の姿とは打って変って、今度は猛然と、何か敵意に似たようなものが、心の中に湧いて来た。

「僕は、こんな会なんか、脱会してもいいぞ。未練はない。除名するなら除名してくれ。こんな会なんかに、二度と来るもんか。自分で脱会するよ。もう帰る。」

そう言って、私は憤然と立ち上ると、玄関の方へ出て行ったそうである。その時、私の後を追っかけて来たのが、給仕に来ていた飲み屋のマダムの一人であった。

「武智さん、あんたは、今帰っちゃ、駄目。今ここで帰ったら、男を下げますよ。わたしの顔を立てて、もう一度もとにかえりなさい。」

マダムが強くそう言うと、靴を穿きかけていた私は、「そうか。」と素直に聞き分けて、靴をまた脱いだそうである。マダムが私の肩を組んで、「タンラララン、タンラララン、タンラララン、ランランラン」とか何んとか歌いながら、足拍子を取って廊下をかえって行くと、私もタンラララランと歌いながら、マダムの足拍子に調子を合せながら、もとの座にかえって行ったそうである。みんなは喜んで、「戻って来た、戻って来た。」と言って、拍手して私を迎えてくれたそうである。

私が気が附いた時は、私は一番上座に坐って、それも土下座のように這いつくばって、居合わす会員達に向って、何度も頭を下げながら、頻りに詫びを言っていた。

「皆さん、僕が悪かったから、どうぞ許して下さい。僕のために、皆さんに不快な思いをさせて、ほんとに申訳ありません。みんな僕が悪かったのですから、皆さん、どうぞ僕を許して下さい。」

みな興ざめたような顔をしているきりだった。勿論、私は泣いていた。涙を流していた。鼻汁目汁を拭うために、ズボンのポケットからハンカチを出したり入れたり、ハンカチはグショグショになっていた。その時、或る出版社の社長の顔が、私の目の前に見えた。

「園村君、僕が死んだら、僕の選集を出してくれよ。」と私は言った。

園村氏は黙って、私の顔を見詰めていた。

「出すもんか。」

そう言ったのは、園村氏の傍に坐っていた或る作家であった。私を咎めるのか、それとも私の気を引き立たせるためなのか、ムッとした顔だった。

会員のうちでも、私と最も親しい二人の友人が、私の側へ寄って来て、慰めてくれた。

「武智さんはあんまり飲みすぎるから、いけないよ。」

「今さっき、君の噂をしてたんだ。女の人たちが、君の誕生日を祝って、花束を持ってきたそうじゃないか。」

そんな温い言葉を聞くと、私は甘えかかるように、また悲しくなって来た。私は二人の手を取って、言った。

「僕は死ぬほど辛いんだ。君たち、いつまでも、僕を見捨てないで、友達になってくれよ。」

その時、さっきのマダムが、大きなガラス鉢に盛った葡萄を持ち出して来た。

「皆さん、武智さんから。誕生祝いのお葡萄。」

皆、撮《つ》まんだかどうか、私は覚えない。それでいながら、私は、自分の祝いのしるしの葡萄が、この場合持ち出されたことが皮肉に思われてならなかった。

その時は酔っていたから、まだよかったが、死ぬほど辛かったのは、しかし、その翌日であった。私は満座の中で、器量を下げ、恥を曝したのだった。酒を飲んでも取棄さないので、私は大概の人から好感を持たれていた。その大事な好感を、私は一朝にして失ってしまったのだ。その上、酒友集っての、一月に一回の愉しい会を打ち壊してしまった口惜しさを思うと、万死に値するようで、もう誰にも顔が会わせられぬ気持だった。私は一人々々に会って、お詫びを言って、許しが乞いたくてならなかった。今直ぐそれの出来ぬもどかしさが、私を焦慮に駆って、落ちつかせなかった。

私はふと思い立って、箪笥の中から、四年前に亡くなった妻の写真を取り出した。私は妻の写真を眺めながら、妻に訴えた。今はもう世にいない妻に向ってしか、自分の悲しみを訴えるすべがないのであった。

「淑子。俺は実に駄目な人間になった。毎晩酒を喰らっては、自分も傷き、ひとも傷けてばかりいるよ。許してくれ。俺が悪いんだ。しかし、昨日までの俺は悪かったかも知れないが、今日の俺は、まだ傷きもしてないし、誰をも傷けていないよ。清浄無垢だ。今日以後、絶対に飲みすぎないからねえ。許してくれよ。」

これが西欧であったなら、聖母の像の前にでも跪いて祈るところであろうが、私は自分の妻の遺影に向って、そう心の中で訴えた。いつもそういう時に出る柔い涙が両眼に溢れた。私の心は洗われ、やや和むようであった。

しかし、来る晩も来る晩も、性懲りなく、梯子酒に浮き身を窶《やつ》している私の姿を妻が見たなら、一体何んと思うであろう。私は、省線駅の南北にわたって、十数軒の顔馴染みの飲み屋が出来、多い晩には、七軒も九軒も経巡るというていたらくである。しまいには、勿論一銭もなくなっている。一銭も持たないで、見知らぬ店に飛び込んで、一杯飲ませてもらうことも珍らしくない。昔、学生時代には、カフェやコーヒー店に一人で出入りするのは無論のこと、床屋や洋品店に入るのすら心臆したほど内気であった私が、今は、我ながら呆れるほど、図々しくなり、厚顔無恥となったのである。悪るとなったのである。そんなに酔っ払った晩は、下駄の鼻緒を切ったことさえ、朝になるまで気附かぬのである。駅前から私の家に帰るのには、三つの道がある。その三つのうちの、どの道を通って帰ったかすらも、私はいつも覚えないのである。

或る晩、そんな梯子のあと、最後のとどめを刺すように寄ったのが、「初雁」であった。「初雁」は相当馴染みで、わがままの言える店である。したたかに酔っ払った私は、一杯貰ったものの、もう酒が咽喉を通るではなく、身動きさえ出来ないほどで、番台に突っ伏して、喘いでいた。そのうち、胸苦しくなって来た。マダムが見兼ねたらしく言った。

「武智さん、今夜は大変お酔いになっていますわ。もうお帰りなさいませよ。」

「胸が苦しくて、帰ろうたって、帰れないよ。マダム、泊らせてくれ。」と私は無態なことを言い出した。

「駄目ですわ、うちは狭くって、わたし一人寝るのさえ、やっとですもの。お蒲団もないし。」

「いや、いや。狭くて、蒲団がなければ、打っ違いに寝ればいいだろ。」

「そんな無茶言っちゃ、駄目ですわ。」

「そんなら、ここに椅子を並べて、寝させてくれ。地べたでもいい。」

「そんなことをなさったら、一遍にお風邪を引きますわ。」

私は嘔き気を催して来た。

「マダム、吐きそうだ、吐きそうだ。」と私は叫んだ。

店で使っている女の子が、急ぎ洗面器を持って来た。私は番台に倚っかかったまま、吐き落した。あまり食べていないので、出る物が少く、却て苦しくて堪らなかった。女の子は、肥った腕に力を籠めて、私の背をさすった。

「ああ、苦しい。ああ、苦しい。」と、私は他愛なく喘いだ。

「武智さん、あんまりお飲みになるから、いけませんわ。」と女の子が耳許でやさしく言った。

「こんなに苦しいのに、帰れ、帰れって。マダムは、僕を生まし殺しにするつもりか。」と私は、マダムに喰ってかかった。それから間をおいては、「僕を生まし殺しにするつもりか。」「僕を生まし殺しにするつもりか。」と、私は威張った風に喚いていた。

その時、二人の若者が店に入って来た。彼等は私の姿を見ると、ニコニコした笑顔で、懐しげに話しかけた。

「武智さん、大分好い御機嫌ですなア。」

見ると、朦朧とした酔眼にも、見覚えのある二人である。一人は、眉が濃く、眼尻の皺が鉤のように曲っていて、とても愛嬌のある顔である。一人は、ずんぐりとしたからだつきで、赭ら顔である。瞬間思い出せなかったが、直ぐ思い出せた。彼等はマドロスであった。二人とも九州の生れで、商船学校を出て、海底電線の布設船の乗組員たちである。以前一度、この店で落合ったことがあった。伊豆の大島方面で仕事に従事していて、その朝東京港に上陸して、遊び廻って、偶然飛び込んだのが「初雁」で、ここのマダムが大変好きになったと喜んでいた。私とも直ぐ親しくなった。

「いや、飲みすぎて、苦しんでるところですよ。」と私は一寸気丈に苦笑いをして、「また上陸したんですか。」

「ええ、大島方面を終えて、今朝上陸して、またここへ来てみたんです。」

「次は、どの方面ですか。」

「北海道方面です。」

「じゃア、また当分、東京へは来られませんねえ。」

そんなことを言ってる間にも、胸はまだ苦しく、「ああ、苦しい。ああ、苦しい。」と、私は力なく、再び喘ぎはじめた。吐くだけ吐き尽して、あとにはもう、生ま唾しか出なかった。

二人の船員は、酒を註文して飲みはじめていたが、私があまり苦しんでいるのを見ると、二人牒《しめ》し合せたように立ち上って、私の側へ寄って来た。

「武智さん、お宅までお送りしましょう。」

二人は、両脇から、私のからだをグイと抱え上げた。

「そう。じゃア、頼む。済みませんねえ。」と私は酔った紛れに、遠慮もなく、二人の言いなりに身を任せた。

「じゃア、済みませんけど、お願いしますわ。これでは、武智さん、とても一人ではお帰りになれませんから。武智さんのお宅は、そう遠くありませんわ。」と、私達はマダムに送られて、「初雁」を出た。

途々、私は二人の逞しい若者たちに抱きかかえられて歩いた。歩く度びに首がガクガクし、グタリと腰が砕けそうになるのを、若者たちはグイグイと引きずるようにして行った。私の足は、松葉杖に支えられた足なえのように、地を踏むということもなく運ばれている感じだった。道の曲り角や岐れ道に来る度びに、私は指図をした。若者たちは、私の示す通りに、私のからだを運んで行った。

「実際、有難い。済みませんねえ、ほんとに済みませんねえ。」と、私は何度も礼を言った。

「いえ、これくらいのこと、何んでもありませんよ。」と、二人は両方から交々言った。

「折角の休日が台無しになって。」

「これも、船に乗ってから、いい思い出になりますよ。」

私の家の直ぐ近くまで来ると、私は二人に腕を放してもらった。初めて大地に降り立った感じだった。

「どうも有難う。僕の家は直ぐそこですから、もう、大丈夫。」

「じゃア、武智さん、お気をつけて。」

「諸君、無事な航海を祈りますよ。また東京に帰って来たら、あすこの店で落合いましょう。」

「武智さん、それまで御機嫌好う。」

「諸君も、御機嫌好う。」

二人は靴音を立てて、引き返して行った。私はよろよろと玄関の中へよろけ込みながら、「気持のいい男たちだな。あんな男たちにめぐり会えるのも、酒呑みの功徳というものか。」と、さっきの苦しさは忘れ、尠からず悦に入っていた。

それから暫く経って、或る晩、私は例の如く泥酔して帰って来た。その晩は、不愉快なことがあって、私の胸はむしゃくしゃしていた。たまたま新宿へ出て行って、もう十二時を過ぎていた。散々梯子をした後、まだ飲み足りなくて、通りがかりに、一度だけしか寄ったことのない店へ飛び込んだ。所は新宿なのに、界隈のつもりで、多寡を括って飛び込んだのが、過ちのもとだった。おかみでもいれば、若しかしてよかったかも知れなかったが、番をしていたのは、一見おぼっこい顔をした娘だった。

「ねえちゃん、おかみさんはいないのか。」

「病気で、一週間ばかり休んでいるわ。」娘は見知らぬ酔っ払いと見て、顔に似げなく、最初から素っ気なかった。

「俺は、一度だけだけど、おかみさんを知ってるんだ。もう電車賃しか残ってないんだが、一杯飲ませてくれないか。」

「駄目、駄目。」

「一杯だけでいいんだ。新宿へは度び度び来るんだから、今度来た時、必ず済ませるよ。」

「腕時計でも置いて行くなら、一杯ぐらい飲ませないことはないわ。」娘は煙草を吹かせながら、そっぽを向いて言った。

「じゃア、いい。」と私は店を飛び出した。

「甘っちょろ。」

追っかけて、娘の罵声が聞えた。私は、酔いも一時に醒める気持だった。私は屈辱を嚙みながら帰って来た。自分の見境ない甘さにも腹が立った。玄関を入ると、みな寝静まっていて、家の中はまっ暗だった。玄関の間に寝ている上の娘の枕許を、私は手探りで通り抜けて行った。その時、娘の健かな寝息が聞えた。勉強家の娘は、恐らく十二時過ぎまで起きて、本を読んでいたことであろう。今は深い眠りに落ちているらしかった。と、襖の向うの茶の間では、私の足音に驚いてか、誰かが寝返りを打つ音が聞えた。茶の間には、妹と下の娘が寝ているのである。妹も遅くまで起きて、洋裁をしていたことであろう。下の娘は、所在なく、早くからごろっと寝ていたことであろう。若しかしたら、その寝返りの音は、早くから寝くたびれた下の娘のさせたものかも知れなかった。兎に角、上の娘の健かな寝息と、茶の間の寝返りの音を聞きつけた瞬間、私は突如言いようのない哀しさに襲われた。彼女等の営みをよそに、外に出て飲み呆け、屈辱を嚙み、自分の甘さに歯ぎしりしながら帰って来たこの父、この兄である自分が憐れであると同時に、この父、この兄に何事があったとも知らず深い眠りに落ちている彼女たちが憐れでもあったのだ。

私は居間の電燈を点けた。妹か上の娘か、誰の手を煩わせたのか知らないが、寝床は延べられてあった。私は煙草を一服吸おうと、机の前に、ドカリと趺坐をかいた。机の上に、一通の封書が載っていた。「北海道にて、海底線布設船北斗丸より、野々間三造」としてあった。「初雁」でゆかりを結んだ船員の一人であることが、直ぐ知られた。そしてそれは、眉が濃く、眼尻の皺が鉤のようになった若者にちがいないと思われた。彼は、私が初めて「初雁」で落合った晩、「孤独」と題する、海上生活の淋しさを歌った自作の詩を、私に書いて示したことがあった。

「謹啓其後御無沙汰致しました。大分涼しくなって袷が欲しい様な頃ですね。相変らず御元気ですか。例のカストリ屋で飲んでいる姿が目に見える様です。余り飲んでは不可ないと思います。どうかお書きになって下さい。是非お願い致します。

カストリ屋のマダムX《エッキス》様によろしく。名前を知らないからX様と書きました。悪しからず。

今度の航海は迚《とて》も長くなるらしくうんざりします。私も船の中で種々なトラブルが起きて、もう五六年下船出来ない様な事に成り落胆しています。

只東京が慕わしく懐しく、毎日のフロッチィングが嫌になり、都鳥の悲しさがつくづく身に浸みます。

では本当に書いて下さい。もっともっと生命の真髄を追求したものを書いて下さい。随分と失礼なことを申上げました。御許し下さい。」

大体、そんな風な中身だった。私は読みながら、北海の荒波に揉まれながら、海底線布設の難作業に従事している若いマドロスの身の上を想った。彼は感傷家である。自分の淋しさを訴え、東京を望む思いを寄せている。しかし私は、彼を感傷家にさせないでは措かぬ荒涼たる航海生活を思った。彼が自分の淋しさを訴え、東京を望む思いを寄せるのは、当然のことである。しかも彼は、かかる生活のさなかにあって、一晩二晩のゆかりしか持たぬ私如き者を忘れず、懐しみ励ましてくれている。私は三度、繰返して読んだ。私は彼の孤独な生活に思いを走せては、ここに自分よりも淋しい人間が居ることに気附き、彼の温い真情に慰められては、ここに遠く自分を見守っていてくれる人がいることを知り、その夜の荒れすさんだ胸の中も次第に納まり、打ちのめされた自尊心も徐々に生気を吹き返して来て、俺はもっと自分を大事にしなければならぬと呟くのであった。思ってみれば、あのマドロス、野々間三造君は、その夜の助けの神であった。彼の手紙なかりせば、私の心の傷手は、容易に癒すべくもなかったであろう。寝床に入っても、寝るに寝られぬ一夜を明かしたにちがいない。私はかなり落着いた気持で、寝床に入ることが出来た。寝床に入ると、直ちに目をつむって、遥かに遥かに野々間君の幸福を祈った。

私がどんなに飲んだくれであっても、たまには心を入れ換えて、外に出ないことがある。

そんな時でも、大抵は、晩酌か寝酒として、一、二合の酒、或いは一、二合の焼酎を嗜むのであるが、日頃が日頃であるから、それが如何に虔《つつま》しく、心の平和をもたらすことであろう。我ながら、「蕩児帰る」と言った気持がするのである。無茶飲みするのが決して真の楽しさではなく、これこそ真の楽しさだと今更思い当るのである。昔の私は、真の楽しさを知っていたらしく、そういう楽しさに陶酔したものだった。即ち、夜遅く、暁近く、仕事を終え、ガラス戸越しに、隣家の屋根に、霜が白く光るのを眺めながら、一杯の酒を含むのを、この上ない幸福としたものだった。「朝月夜トタン庇に光る霜」と、一句詠んだのも、そういう或る時のことであった。そんな、忘れていた昔のことを思い出しながら、私は妹に言うのだった。

「うちで一杯飲むのも、なかなかいいや。」

すると妹も、私の昔のことを思い出したらしかった。

「前には、一杯の酒を、大事に大事に舐めるように飲んでたじゃないの。」と妹は笑った。

「終戦後は、どうも飲み荒れた。」と私は自省して、「これからは、出来るだけおとなしく、うちで飲むことにしよう。」

「兄さんが、うちでおとなしく飲むのは、いつも、お金のない時に限るじゃないの。」と妹は私を冷かした。

「まア、そうだがねえ。」と、私は撥を合せざるを得なかった。

妹の言う通りである。私は図星を指されたのだった。そう言われてみると、たまには心を入れ換えるなんて、いい気なことが言えたものではなかった。実際、私がうちでおとなしくしているのは、殆どの場合、金のない時に限るのであった。顔見知りの飲み屋という飲み屋には、借金だらけで、今では気が引けて、文無しでは、飲みに行こうたって行かれないので、止むを得ず、うちでおとなしくせねばならないのだった。その證拠には、一旦金が入ったとなると、それがつづく限りは、毎晩々々、街へ浮かれ出るのである。妹はそれを、看て取っていたのだ。現に、その時も金がないのであった。してみると、金のないときに、私は一番虔しくなると言えよう。妹は、私を諭して言った。

「兄さんも、あんまりお酒ばかり飲まないで、子供達に、着物やなんか、色々買ってやるといいわ。みんな、着たきりじゃないの。」

妹がそう言うのも、尤もであった。事実、二人の娘には、着換えらしい着物もないのだった。

「それを思わないではないが、つい飲んでしまうんでねえ。」と、私はタジタジと妹に押された。

「今頼まれて縫ってる、あれねえ。」と妹は、ミシンの上に掛けてある、赤と黄と黒で碁盤縞になった羅紗地を示しながら、「お隣の関根さんの奥さんの弟さんの大学生が、アルバイトをしたお金で、妹さんのスカートにって、買ってやったんですって。可愛いじゃないの。兄さんなんか、二晩か三晩、飲むのを倹約すれば、スカートの一枚や二枚、直ぐ買ってやれるじゃないの。」

「うん、感心だねえ。俺もこれから、そう心掛けよう。」

私は内心、その大学生の前に赤面しながら、そう答えねばならなかった。アルバイトをした金で、妹にスカートを買ってやる大学生の心根を思えば、自分の奢りが恥かしくてならなかった。

そんな風に、金の無さで、時折り心を入れ換えた小休止はあったものの、(金の無さに比べれば、自制の意志の如何に頼りないことか。完全禁酒でも、自制の意志では出来ぬことが、金の無さでは出来そうである。) 今年は全く酒で暮れたと言っていい。酒を口にしない日と言っては、ほんの指折り数えるほどしかないのである。雨風の吹きしぶく秋寒い晩に、今夜だけは止そうと思いながらも、十時頃になるとじっとして居れず、駅前に出かける身支度をしていると、「こんな晩にでも飲みに行くの。」と、妹を呆れさせたものであった。つづいて、「そんなにも飲みに行きたいものかねえ。」と、妹を憐れませたものであった。

私は、ラジオの対談放送さえも、宿酔のため、当日頭が上らなくて、予定の日程を変更させたのであった。その前の晩、私は用心していた。明日は放送に行かねばならぬから、絶対に飲みに出てはならぬと、心に誓っていた。ところで、私の変な癖で、旅に立つ前の晩とか、講演に出る前の晩とか、重要な訪問をする前の晩とか、そんな、何か際立ったことをする前の晩になると、一種の亢奮と不安とから、馴染みの飲み屋へ行って、おかみ相手に酒を飲みながら、翌る日のことを何かと吹聴せねば、心を落着かせることが出来ないのである。ラジオの対談放送の前の晩も、やはり同じ心理から、私はついフラフラと出てしまった。出がけには、一杯か二杯で引き上げるつもりであったのが、酒は勢いである、一杯二杯飲むと、忽ち三杯四杯となる。かくしてその晩も、いつもの通り、遂に深酒をしてしまった。

翌る日は、予定の時間までに、とても放送局へ行けそうになかったので、私は妹を郵便局に遣って、「カラダワルク」云々の電報を打たせた。私が放送するはずだった時間が来ると、「武智亮氏は残念ながら本日は御病気で放送に出られませんでしたので、何れ改めて放送していただくことになっております。」というアナウンサアの声である。私は思わず首を縮めた。それから数日経つと、思いがけず、友人知人から、私の病気を心配した見舞状が舞い込んで来た。私は天下の聴取者を、酒のために欺いたような気がして、恐縮でならなかった。

改めて、放送の日が決められると、今度は間違いなく、私は放送局へ出向いて行った。「先日は病気で、放送に出られなくて、大変失礼いたしました。」と、私は係りの人々に、鹿爪らしく挨拶をした。

「お酒をお過しではなかったんですか。」係りの女の人が、ざっくばらんな調子で、そう言った。

「いや、実は飲み過ぎましてねえ。」と私は頭を掻いた。

「みんなで、そうにちがいないと、お噂してたんですよ。」

みんな笑った。私も笑った。私は恥も外聞もなく、酔っ払い小説を書くので、酒呑みの烙印を捺され、何処へ行っても、誰に会っても、最早如何ともすることが出来ないのである。

放送に先立って、放送内容の打合せが行われ、対談の枕として、「先日は御病気だったそうですが、もうすっかりおよろしいですか。」と聞かれることになった。私は咄嗟に、酒から思い着いて、「一寸胃が痛みましてねえ。もうすっかり快くなりました。」と答えることにした。

放送が始まった。私の相手の女のアナウンサアは、真面目な顔をして、私の顔を覗き上げるようにして言った。

「武智先生、先日は御病気でしたと承りましたが、もうすっかりおよろしくていらっしゃいますか。」

私は渋い照れた顔をして、心中忸怩《じくじ》たる気持で、思わず左手で胃のあたりを抑えながら、さりげなく答えた。

「ええ、一寸胃が痛みましてねえ。もうすっかり快くなりました。」

その時の私こそ、いつかの飲み仲間の月例飲み会における私の自己嘲笑の言葉、「俺はピエロだ」、「俺は殴られるあいつ、だ」を、地で行っていたのかも知れなかった。あの時は酔っ払っていたからまだしも、今度は素面だったから、あの時よりももっと喜劇的であったかも知れない。これもみんな、酒の度を過した結果の天罰だと思わぬわけにゆかなかった。

ピエロと言えば、私の酔態はすべてピエロと言えるのかも知れないのだが、つい最近こんなことがあった。私は屋台「不二の家」で飲んでいた。私はもう酩酊していた。そこへ、顔見知りの軽演劇団の俳優が、二人の美しい女優を引き具して現われた。その女優の一人を一と目見た途端、私は思わず口走った。

「あの人は、聖処女だ。」

女優らしくなく、白粉を洗い落していたが、目元が涼しく、口元には笑みを湛え、仄白い頬に柔かい赤味がさして、清純な感じの少女だった。緑色のオーバアに赤いマフラー。私の酔眼には、何んとしても「聖処女」としか映らないのだった。

それから私は、酔った時の癖で、その少女に向って、「あんたは、本当に聖処女だ」、「あんたは本当に聖女だ。」と、くどいほど繰り返していた。かと思うと、俳優を捕えて、「蟹田君、あの人は君の恋人か。恋人だろ。羨しいなア。妬けるなア。恋人なら、大事にしろ。潰しちゃ駄目だ。斎《いつ》き祭れよ。」などと叫んでいた。果ては、「蟹田君、俺に譲れよ。あの人を、俺に譲れよ。」と絡んでいた。

それをうるさいと思ったのか、蟹田君はやおら立ち上ると、声張り上げて、歌を歌いはじめた。それは、「真白き富士の嶺」、「カチューシャ」、「枯芒」など、古い流行唄の総浚えであった。私はそれに釣られて、両手の指を屈めて、ピアノのキイでも叩く風に、番台を叩き、下駄では床板を踏んで足拍子を取り、身振り可笑しく、からだを揺っていた。私の方に目を注いでいた蟹田君は、その時急に歌を止めて、二人の女優に耳打ちをした。そしてまた、腰を伸ばして歌いつづけた。後になって、店のマダムに聞いたところによれば、蟹田君は女優たちに耳打ちして、「武智さんの酔っ払い振りを、お前達、演技の参考に、よく見ておけ。」と言ったのだそうである。道理で、蟹田君が耳打ちすると同時に、女優達の眼が、一斉に私の方に注がれたようだった。何も知らぬ私は、調子に乗って、相変らず変調子な伴奏をつづけていた。

そこへ、一人の老紳士が現われた。「私はこういう者ですが。」と、名刺を出したのを見ると、或る会社の重役であった。屋台の外を通りかかると、昔浅草で聞いた懐しい唄ばかりなので、暫く立ち停って聞いていたが、堪りかねて入って来たのだと言った。彼は風変りな人たちを見廻して、「失礼ですが、あなた達は一体何をする人たちですか。」と、驚いた顔で尋ねた。

「武智劇団だ。僕が座長だ。」と私が叫んだ。すると、老紳士はそれを本当にしたらしく、改めて私に名刺を出した。彼は暫くそこに立って、蟹田君の歌に聞き惚れていた。

「失礼な申し出ですが、私から皆さんにビールを差上げてもよろしいでしょうか。」老紳士は遠慮げに言った。

「どうぞ、どうぞ。みんなに御馳走して上げて下さい。」と私は座長気取りで言った。

老紳士はマダムに言って、ビールを何本か註文して、私たちに振舞ってくれた。それから、ピースも一箱ずつ附け加えた。

翌る日、おひる過ぎに起きると、私は昨夜の酔態を思い出して、悲しくてならなかった。自分は酔っ払う度びに、泣いても、怒っても、笑っても、結局ピエロを演ずるのかと思うと、自分が端《はし》たなくてならなかった。丁度玄関の間では下の娘が中学校から帰って、そこに腹這って、この子の好きな講談本を読んでいた。その姿を見ると、いつかのように、この父の子かと思って、私は急に憐れになって来た。そして自分の罪滅しがしたくなって来た。

私は娘に声をかけた。

「お父ちゃんが、御飯を食べたら、机を買って来てやるよ。」

「ほんと。」娘はニコやかに私の顔を見た。

「ほんとだとも。」

この娘は、戦争中田舎へ疎開していて、この四月に再上京して来たのであるが、まだ自分の勉強机というものを持たないのだった。或る時は畳に腹這い、或る時は姉の机に向い、或る時は茶餉台に俯向いているのだった。

私は、この十三歳の娘の支度で、朝昼兼帯の味気ない食事を終えると、娘の机を註文するため、駅前の家具店に向って行った。

春浅き宵

或る女友達の家で、おひる過ぎから御馳走になって、その女友達が、映画「ハムレット」を見に行くのを、駅まで見送って、一人後に残ると、私は急に淋しくなって来た。夕景には少し早く、まだ明るかった。外に出れば、夜更けに帰るのが癖になっているので、明るいうちに家に帰るのは、侘しくてやりきれない気持だった。かなり酔っていて、おなかは満腹であったから、格別酒を飲み直したい欲望も起らず、コーヒでも一杯飲んで帰ろうかと思ってみたが、さりとて喫茶店では、物足りなくてならなかった。

いつか、界隈で評判の汁粉屋へ、飲みに入ったことがあった。或る有名な花形大衆作家が屋号を書いた、白麻の暖簾の懸っている店である。私は一椀の汁粉を、そそくさと啜り込むと、「いくらでしょう」と勘定を催促して、忽ち立ち上った。

「もう少し、御ゆっくりなさっていらっしゃいませよ。」

飲み屋とちがって、汁粉屋などでふりの客を滅多に引き留めることはないであろうが、あまりに気早やな男だと思ったのか、上品な夫人型の女主人が、お椀を下げに来て、そう言ったものだった。

私は、飲み屋でなら酒を飲みながら、いくらでもゆっくり出来るのだが、喫茶店や汁粉屋では、どうにも落着いていられないのだった。結局、私はビールを思い着いた。ビールを一本飲んで帰ろうと思った。

私は駅向うへ行って、屋台「不二の家」の扉を、ガタガタと引っ張ってみた。錠が降りていて、まだマダムは出て来ていなかった。足を延ばして、「銀扇」へ行った。屋台ではないから、早くても大丈夫だろうと思っていたのに、番台には暖簾がクシャクシャになったままで、十五六の娘が顔を出して、小母さんは買物に出たということだった。もう一軒、大丈夫だろうと思う「桜川」に狙いをつけて、引き返して来た。「桜川」でも、十くらいの女の子が勉強をしているだけで、おかみはやはり買物に出ていた。最初は、ビールを一本、と軽く思っていたのに、到る処、こう不首尾になると、私はもうビールが飲みたくて、矢も楯も堪らなくなって来ていた。取って返して、「きさらぎ」を覗くと、ここの屋台でも、まだ女が出て来ていなかった。「一酌亭」に来てみると、一二三日前の晩と同じく、錠がかかって、店は暗かった。おかみの悪性の感冒が、まだ癒らないものと思われた。「三平」と思ってみたが、あすこには三四千円の借金が溜っている。

「そうだ。『小雪』に行ってみよう。」

「小雪」には、たまにしか寄らなくて、去年の暮に行ったきりで、今年になってからはまだ一度も行ったことがなかった。最近店の模様替えをして、大変きれいになったと聞いていたから、それも見たかった。「小雪」に決めて行ってみると、「小雪」ではもう暖簾が出ていた。私は店の戸を開けた。通りに近く突き出された店の中は、ずっと広くなって、壁一面であったちらしは全部剝ぎ取られ、萌黄色に塗られた壁が真新しかった。マダムはまだ化粧をせずに、素肌だった。

「随分きれいになりましたねえ。」と言いながら、私は店の中を見廻した。

「ええ。少しはきれいになったと思いますから、これから度々いらっしゃって下さいませ。」

「これから、チョコチョコ来ますよ。」

私はビールを註文した。板前を雇っていて、コハダの酢の物が出された。

「武智さんは、お蝶さんのお店ばかりでしょう。」マダムはビールを注ぎながら、一寸嫌味に言った。

お蝶さんの店というのは、馴染みが深すぎるので、その日私は敬遠していた。ビール一本と思うのが、お蝶さんの店だと、つい深酒になるのを警戒したのだった。

「そうでもないですよ。」私は照れた。

「専らの評判ですわよ。『初雁』さんなんか、武智さんはお蝶さんの店へ行き出してから、うちへはちっともいらっしゃらなくなったって、恨んでいますわ。」

「恨まれて、みてえもんだ。」と私は茶化した。

そこへ、そろっと戸が開いて、一人の青年が入って来た。彼は店の中をあちこち、思い入れの態で眺め、マダムの顔と私の顔をしげしげと見比べた後、私と少し離れて、上み手に腰を下ろした。彼は焼酎を註文した。

「武智さん、お蝶さんのことを書いたお惚気小説、拝見しましたわ。」

マダムが冷かし笑いで言いかけた時、奥の方から娘が呼んだ。

「お母さま。お医者さんですわ。」

「はい。」

マダムは直ぐ立ち上った。

「どこか悪いんですか。」と私は尋ねた。

「いえ、一寸足を怪我しましてねえ。繃帯の巻換えをしてもらうんですよ。どうぞ、御ゆっくりなさって。」

マダムは跛を引きながら、奥へ入った。入れ代りに、娘が店へ出て来た。蛾のような眉を細く引き、人形のようにすべすべした頰をしていた。紫のテープで、頭を縛っていた。歌謡曲を練習していて、のど自慢大会に出たいと言っている、娘である。

「いらっしゃいませ。」

「今日は馬鹿にきれいだねえ。」と私は冷かした。

「武智さん、お蝶さんのことを書いた小説、読みましたわ。」娘がまた言った。

「君も読んだのか。恥曝しの小説だよ。」

「私は極りが悪くてならなかった。それは、私がお蝶さんにおちょっかいを出して、振られるところを書いた小説だった。

「今来ているお医者さんが、雑誌を貸して下さったのよ。文学好きのお医者さんでしてね
え、うちに武智さんという小説家が時々いらっしゃると言ったら、あの小説の載ってる雑
誌を、持って来て貸して下さったのよ。」

「そうか。あんまり大きな声を出されないなア。聞えると恥かしいから。」

その時、傍らの青年が、突然口を挟んだ。彼はそれまで、おとなしく、チビチビと焼酎
を嘗めながら、私達の話に耳を傾けていたのである。

「失礼ですが、あなたが、小説家の武智一夫さんでいらっしゃいますか。」

「そうです。」

私は振り返った。青年は、色白で、油気のない髪が、二つに分れて、バサッと額にかぶ
さっていた。前歯が少し欠けて、煙草のやにが、黒く滲みていた。

「そうですか、僕は松崎と言って、本多の仲間です。」

「本多？」私は咄差に思い出せなかった。

「あなたが、今度の小説にお書きになったマドロスの本多です。」

「ああ、そうか。君は本多君の仲間ですか。やはり、マドロスですねえ。本多君と同じ船に乗ってるんですか。」私は畳みかけて訊いた。

「ええ。今日芝浦に入港したんです。」

「北海道だったんですか。」

「北海道から長崎へ廻って来ました。」

私は極最近発表した作品に、或る酒場で、二人の船員に出会う話がある。彼等は、酔っ払って足を取られた私を、両脇から抱えて、私の家まで送り届けてくれる。彼等は、海底線布設船の乗組員であった。その二人の船員の一人が、本多君と言って、感傷的な詩を書き、私に手紙を寄越すのであった。ついその前日にも、船内のトラブルを逐一報告し、気弱く心の悩みを訴えて来ているのだった。

「そうですか。本多君も元気ですか。」

「元気です。長崎で上陸して、二人で武智さんの小説を拝見して、とても懐しく、お噂ばかりしていました。僕も、是非一度武智さんにお会いしたくて、また酒場の様子も見たくて、上陸するなり、こちらへ飛んで来たのです。大体酒場の見当も聞いていましたので、ここかなと思って入って来たのでした。」

「そうでしたか。本多君達と邂逅した酒場は、ここではありません。もう五六軒先に、『初雁』ってのがありますが、そこです。」

「何んだか、お作の感じと少し違っているように思っていました。女優上りのマダムがいるとか。」

「そう、そう、いますよ。あとで、そこへ御案内しましょう。」

「お願いいたします。でも、武智さんにお会いすることが出来て、本当にうれしいと思います。」

「いや。僕も、この店は、今年になって初めてですよ。滅多に来たことがないんです。今日は、方々の飲み屋を当ってみたんだが、まだどこも店を開けてないもんだから、ここに飛び込んでみたんです。それがよかったんですねえ。若しよそで飲んでいたら、会えなかったでしょう。人間のめぐりあいというのは、こうしたものでしょうね。ほんの一寸したことで、会えたり、一生会えなかったりするんですねえ。」

「今日は、会えそうな気がして、来たんですよ。」素直な、純らしい青年は、そう言って笑った。

「そうですか。小説には、しょっちゅう飲んでるように書きましたが、僕もそうしょっちゅう飲んでるわけではないですよ。それにしても、本多君の仲間に会えたのは愉快だ。そうですか。あなたは本多君の仲間ですか。」私は、青年の顔を見詰めながら、暫し感慨の止まるところを知らなかった。

「僕が武智さんにお会いしたと言ったら、本多君、きっと羨みますよ。」

「よろしく言って下さい。」

その時突然、「商船学校の歌」が、私の頭に閃いた。本多君達は、商船学校の出身だと聞いていた。酔って、気持好くなっていた私は、彼等のためにエールを送りたい気持になった。しかし、「商船学校の歌」は、中学校の時に上級生から習ったもので、もううろ覚えになっていた。私は好い加減に声高く歌いはじめた。節は覚えていても文句を忘れているところは、ラララと誤魔化した。青年は口の中で、小さく口ずさんでいた。

紅顔可憐の美少年が
商船学校の構内で
練習船のメンマスト
デッキの上に立上り
故郷の空を眺めては
嗚呼父母は今如何に
我が恋人は今何処
少年右手に持つものは

月の光に照らされて
ラララララララ
ラララララララ
ラララララララ

歌い終ると、私は立ち上った。

「じゃア、『初雁』へ御案内しましょう。直ぐそこですよ。」

私達は、銘々に金を払って、外に出た。外はもう暗くなって、退け時の人通りで賑わっていた。果物屋が、叩き売りをするような喧しい大声で、道往く人に呼びかけている隣が、「初雁」だった。「初雁」では、行燈風の提灯に、まだ灯が入っていなかった。人の気配もないので、留守かなと思って障子に手をかけると、これは造作なく開いた。しかし、店の中はまっ暗らだった。

「今晩は、今晩は。」

私は奥に向って怒鳴った。しんとしていて、マスタアもマダムも出て来なかった。

「留守だな。でも構わないですよ。二人で飲んでいましょう。そのうちにマダムが帰って来るでしょう。」

私は青年を促したが、青年は初心らしく躊躇した。

「構わないですよ、怪しい者ではないし。この間の晩、そこの通りでマスタアに出会ったら、武智さん、ちと飲みにいらっしゃって下さいよと言うから、前の晩行ったんだけど、マダムが留守で駄目でしたよと言ったら、そんな時には、留守でも構いませんから、入って飲んでいて下さいよと言ってましたからねえ。いいマスタアでねえ。まア、飲んでいましょう。」

私は店の中に踏み込んだ。青年もつづいて入って来た。青年は、軒提灯に繋がったコオドをいじってみたが、電気は点かなかった。私はふと、番台の上にぶら下った電燈に気附き、スイッチをねじってみると、パッと明るくなった。急に明るく照らし出された光景は、乱雑を極めていた。盃、皿、鍋、箸などが、汚れたままでごった返しているのは、早い客の後始末を放ったらかしてあるのか、若しかしたら、前夜の片附けをまだしてないのではないかとも思われた。灰皿は吸い殻で堆高くなっていた。私は顔を顰めた。

「このさまは何んだと言うんだ。あのマダムは不精者でしてねえ。何もかにも放っちらかしたままで、仕様がないですねえ。今も、酔っ払って、どこかを浮かれ歩いているにちがいありませんよ。」

私は腰かけていたが、青年は店の中を見廻した。木版刷の、沢村田之助、沢村宗十郎の役者絵が二枚懸っているほかは、私の目に新しいものはなかった。青年は、石版刷の「千曲川旅情の歌」を額にしたのや、ミレエの「晩鐘」の額などに、一々目を停めた。

「あすこに、武智さんの短冊がありますねえ。」青年は目敏く言った。奥の柱、天狗のお面の下に、酔余私が弄した俳句が懸っているのだった。

紫蘇の花散らばつてゐる洗ひ桶

「洗い桶、は弱かった。バケツかな、とやるべきだったでしょうね。」と私は言った。私は、入口に近い台の上に、仕入れたばかりらしい焼酎瓶が一本、立っているのを見附けた。

「やア、君、あすこに焼酎があるよ。一杯、飲んでみよう。」

青年は番台のうらに廻り、流しでコップを洗った。そして、「やアいらっしゃい」と主人気取りになりながら、私のコップと、自分のコップに、一杯ずつ焼酎を注いだ。

「何か食べるものはないですかねえ。」

私がそう言うと、青年はそこらを掻き廻していたが、紙袋に少しばかり残った南京豆を発見した。青年はその紙袋を引き裂いて、二人の前に置いた。南京豆は、皮と屑とが大部分だった。

「なんにもないんだねえ。この店は貧乏でねえ、尤も僕も大分借金をしてるんだが、いつだって何んにもないんですよ。」

青年はつと出て行った。と思ったら、南京豆を二袋買って来た。

「はい、お待遠さま。」

青年はまたパラピン紙を引き裂いて、前に置いた。

「僕が本多君達に出会った時は、この番台の向きが反対でしたよ。今は右向いていますねえ。もとは左向いていましたよ。奥に向けていたこともあります。この店くらい、ああでもない、こうでもないと、模様替えする家はないですよ。腰が落着かないんですねえ。」

私が、留守にしたマダムに当り散らしているところへ、一人のでっぷりした紳士が入って来た。その紳士は、私を見るなり、言った。

「あなたは、武智さんですねえ。」

「そうです。どうして、僕を御存じですか。」私には見覚えない人であった。

「何かの雑誌の写真で拝見した顔に、そっくりですから。」と紳士は笑った。

「そうですか。失礼ですが、あなたはどなたでしょう。」

「僕は、こういう者です。どうぞ、よろしく。」

出された名刺を見ると、或る経済雑誌の記者であった。

「いや、こちらこそ、どうぞよろしく。あなたは、この店に度々いらっしゃるんですか。」

「いや、今日が二度目です。」

「そうですか。今、一寸マダムが留守でしてねえ、僕達も、勝手に飲んでるところなんです。あなたも一杯、お飲みなさい。構いませんよ。留守の時は、勝手に飲んでいてもいいって、マスタアの許可を得てるんですから。じゃア、松崎君、一杯頼む。」

「やア、いらっしゃい。」と、青年は心得て、一升瓶を傾けて、記者に焼酎を注いだ。

「この方は、マドロスなんです。よその店で、さっき初めて会って、ここへ来て、また飲んでいるんです。知らない同士が、三人集まって飲むのも、また面白いじゃないですか。」と私は身振り可笑しく、笑った。

「武智さんは、愉快な方ですねえ。小説から来る感じと、まるで違いますねえ。」と記者が言った。

「どんなに違いますか。」

「小説を読むと、どうも辛くて、やり切れない感じがするんで、暗く沈んだ人かと思っていましたよ。」

「そうですか。『おもてには快楽を装い……』、太宰治が、『ヴィヨンの妻』のサブタイトルに使っている、ダンテ・アレギエリの言葉ねえ、あれですよ。内心は淋しいんですよ。」

内心はちっとも淋しくなさそうに、私は言った。

「やア、豆腐が一丁ありましたよ。」

そこらを、ごそごそさせていた青年が、冷い豆腐を見附けて、それを皿に盛り、醬油をかけて出した。

「いや、それくらい、愉快そうなら結構ですよ。」と記者は笑った。

「僕は、度々飲み屋で、僕の小説を読んでる男に出会わすんです。ところが、彼等の想像通りに、僕がぴったり合うことは、滅多にないらしいんですよ。みんな、美化するか、醜悪化して考えてるらしいんです。だから、レンズが合うはずはありませんよ。或る男は、武智さんという人は、顔が蒼く、痩せさらばえて、ボロボロの着物を着てる人かと思っていたと言うんです。そうかと思うと、もっと若くて、スマートな人かと思っていたのに、案外野暮な恰好をしてますねえ、なんて言う人もあるんです。いつか、一寸跛で、訥る癖のある画学生だという男が、あなたの奥さんは、その後どうなったんですか、と聞くんです。死にましたよと答えると、そうですか、それで安心しましたと言って、僕の手を握るんです。僕の女房が、長い間精神病院に入っていた小説を読んでいて、そう言うんですね え。当り前なら、非常に失礼な言い方だが、その男が、そういう気持がよく判りましたよ。読む方でも、辛かったんでしょうね。」私は饒舌になっていた。

「そんな話を聞いてると、だんだん武智さんの小説の味が出て来ましたよ。」

「そうですか。この間も、或る若い男に会ったんです。よその飲み屋で、僕の噂を聞いたから、僕に会ってみたいものだと言ったら、いや、会わない方がいいですよ、幻滅の悲哀を感じるばかりです、飲んだくれで仕様がない男ですよ、と言われたと言うんです。会ってみると会ってみてよかったと言ってくれましたが、ひとはどう思おうが構わない、酔ってる時でも、酔ってない時でも僕は生地で、自然に振舞ってるに過ぎないんです。」

二人連れの客が入って来た。

「マダム、留守ですけれど。」と青年が言った。客は帰って行った。

「惜しいなア、折角客がありながら、マダム、どこをうろうろしてるんですかねえ。ここのマダムは、見す見す損ばかりしてるんですよ。」と、また当てつけに、私は口惜しがった。

私たちは飽いて、次第に物憂くなって来た。

「マダムの奴、どこに行ってるんだろう。」私は焦ら焦らして来た。

「心当りがあれば、僕が探して来ましょうか。」と青年が言った。

「そうだなア。御足労だが、そうしてくれますか。」

私は、「三平」と「桜川」と「不二の家」に行ってみてくれと言った。青年は、それをメモにした。

「地図を書きましょうか。」

「いや、大丈夫です。」青年はきさくに出て行った。後に残った二人が、中小企業の三月危機だとか、将来平価切下げはあるものかどうかなどと話しているところへ、青年が帰って来た。

「どこにも来てないって言うんです。」

「じゃア、今度は僕が、別のところへ行って来ましょう。」

私は二人を残して、出て行った。マダムと落合ったことのある飲み屋を三四軒当ってみたが、マダムの来ている店はなかった。

「どこにもいない。仕様のないマダムだなア。」

と苦情を言いながら、私は帰って来た。

「出ちゃいましょうか。」と私は提議した。

「飲み逃げと行きますか。」と記者は笑いながら応じたが、青年は一瞬マダムに会わずに帰るのがさも心残りらしい翳を顔に浮べた。

「置手紙をして、金は皿の下にでも敷いておけばいいでしょう。」と私は言ってみたが、

「しかし、僕たちの出て行った後で泥棒が入って来て、持って行ってしまうと困るなア。」

と不安が後に残った。

「どこか、前の店にでも預けて行っては、どうですか。」と記者が言った。

「兎に角、金を置いて行かないことには、マダムが帰って来て、焼酎の瓶を見て、びっくりするでしょうからねえ。てっきり、泥棒が入ったと思うでしょう。」

「既に泥棒ですよ。」と記者は笑った。

「戸が開くから、いけないんですねえ。後から泥棒が入って来て、何もかにも、ごっそり持って行くとすれば、嫌疑は当然僕たちにかかって来るんですからねえ。」

自縄自縛と言うか、私達はだんだん不安が募って、出るに出られぬ気持になって来た。今や、楽しさから窮屈な雰囲気に変って、一刻も早くマダムが帰って来るか、ここから飛び出して行くか、どうかして解放されなくては、遣りきれなくなったのであった。この雰

囲気から、先ず逃れ出たのが、経済記者であった。

「武智さん、僕はどこかよそへ行って飲んでいます。腰が落着いたら、使いを寄越しますから。」と彼は言い残し、焼酎二杯の代として、百円札を一枚置いて、出て行った。

私達は後に残った。

「松崎君、折角目指した店に来て、マダムがいなくて、詰らないでしょう。」私は青年を慰めた。

「いえ、これもまた面白いですよ。」と青年は答えた。

「そう。留守に入って来て飲むのも滅多にないことで一興ですな。」

「マダムには会えなくても、武智さんに会えただけで、いいですよ。」

「そう思ってくれれば、有難いや。」

その時、見慣れぬ娘が「菊栄」からと言って、私を呼びに来た。さっきの経済記者からの使いであった。「菊栄」には二三度しか行ったことがなかった。「じゃア、僕は一寸行って来ますから。」と私は腕時計を見た。八時十分であった。「八時半までに帰ります。そのうちマダムが帰って来るでしょうから、済みませんが待っていて下さい。」

「どうぞ、御ゆっくり行って来て下さい。僕が留守番をしていますから。」青年は心細かったかも知れないが素直に引き受けてくれた。

私が「菊栄」へ行って、おだを上げていると、その店のマスタアが外から額を出し、

「初雁」のマダムが帰って来ましたよと告げた。私は直ぐ「初雁」へ引っ返した。マダムはニコニコ笑って、入口に近い椅子に腰かけていた。青年はもとの位置にいた。

「やア、マダム。今日は珍客を連れて来たのに、店を開けっ放しにして、どこへ行っていたの。待ち兼ねていたよ。」と私は大袈裟に言った。

「失礼しました。組合の会へ行ってましたの。」

「そうか。また飲み歩いてることかと、思っていたよ。今日はねえ、本多君の友人で松崎君という人と『小雪』で落合って、マダムに会いたいというから、連れて来たんだよ。」

「そうだそうですねえ。わたし、お店へ帰ってみたら、知らない方が坐ってらっしゃるから、びっくりしましたわ。」

「泥棒猫かと思ったんだろう。」と私は他愛なく笑いころげながら、「松崎君、この人が、本多君のいわゆるマダム・X、芸名を西条三紀子と言ってたんだ。不精者で、怠け者でだらしなくて、ちっともいいところがないんだ。こんなマダムなんかより、マスタアの方がよっぽどいいんだぞ。根はきれいなんだから、磨けばきれいになるのに、いつも爪の垢を溜めたり、着物の襟を汚くしてるんだ。」

「武智さん、今夜はお口が悪いんですわねえ。」

「悪いはずだ。散々待たせやがって。」

「どうもすみません。どうもすみません。」と、マダムは笑いの口を抑えて、お辞儀をした。

「マダム、本多君達も元気だってさ。松崎君は好い青年でねえ、僕と附合って、ちっとも悪い顔しないんだ。労も惜しまないんだ。マダムに会いたい一心で、今まで辛抱して待ってたんだぞ。マダム、感謝の握手しろ。」

「じゃア、松崎さん。」

マダムが手を出して、青年がその手を握った。

「よし、よし。それでよし。松崎君、思いが叶って、よかったなア。マダムに憧れて来たのに、もう少しで飛び出そうとしたところだからなア。」

私はまた突然、「商船学校の歌」を歌いはじめた。マダムもそれに和した。青年はまた口吟んだ。

商船学校の構内で
練習船のメンマスト
デッキの上に立上り
故郷の空を眺めては
嗚呼父母は今如何に
我が恋人は今何処

　少年右手に持つものは
　月の光に照らされて
　ラララララララ
　ラララララララ

私は歌い終ると同時に立ち上った。

「じゃア、マダム、今夜はこれで失敬すらア。すっかり酔っちゃった。」

「武智さん、もう少し御ゆっくりなさいませよ。」

「今夜は、もう駄目。」

「僕も、帰ります。」と青年も立ち上った。

私は青年の分も払って、二人で外に出た。

「じゃア、松崎君、左様なら。」

「失礼しました。御きげん好う。」

青年は背を屈め、早足で人ごみの中を帰って行った。別れてしまえば、またいつ会えるか知れない。私はその青年の後姿を見送ってから、また二三軒飲み歩いた。


（二五、三、五）

女の甲斐性

私が駅近くの「深雪《みゆき》」で飲むようになってから、もう三年越しになる。じっと見ていると、ああいう店で働く女も、種々雑多で、入れ代り立ち代り、実に目まぐるしく変るものである。

今いるのは、恒ちゃんという子である。一寸ずんぐりしていて、首が短く肥っていて、円ぽちゃの、明るい顔をしている。いつも赤いセエタアを着ていて、二十二か三になるというのに、あどけない顔をしていると同様、考えも少女らしい甘さから抜け出ていない。その癖、乳房だけは大きく盛り出ている。

或る晩早く、私は「深雪」に寄ってみた。当区の停電日で、薄暗い店には蠟燭が立ててあった。

「うちの女の子、恒ちゃんねえ、今日は武蔵野を散歩して来ると言って、出かけましたわ」とマダムが笑いながら言った。

「そうか。武蔵野はよかったねえ」と私も笑った。

「映画の『武蔵野夫人』を見て、武蔵野を歩いてみたくなったって」

「憧れ出たわけだなア」

「若い時は、ロマンチックでいいわねえ。わたくしも女学校の時分、中里介山の『大菩薩峠』を読んで、大菩薩峠へ登りに行ったことがありますわ。帰りに初鹿野《はじかの》という駅に出て、その初鹿野という名が、好きで好きでたまらなくなりましたわ」マダムはもと新劇の女優をしていたとかで、そんな感覚があるのである。

「そうか。そんな因縁があったのか。初めの頃、『初鹿野』と書いた行燈が店に置いてあったなア」

「二十年前の憧れが醒めきれなかったのですわ。屋号にしていたんだけど、読みにくいから、やめにしましたわ」

電燈がパッと点るのと、恆ちゃんが帰って来たのと、殆ど同時だった。私は直ぐ顔を向けた。

「武蔵野は、どうだった?」

「とても素適だったわ」恆ちゃんは両手を腰に当て、しなを作って答えた。こちらは一寸冷やかしであったが、彼女の答えはまともだった。

「武蔵野で何して来たの」とマダムが言った。

「ただブラブラ歩いて来たの」

鷺ノ宮の方へ行って来たと言うことだった。

「武蔵野夫人はいなかったの？」私はまたからかってみた。

「いなかったわ。でも、どこかにいそうな気がしてならなかったの。先生、武蔵野夫人は、どのあたりが舞台でしょうねえ」

「あれは、国分寺から府中の方へ行く、恋ケ窪というあたりのようだね」

「恋ケ窪！　素適だわ。行ってみたいわ」恆ちゃんは胸を躍らせるようにして言った。

又の夜、私が「深雪」で飲んでいると、宇山君という青年が立ち寄って来た。貿易会社に勤めている若い社員である。手に、蓬けた芭を持っていて、「今日は十国峠へ行って来た」と思わせぶりに言って、お土産の山葵漬を番台の上に置いた。聞くよりも早く、恆ちゃんは目を輝かせた。

「十国峠！　素晴らしいわねえ」

「彼女と一緒だったでしょう」とマダムが冷かした。

「モチ。僕、これからとても忙しくなるから、当分来られないよ」と宇山君は言って、慌しく帰って行った。

「先生、わたしを十国峠へ連れてって下さらない」と恆ちゃんが言った。

「君が僕の恋人になれればねえ」と私はいいなした。

「恋人になりますわ。十国峠！　素晴らしいでしょうねえ」彼女は夢みるような顔をした。

「君はいいところがあるよ。しかし、そんなに参り易くては、『僕、あんたを愛するよ』と男に囁かれたら、直ぐ参ってしまうだろう」

私はそう言ったが、恆ちゃんは相手にしなかった。彼女には恋人があるのだが、心変りして背かれているとも知らず、もとの通りになるものだと信じ込んでいるということである。もと働いていた支那蕎麦屋の男だと、マダムが言っていた。いつか手相見が店に来た時にも、彼女は恋にかこつけるらしく、根掘り葉掘り、自分の運命について聞き糺していた。そんなことから、自分の心の傷に触れられるのを避けようとして、私に取会わないものと思われた。

「先生、わたしの国の昇仙峡も、とても素晴らしいですわ」と彼女は話を変えた。

「いい所だそうだねえ」

「先生を一度御案内したいですわ。……皆さま、向うに見えますのが名勝昇仙峡……」彼女は前屈みに手をひろげ、観光バスの案内嬢のような仕草を作って言った。

品ちゃんという女の子もいた。眉が蛾のように細く、おでこであった。気っ風がよく、しっかりした甲斐性者のように思われた。現に銀座の有名なキャバレーに勤めていて、ナンバーワンと言われ、月収五万円以上だと噂されている。「深雪」のマダムが、半田君と一緒になって間もなくのことであった。或る晩、私が「深雪」に入って行くと、それと殆ど入れ違いに、マダム達は揃って風呂に出かけて行った。半田君はマダムより十も年下で、一緒になった当時は、毎晩二人で風呂に行っていたのである。品ちゃんは、二人が風呂に出て行くのを見送って、「武智先生が来ているのに、二人とも風呂に行く手はない」と啖呵を切ったのである。私はその時以来、品ちゃんを見直したものだった。

或る晩、私が新宿で行きつけの店に入ってみると、色の白い、紺絣を着た青年が一人坐っていた。青年は私の顔を見て、「武智さん、暫くでした」と会釈した。私には見覚えのない青年だった。

「どなたでしたかねえ」と私は尋ねた。

「『深雪』で時々お目にかかっていますが、武智さんはいつも酔っていらっしゃるから、覚えていられないかも知れませんねえ」

「さうですよ。いつも酔っ払っているから、色々の人をお見それして、失礼ばかりしています。そうですか。『深雪』で会ってるんですか。どうも失敬しました」

「どう致しまして」

「時に『深雪』の品ちゃんは、結婚するそうですねえ」

私はそこまで言って、ふと口をつぐんだ。若しかして、この青年が品ちゃんに気があって、『深雪』に行っているのだとすれば、品ちゃんが結婚すると聞いて、落胆するかも知れないと慮ったからである。しかし、私は直ぐつづけて言った。

「相手はM大学の学生で、なんでも、後藤とか遠藤とか、下に藤の字のつく名前の男と聞きましたよ」

「江藤ではないですか」

「そう、そう。江藤と言ったっけ」

「江藤なら、僕ですよ」

「あんたが江藤君か」私は驚いて、青年の顔をしげしげと見た。目のふちがほんのり赤くなっていた。

「江藤です。どうぞよろしく」と江藤君は名刺を出して、改めて挨拶をした。

「そうか。品ちゃんと結婚するというのは、あんたですか。品ちゃんはいい子だ」そう言って、私は啖呵の一件を話した。

「今日は二人で井ノ頭へ行ったんです」

「それはお安くないですね」

「いや。僕は先輩を訪問すると言って、途中で品子を撒いて、新宿へ飲みに出て来たんです。酒を飲んでいるところを品子に見つかると怒られますからねえ」

「品ちゃんも大分飲めるようじゃないですか。去年の大晦日の晩だったが、真っ赤に酔っ払っちゃって、炭坑節を一節歌っては、エイッと気合をかけて、膝を打って歌っていましたよ」

「時々ぐでんぐでんになって帰って来るんで、困りますよ」

「じゃア、もう一緒にいるんですか」

「ええ、稲荷神社の裏のアパートを借りてるんです」

「この間、稲荷神社のそばで、品ちゃんが恋人らしい男と、仲好さそうにひそひそ話しているのを見かけたと言っていた人があったが、あれはあんただったわけですね」

「僕ですがねえ。あの時は、稲荷神社の前に質屋があるでしょう。あそこに品子の着物を質に入れてあるものですからねえ、出そうかどうしようかと相談してたんです」と江藤君は笑った。

「それなら、猶更仲睦じいというものだ」私は煽った。

それから間もなく夏休みになって、江藤君は東北の郷里へ帰省していった。しかし江藤君からは、無事帰着したという葉書が来たきり、何の音沙汰もなかった。品ちゃんが出す手紙の返事も来なかった。夏休みがすんでも、江藤君は東京に帰って来なかった。十月になっても帰って来なかった。品ちゃんはひどく憔悴して見えた。只一心に、江藤君の帰って来るのを待っている風であった。顔の皮膚がたるみ、唇の色も褪せて見えた。元気のない応対ぶりで、時には自棄酒に酔っ払って、客に絡んでいることもあった。私は品ちゃんの顔を見る度に、江藤君の消息を尋ねてみたが、彼女は溜息交りに、「何んにも言って来ないわ」と答えるだけだった。江藤君は良家の息子と思われた。容姿もそうだし、今日学生の身分で酒が飲めるのは、良家の子弟か、アルバイトで荒稼ぎする者以外にはないであろう。江藤君は、多分両親の反対に会って、飲み屋の女中と結婚することを思い止まらされているのではないかと思われた。手紙を書くことも監視され、東京へ出ることも禁足されているのにちがいなかった。

二学期も終りに近づこうとする或る晩だった。私は品ちゃんと向き合って飲んでいた。その時電報が配達された。品ちゃんに来たものだった。品ちゃんは手元を慄わせ、封を開くのももどかしそうだった。電文を読み下すその顔を、私は見ていた。一瞬、それはキッとした顔だった。が、忽ちそれは、破顔になった。

「ああ、よかったわ」品ちゃんは、金冠の見える奥歯まで開いて、大きく笑いながら、咽喉に詰まっていたものを叩き下すように胸のあたりを叩いた。

「江藤君からだろう。どう言って来たの？」と私は言った。

「明日の朝七時に上野に着くって」

「それはよかったねえ」

品ちゃんは奥に向って、マダムを呼んだ。

「マダム、江藤が帰って来るわ」

「そう。江藤さんが帰って来るの。よかったわねえ」と言いながらマダムが顔を出して来た。

「明日の朝七時に上野に着くの。電報が来たわ」

「そう。よかったわねえ」

「マダム、江藤が帰って来るわ。江藤が帰って来るわ」

品ちゃんは感極まって、マダムに抱きついた。そして、その胸に顔を押し当てて、すすり泣いた。

多代ちゃんという女の子もいた。多代ちゃんのいた時分が、「深雪」の全盛時代を現出していたようだった。元海軍少佐だったという美丈夫、娘が東大に行ってるのを自慢にしていた株屋の重役、鮨屋のおっさん、或る銀行の頭取室秘書、或る通信社の運動部の若い記者など、みんな多代ちゃんに気があるらしい様子だった。多代ちゃんは、映画女優山田五十鈴まがいの顔立ちだというので評判だった。眉が濃く、長めな顔で、白い犬歯が現れた。娯楽雑誌の附録の流行歌謡集を持っていて、「フランチェスカの鐘」だとか「あこがれのハワイ航路」などという歌を、厚みのあるからだから出る澄んだ声で、表情たっぷりに歌って、客を聞き惚れさした。殊に「フランチェスカの鐘が鳴る」という歌は、私の耳にも今でもひびいているようである。

「多代ちゃん、君はいつも陽気でいいね」といつか私が言ったことがあった。

「先生、そう見えて？　これで、わたし、悩みがあるのよ。千葉の田舎には、坊やがあるのよ。」

客がガヤガヤ騒いでいるのに紛らして、多代ちゃんはそう打ち明けた。私には意外であったが、そう言われてみれば、子供を産んだことのある女の身のこなしに見えた。

「そうか。いくつになるの」

「五つになりますわ。十九の時に生んだんですから」

そう言いながら多代ちゃんは、番台の下でガサガサと何かを探しているようだったが、裁縫箱の中から取出したのは、一枚の手摺れした写真だった。多代ちゃんはその名刺型の写真を、他の客の目を憚りながら、掌の窪みに入れて、私の方に向けた。薄暗い電燈だったから、私は顔を寄せた。黒と白で横縞になった毛糸のジャケツを着た、愛くるしい男の子が、肘掛椅子の上に乗っかって、脚を垂れていた。

「可愛らしいねえ。眉なんか、君にそっくりだ」

「そうお」多代ちゃんは手元に引いて写真を眺めた。「これ、去年の秋撮った写真なの、四つの時だわ」

「じゃア、今頃はもっと大きくなっているわけだねえ」

「ええ、ずっと大きくなってるわ。わたしが帰って行くと、お母アちゃん、お母アちゃん、と言って、附きまとって離れないの」

お母アちゃんという言葉に、私は目を見張る思いだった。何かそぐわぬ響きだった。しかし現実は、多代ちゃんはお母アちゃんであることに間違いないのだった。

「お父さんやお母さんに育ててもらってるんだねえ」

「そうなの。わたしの家はとても貧乏なんですから、写真とちがって、泥んこで、垢だらけになって遊んでますわ」多代ちゃんはしんみり言った。

「田舎の子供は、みんなそうさ。僕なんかも、泥んこで、垢だらけの子供だったよ」と私は笑って、「亭主はどうしたの」

「従兄だったけど、別れちゃったの。従兄がわたしを欲しがるので、義理に迫られて、仕方なしに片附いたのでしたわ。それに、従兄の家、つまり伯父の家ですけど、そこに父の借金がかさんでいて。それがいつまで経っても払えないものだから、嫌応なしにやらされることになったのよ。でもわたし、辛抱に辛抱を重ね、坊やが出来てからでも、どうしても従兄が好きになれなかったのよ。別に悪い男ではないけど、只好かないの。それで、去年の秋、この写真を撮ってから間もなく、坊やを連れて、家へ逃帰ったの。一悶着あって、どうにか落着いたけど、義理は立たないし、借金は払えないで、父がとても困ってますの。従兄の家では、面当てに、すぐ後を貰って、仲好くやってますわ。従兄の家は本家ですからねえ、わたしの家なんかよりずっと物持ちで、坊やもこの頃は、今よりずっときれいにしていましたわ」

「君が時々田舎へ帰るのは、坊やに会いに帰るんだねえ」

「そうよ。田舎へかえる時は、どんな無理してでも、玩具とお菓子は欠かさないわ」

「可愛がってやるといいよ」

「わたし、時々そっと坊やの写真を出して眺めるのよ。心が清まるわ」

多代ちゃんはそう言って、写真をしまいかけていた。その時、ふと思い出したように私のシャツのボタンに目をやった。

「先生、シャツのボタンが取れていますわねえ。序にボタンをつけて上げましょう」彼女は裁縫箱の中から、糸とボタンを取出した。

「じゃア、頼もう」私は胸を出した。

「ボタンが揃わなくて、御免なさいねえ」

「どうでもいいよ」

彼女はボタンをつけた。

「有難う。君はなかなかよく気がつくんだねえ」私は何がなし心を動かされていた。

一度、冷い秋の雨の降る日に、多代ちゃんが私を訪ねて来たことがあった。雨の中に古びたサンダルを穿いて、一束十円で売っているささやかな花を手に、持っていた。

「先生は、どんなお家にお住まいかと思って、お訪ねしてみましたの。お仕事じゃ、ありません」

「いや。一寸お上りなさい」

私は火鉢の側に招じ上げた。火鉢にかざす彼女の手は、私の手の二倍ほども赤く肥っていた。

「来てみて、びっくりしたでしょう。小っちゃな家なんで」

「でも、一軒のお家だから、いいですわ」彼女は物珍らしげに周囲を見廻した。「随分沢山の本ですわねえ」

「本しかないんだ。本のほかは、何んにもないんだ」と私は笑った。

「読みたい本を読んで、小説を書いていれば、いいでしょうねえ」

「商売となると、はたで見るようではないよ」と私は打ち消した。

暫くして、彼女は何かを切り出した。

「先生、仰言っていたでしょう、わたしを、先生のお家の家政婦に雇っていただけないか知ら」

「そうだなア」私は当惑して考え込んだ。

私の家には、妻が死んでいないので、妹が面倒を見てくれているのだが、その妹は一日おきに洋裁学校へ教えに行かねばならない。その日は不自由で、自分で来客にお茶を出したり、ひるの支度をしたりせねばならない。洗濯や掃除をすることもある。そんなことから、「多代ちゃん、僕の家に家政婦に来てくれないか。一日おきに、昼間だけでいいし、洗濯をして掃除をして、おひるの支度をして、お客さんが来れば、お茶を出す、それだけでいいんだ」などと、酔った拍子には、私は誘いをかけていたのだった。その度に彼女は本気になって、「先生お願いしますわ。それくらいの事でしたら、わたしにも出来ますから、先生に御不自由はさせませんわ」と、私の手を両手に取って、親身な調子で言うのだった。すると私は後込《しりご》んで、「多代ちゃんを家政婦に雇うと、どうも情が移りそうで困るなア」と笑って誤魔化すのだった。マダムが酔っていて、側から、「情が移ったって、いいじゃないの。そうしたら多代ちゃんを、奥さんに貰っちゃいなさい」とけしかけるのだった。

「わたし、今のお店で、夜だけ働いていたんでは、とてもやって行けませんの。どうしても、昼間も働かなくちゃア」と彼女は思い屈している風に言った。「高円寺のパン屋の売子の話もあるんですけど、先生に使っていただければ、それに越したことはありませんわ」

「そうだなア」と私は繰返した。酔わない時に考えてみると、多代ちゃんを雇うなんてことは、気が重くてならなかった。私は薄情のようで気が咎めたけれど、婉曲に逃げることにした。可哀そうであったが、仕方がなかった。

「まア、もう少し考えてみることにしよう。ひとを雇うとなると、大変なんでねえ」

「わたしのような者ですもの、ちっとも大変ではないんではないかと思うんですけどねえ」と、多代ちゃんは明らかに落胆の色を示した。

最後に、多代ちゃんはこんな話をして行った。私は猶更可哀そうでならなかった。

「わたし、時々、吉原へ身を沈めようかと考えることがありますわ。そうでもするよりほか、お父さんたちを救うことが考えられませんの。でも坊やのことを考えると、それも出来ませんわ。わたし、田舎にいた時血液を売ったこともあるわ。そのおかげで、病人は助かって、とても感謝されたんですけど、わたしは丁度メンスの時だったので、一ヶ月もそれが止まらなくて、困りましたわ」

やがて、多代ちゃんに醜聞が立ちはじめた。某々に、金で身を任せたという噂だった。しかも、彼女の方から話を持ちかけたというのだった。よっぽど困ってのことであったろうが、家政婦になりたいという願いを容れなかった私にも、多少の責めがあるような気がしてならなかった。更に驚いたことには、多代ちゃんは妊娠してしまったのである。

さつきちゃんという子もいた。細面の顔に、目の切れが長く、多い髪がそれを囲んで、一寸凄艶な感じだった。頬笑み加減に口を結んで、ジッと人の顔を見据える癖があったが、そういう時、殊に媚めかしかった。十三か四で下地っ子に売られ、浅草千束町で芸者をしていたことがあるということだった。彼女の夫は、強盗か何かの罪で刑務所に入っていたという。それが判ったのは、獄死した通知が、近所に住んでいる司法保護委員の所に来て、そこから、内妻と届け出されているさつきちゃんのところに照会があったからであった。

彼女は一時、アパートの自分の部屋で、子供を三人連れて来たおかみさんの面倒を見ていた。それというのも、彼女が行き暮れて困っていた時、そのおかみさんの家で一週間世話になった恩誼に感じてのことだった。おかみさんは亭主と仲が悪く、子供を連れて飛出して来たのだった。四畳半の室で、蒲団は一枚しかない。そんな状態で、母子四人を置いたのである。おかみさんは妊娠していて、そのうち、お産のために入院せねばならなくなった。さつきちゃんは毎日、三つになる末の子をおんぶして病院に通い、おかみさんの介抱をしたのであった。――「深雪」のマダムは、私にそんな話をして、「なかなか俠気のある子ですわ、普通の人では出来ないことですわ」と、さつきちゃんを褒めた。

何かの話のはずみで偶然、さつきちゃんはここへ来る前、中野の「小柳」というカフェで働いていたことが判明した。「小柳」と言えば、終戦直後、私の入り浸っていた店である。

「じゃア、由紀ちゃんと直枝ちゃんの姉妹、勿論知ってるねえ」

「知ってますとも」

「僕は、直枝ちゃんが好きだった」と、私は大きく照れ笑いした。

「直枝ちゃんは、気立てのいい人でとてもわたしによくしてくれました。由紀ちゃんの方は、ツンとしていたわ」

「直枝ちゃんはデブちゃんだったが、由紀ちゃんは背丈もあるし、着物の着附けがうまかったねえ。僕の友達の林君――ここへも時々来るだろう、あの林君は由紀ちゃんを好きでねえ。二人でよく通ったものだった。面白いことがあったよ。林君が細君と別れて、直ぐそこの下宿屋にいた時分、或る晩、僕が遊びに行ったんだ。焼酎を出されて、ものの二三十分も話し込んでいたと思われる時分になって、突然そこの押入の襖が開いて、ワアッと言って、誰か飛び出して来たんだ。それが、由紀ちゃんなんだ。その時は驚いたねえ」

「林さんに密会に来ていたんでしょうねえ。お父さんが厳重なのにねえ」

「いくら厳重でも、惚れた男のところへ通うためなら、親の目を盗むくらい、訳ないわ」

とマダムが口を出した。

「僕が行ったんで、林君が慌てて押入の中へ押込んだものらしいんだ。そうして、辛抱しきれなくなって、飛び出したんだねえ」

「じゃア、先生と直枝さんとは？」

「僕には女房がないんでねえ、ただ着物の襟の歪んだのを直してもらったり、膝の上に落ちた煙草の灰を払い落してもらったり、乱れた髪を櫛で掻き上げてもらったりするだけで満足していたよ」と私は笑った。

「この方が却て、いいわねえ」とマダムも笑った。

「直枝ちゃんという人は、そんな人よ」とさつきちゃんが附け足した。

「こんなことを話していると、何んだか直枝ちゃんに会いたくなったなア」と私は言った。

　実際その晩、私は電車に乗って、絶えて久しぶりに、中野の「小柳」まで出かけて行った。直枝ちゃんは昔とちっとも変らないで、「どうして、この頃ちっともいらっしゃらないの」と私を責めた。最近また、私がしばしば「小柳」へ出かけるのは、こうしたきっかけからである。

さつきちゃんは、「深雪」に来る在所君という男が好きであった。或る印刷会社に勤めている青年で、風采もスマートで、ねばっこい話しぶりも女好きがしそうである。一緒に宿屋へ行って泊ったこともあるし、映画にはしょっちゅう一緒に行っていた。ほかのお客に誘われたんでは、ちっとも行きたがらなかった。たまに仕様事なしに行くことがあっても、もう二度とは行かなかった。「どんな映画でも、ほかの人とでは面白くないわ」とマダムに言っていたそうである。

ところが或る晩、「今日は中山の競馬へ行っていたよ」と言って、ハンチングを冠って、軽装した在所君が入って来た。つづいて、薄桃色のワンピースを着た、すらっとした女が入って来た。あとで開けば、会社の女事務員だということだった。その女を見た途端、「いらっしゃい」と喜色を浮べて在所君を迎えたさつきちゃんの顔が、サッと色が変ったのである。きつく硬ばった顔になって、口一つ利かなかった。

「競馬は、どうでした?」と私は尋ねた。

「女が側にいると、競馬は二の次ぎになって、駄目ですなア」と在所君は笑った。

さつきちゃんは黙って、在所君の顔を睨めつけるようにして、ビールを注いだ。そして、ふいと暖簾の外に出たのである。最初は、便所へでも行ったのだろうと思っていたが、それきり、待てども帰って来ないのだった。

「さつきちゃんたら、どうしたんでしょう」とマダムが不審がった。

「誰かに摑まって、飲み歩いてるんだろう」とマスタアの半田君は事もなげに言った。しかし二人とも、肚の中では、在所君を妬いて、さつきちゃんが出て行ったのに決まっていることは承知だった。

在所君達は早目にかえり、私も十時頃に引き上げたが、さつきちゃんはまだ帰っていなかった。その夜じゅう、帰ってこなかったそうである。マダムは心配して、さつきちゃんの来ていそうな飲み屋飲み屋を覗き歩き、駅にも行ってみ、アパートを叩き起してもみたが、消息は知れなかった。翌る朝になって、さつきちゃんは悄然とした姿で帰って来た。

「あんた、昨夜はどこへ行っていたの。心配したわよ」とマダムが尋ねた。

「すみません。吉祥寺の駅で寝ていましたの」彼女は力の抜けた声で答えた。

彼女は「深雪」を出ると、電車に乗って吉祥寺まで行き、闇夜の井ノ頭公園を当てもなく歩き、駅のベンチで一夜を明かしたというのである。

「あんた、怖くはなかったの」

「ちっとも怖くなかったわ」

「それならいいけど。どうして、そんな無茶なことするの」

「でも、口惜しかったんですもの」

「あの女の人は、在所さんの会社のお友達で、恋人ではないでしょう」とマダムは慰めた。

それから暫くして、一週間目ぐらいに私が「深雪」に行ってみると、さつきちゃんの姿は見えなくて、新顔の女に代っていた。顔のきめが少し荒れていて、眼のクリクリした娘だった。

「武智さん、この間から、この人がお店を手伝ってくれていますわ。琴ちゃんと言いますの、どうぞよろしく」とマダムが引き合せた。

「さつきちゃんは、どうしたの」と私は不審だった。「さつきさんはねえ、武智さん」と、マダムはこみ上げる笑いを指先きで抑えて、「ちんどん屋になりましたの」

「チンドン屋？　いやに転向したものだなア」と私は笑った。

「その方が、うちなんかで働くよりは、ずっと収入が多いそうですわ」

「そうだろうが、骨が折れるだろうなア」

「わたし、さつきちゃんはえらいと思いますわ。あすこまでやる勇気と生活力がありますからねえ。でも、時々うちの前を通りますが、うちの前を通る時は、顔を伏せて、手拭で隠して行きますわ。ですから、うちへ遊びに来た時、言ってやりましたの。あんた、チンドン屋だって、立派な職業なんだから、ちっとも恥かしがることはない。うちの前を通る時は、マダム、今日はって、声をかけて通りなさいって。でも、さっきもうちの前を通って行ったんですが、やっぱり顔を伏せて、手拭で隠して行きましたわ」

「恥かしいんだなア。どんな恰好をしてるの」

「顔をまっ白に塗って、長袖の着物に赤い襷がけをして、まだ旗持ちだわ」

もう夕景で、丁度その時、遠くからチンドン屋の音が聞えて来た。

「きっとさつきちゃん達のチンドンだわ。もう帰るところでしょう」とマダムが言った。

「じゃア、どんな風か、見てみよう」

私は店の前に出るのは、さつきちゃんのために遠慮して、暖簾のかげから覗くことにした。チンドン屋は近づいたが、しかし大通りを通らなかった。マアケットを隔てた脇道を通って行った。私は、その帰って行く音を聞き送ってから、席に還った。

「向うを通りましたねえ」

「残念だった。しかし、見たいような、見たくないような気持だなア」

「ああして歩いていると、時々在所さんを見かけることがあるんですって。そんな時には、必ずうちに寄って、今日も見かけたわ、今日も見かけたわって、報告して行きますわ」

「よっぽど、在所君を好きだと見えるなア」

「うちへ初めて来た晩に、もう一緒に宿屋へ行ったんですもの」

「そんな時には、両方、どんな顔するだろう」

「在所さんは、ニヤニヤして行くんですって。さつきちゃんは、そっぽを向いて、知らん顔するんですって」

今はもう、さつきちゃんは、チンドン屋を止めているそうである。それを聞いて、私は聞き返した。「止めたの？」

「ええ、止めて、チンドン屋さんと夫婦になって世話女房になっていますわ」

「チンドン屋と夫婦になったのか。それは、愉快だなア」と私は笑った。

「雨の降り出した日なんか、傘を持って、旦那さんを迎えに行っていますわ」

「そうか」私は思わず微笑した。

たばこ

私は軽微な脳溢血で、加養中の身である。

「これから、お酒は青酸カリと思って下さい。」と、医者からきつい達しにあっている。この病気で酒を飲むは、自殺を計るに等しいというわけである。医者から嚇されなくても、これは先刻承知のことだし、もともと病気の起りが、酒の祟りだとも言えそうだしするので、発病以来、盃を手にしようと思ったことはない。先達、去年の暮に飲んでいた晩酌の残りを、サントリイの空瓶の底に発見した。試みに鼻を持って行ってみると、二級酒のはずなのに、実に芳醇な香がして、懐しさも懐し、私は思わず陶然とした。しかし流石に、唇をつけてみる気にすらなれなかった。酒はもう一生飲めないのではないかと諦めてさえいる。

「酒は、もうおっかなくて手が出ません。」

私はきっぱりと、医者にそう答えた。万一、死ぬることが判って、医者から見放され、一合か二合の酒を飲んでもいいと許しが出ることがあっても、その時でもなお私は命を願って、酒だけは飲む気になれないだろうと思うほどの肚であった。医者はその時同時に言った。

「煙草とは縁を切ることが出来ませんかねえ。死んだと思って、お止めになってはどうですか。神様になった気持で、お止めになられてはどうですか。」

私の枕許には、医者の来る度に、煙草が転がっていたのである。まだ左手が痺れていて、指の間に煙草を挟んでいても、ポトリポトリと落っこちる時分から、私は煙草を手放さなかったのである。医者は穏かに言ったが、目に余っていたものらしかった。私は一寸当惑したような顔をしたきりで、止めるとも止めないとも、何んとも返事をしなかった。医者は私の顔に難色を読んだようで、それ以上は私を追詰めなかった。私はそれで許されたような気持になって、未だに煙草とは縁が切れずにいる。尤も用心するには用心をして、ぶるぶる慄える手つきで、刻みを煙管に詰め詰め喫んでいたこともあったが、今では、ニコチンの弱い、女持ちだといわれる古風な「朝日」を、出来るだけ少量にと心がけ、それも咽喉の奥まで吸込まないで、口中に含むだけにして、煙をパッと吐き出すことにしているのである。

この病気には、煙草は酒に劣らず悪いと言われている。酒よりも悪いと言う人もある。

医者の話によれば、脈搏の上にマッチの軸木を載せておいて煙草を吸うと、吸う前には平静であった軸木が、揺れ動くようになるそうであるから、煙草のニコチンが血を騒がすことは想像以上であろう。また煙草を吸ったあとで調べてみると、腎臓の血管と眼底の血管が萎縮しているそうである。現に私が親戚の人から聞いた話でも、その人の父親は、脳溢血から殆どもと通りに癒りかけていたのに、煙草を吸いすぎたために腎臓を犯されて死んでしまったということである。私はそれを聞いて、怖《お》じ気を振るった。

私の面倒を見てくれている妹も、今では諦めて、と言うより愛想を尽かして、私のなすがままに任せ、知らん振りして何も言わないが、最初のうちは八釜しく、苦いことを言った。私が頑是ない娘を使って煙草屋へ走らせるのを見ると、嫌やな顔をした。

「性懲りがないねえ。煙草なんか、止めてはどう？」

「そう言っても、大仁君なんか、三度も脳溢血で倒れたというのに、うちに来ては煙草を吹かしてるではないか。」

大仁君というのは、私の高等学校時代の先輩であるが、私より大分重く見える中気で、細君に附添われて、度々私の家へやって来る。彼はポケットから「光」を取出しては、うまそうに呑む。「光」は「朝日」の倍くらい、ニコチンが強いのだそうである。私が心配顔をすると、「煙草は構わないですよ。僕は三度目に倒れた時も、煙草を握っていて放さなかったんですが、医者は何んとも言いませんでしたよ。」とやんちゃな顔をして、不良中学生がおとなしい下級生にけしかけるように、私の前で煙草を吹かしてみせるのである。するとと私は、幾分大仁君に染まるのであった。で、私は妹に、それを言ったのである。「だって、大仁さんには、ちゃんとした奥さんがついてるじゃないの。兄さんにはそんな人がないんだから、もっと悪くにでもなると、はた迷惑だわ。」と妹も堪りかねたか、意地悪く、逆襲して来た。

妻がなくて、妹に主として看病してもらっている私は、そう言われると、胸にぐっとこたえ、妹の理の前に打ち萎れた。返す言葉もなく、暫くは黙って、自分の境涯を嚙みしめていたが、やがて心の中では、「煙草って、そう簡単に止められるものではないんだ。妹なんか何も知らないから、そんなことを言うんだ。」と、反噬《はんぜい》していた。

或る夕方、T君が私の病床へ訪ねてくれた。T君は、寝耳に水の吉報をもたらしてくれた。T君は評判の中堅作家である。或る親しい出版会社に交渉して、私の著作を出してもらうことに取決め、その印税の前渡しとして、向う三ヶ月間、毎月××円ずつ支払ってくれる約束が成立したという旨を伝えてくれたのだった。私は喜んだ。こちらから頼んだわけではないのに、私の生活状態を察して、私を安んじて養生させるために、そんな心配りをしてくれたT君の誠実周到な人柄に、私は感謝した。自分もひとのためにこんな風に出来ればいいなア、と羨望のようなものを感じた。私には貯蓄もなく、発病と同時に原稿の執筆も不可能となったので、医療費に事欠くは勿論のこと、家族を支える生活費にも忽ち困るという窮状に曝されようとしたのであった。それを逸早く察して、私が窮地に陥るより先に救いの手を差し延べてくれたのは、先輩作家のH氏であった。H氏は、私も所属する文筆家組合の幹事であるところから、相互扶助金の借用を取計らってくれたのである。いつかの文筆家組合の幹事会の折、相互扶助制度が議題に上った時、「武智のように酒を飲んでいて、若しも中風になったような場合はどうするか。」という説が飛出した。「その時反対したのは、俺だった。武智がそうなった場合は、自業自得だから仕方がない、と言ったんだ。」とH氏は笑って話しながら、文筆家組合の相互扶助費の交附を受けるよう私に勧め、自分で保證人になってくれたのである。これが、向う三ヶ月間、×××円の割で渡されることになっていた。これだけでは少し足りなかったのであるが、それに加えて、T君の配慮による印税の前借があれば、私は万全である。当分の間、医療費にも生活費にも心を労することなく、病気を養うことが出来ることとなったのである。私はもう一段と肩の重荷を下ろしたように、軽い気持になった。

「病気が快《よ》くなったら、一度国へ帰って来られるといいですねえ。」とT君が話を終えて、立ち上った時だった。T君は、畳の上に転っている「新生」の箱に目敏く目を停めた。「武智さんは、煙草を喫んでいられるそうですねえ。武智さんは病気が軽かったものだから、病気を甘く見て、原稿を書きたがったり、煙草を喫んだりしているという評判ですよ。」と、T君は心外そうに言った。そして煙草を顧みながら、附加えた。

「この煙草、僕が持って帰りましょうか。」

冗談に言ったのかと思われたが、T君は本気で言ってるのだった。顔が気色ばんでいた。しかし、煙草を持って帰ることはしなかった。

T君は、私の病気を心配する余り、憤然としたのにちがいなかった。その至情から発した怒気だということは判っているが、平生親しい口ばかり利き合っていた間柄なので、その気色ばんでいた顔色や声音などを思い浮べると、私の胸にヒリヒリ響いて来た。そんな親しい間柄でいて、怒ってまで諫止《かんし》しようとするのであるから、T君が如何に好意をもって、思い詰めていてくれたかが判りすぎるほど判るのであった。だが、私がT君の好意に応えて、神妙な気持になっていたのは、束の間のことであった。私は間もなくして、蒲団の中から海老のように手を伸ばして、畳の上の煙草を拾い上げ、その一本を覚束ない左手指の間に挟んで、マッチを擦った。

月末が来ると、先ず文筆家組合から第一回分の扶助金を届けてくれた。T君が出版社の印税を届けてくれたのは、晦日の晩だった。私はもう起上ることが出来るようになっていて、茶の間で夕食をすませ、ラジオの娯楽の歌を聴いていた。T君の訪いに、私はそろっと立上って、玄関へ出て行った。数日前からビショビショした雪で、その晩も雪が飛んでいた。外は雪解けの深いぬかるみだった。T君はゴム長靴をはいて、口にマスクを当てていた。外套には雪がかかっていた。一寸咳もした。私は見ただけで、身慄いを感じた。T

君は洋服の内ポケットから札束を取出した。自身で出版社へ出向いて、金を貰って来てくれたものらしかった。どちらかと言えば病身で、殊に冬いけないT君が、この雪の中を、無理をして飛び廻ってくれたのかと思うと、私は恐縮極まる思いがした。

「どうも済みませんでした。寒いのに、面倒かけましたなア。」私は金を受取った。

「いいえ。その後病気はいかがですか。」

「お蔭さんで、二三日前から起きられるようになりました。原稿も、五枚の随筆を一つ書きました。」

私は自分が快くなったことを示すために、調子づいて言ったのだったが、T君はそれを聞くと、喜んでくれるかと思いのほか、また私を責めた。

「武智さんは、駄目だなア。そんなことされていいんなら、僕はこんなことしませんよ。」

T君は怫然としているようだった。T君の犠牲は並大抵ではない。それと言うのも、唯一心に、私を安静にさしておきたいと思うからなのだ。それほどまでに気を遣っているのに、その甲斐もなく、原稿など書いて自分をいたわろうとしない私を見ると、癪に障ったのにちがいなかった。私は口をつぐんだ。私だって自分をいたわらないわけではないが、因果なことには、筆を絶って寝ているうちには、書いてみたいと思うことが、頭の中で形を取って来る。それが頭の中で保ちきれないで、文字となり言葉となって、外に溢れて来そうになる。私はそれを原稿用紙に写したまでのことであった。心の底では、それがそこばくなりとも生活費の足しになることを願っていたことも事実であるが。何れにしても、五枚の原稿のことであるから、からだにこたえると言っても、多寡が知れていた。しかも私は、それを二日がかりで書いたのだった。しかし私は、T君の恩誼に酬ゆるためには、筆を殺して、少くとも三ヶ月が経過するまでは我慢をして、自分を大事にしなければならぬと心に誓った。T君がぬかるみを踏んで帰って行ったあと、私は喜びで亢奮した顔をして、家族の前で言った。

「T君は立派だねえ。俺のために、この雪の中を奔走してくれたんだからねえ。」

「自分の事だって、なかなか出来ないんですがねえ。」と、妹も私と同じ感激を表わした。

やはり中堅作家のK君が、二度目の見舞に来てくれたのは、その晩から間もなくのことだった。時刻も晩だった。私は夕飯をすませて坐っていた。K君の訪いに、私はまたそおっと玄関へ出て行った。K君は玄関の外に立っていた。入ろうとはしなかった。

「御病気は如何ですか。みんな心配していますよ。」K君は羞かみ屋らしく、内気な目をしばたたきながら言った。

「おかげ様で、この程度に快《よ》くなりました。」

私がそう言うより早く、K君の長い指が、サッと私の口許に指された。

「武智さん、その煙草はどうですか。」

私は煙草を咥えて、出ていたのである。私はドキッとした。昔中学一年の時、私は黒い帯で褌をして、寄宿舎の廊下に立っていた。丁度植物園を隔てて、職員室の真向いだった。その窓から漢文の教師が顔を出していて、指差すより早く、「武智、そのざまは何んだ。」と怒鳴った。私は慄え上った。私はK君に指摘されて、あの時と同じような間の悪さと慄えとを感じた。K君もT君と同様、誠実一途な作家で、その場限りのことを言う人ではなく、突っかかって来るのが至情の表われであることが判っているだけに、私はまたしどろもどろになった。

「いや、煙草は悪いんですがねえ。どうもこれが止められなくて、妹からも怒られているんですよ。」私は苦笑しながら、口から煙草を外して、K君の鉾先をかわすように、傍らに控えた妹を顧みた。

「そんなら、煙草は止めて下さい。みんな、武智さんが煙草を吹かしてるって、心配していますよ。煙草を吹かすのは、無茶ですよ。」

「無茶だとは判っていても、なかなか止められなくてねえ。しかし、だんだん減らしてはいますよ。」

私は煙草のことに触れられると、自分に弱みを感じて、K君に頭の上らぬ気持だった。だから、話が煙草のことから逸れて、私の病状のことになると、私はホッとした。途端に急に口軽に喋いで、私は微細に話しはじめた。恰も煙草の話を誤魔化そうとするかのようであった。事実それもあったが、病気になってからの私は、自分の病気を生き生きと話して聞かせるのに興味を覚えているのであった。私は、左手の指を開いたり屈めたりもして見せた。一時は棒切れのように痺れ、自由が利かなくなっていた左手も、今は伸縮自在だった。握力も、平常だと医者から言われるようになっていた。

「それはよかったですねえ。」K君はわが事のように喜んだ顔をした。

「左脚の脛から下だけが馬鹿になっていて、こいつが不快で、まだ外を出歩くことは出来ませんが、暖くなれば、こいつもぐっと快くなるでしょう。」私は縕袍《どてら》の上から、麻痺した脛をさすった。それは病児をいたわるように、いとおしんでいるように見えたかも知れなかった。

「もう直ぐ暖くなりますよ。」

「早く暖くなってくれないと、困りますが。」

「直ぐですよ。どうか無理をしないで、御大事になさって下さい。」

「ええ、有難う。」

「これからIさんのお宅へお伺いするんですが、何かお言伝てはありませんか。」Iさんというのは、私も親しい先輩作家の一人である。新鮮な生椎茸を届けてくれたのも、Iさんだった。

「別に言伝てってありませんが、僕もこの程度に快くなったって、見たままのことを仰言っといて下さい。」

K君は、見舞の果物を置いて、出て行った。茶の間にかえると、妹は直ぐ私を咎めた。

「みんな、兄さんの煙草のことを心配してるじゃないの。」

「うん、俺の煙草は、大分評判になってるようだねえ。みんな、無茶だと言ってるんだろうなア。K君もその評判を耳にして、心配して、俺を諫める目的で来たのかも知れなかったねえ。俺が何思わず煙草を咥えて出て行ったのは、どうも現場を押えられたことになったようだったねえ。」と私は笑った。

「人前だけでも遠慮するといいわ。」

「そうだ。折角みんな同情してくれてるんだから、あんまり自分勝手なことをしていると、同情を失ってしまうからねえ。」

「兄さんたら、お客さんの来てる前で、おい、煙草を買って来い、なんて叫ぶんだもの。あんなこと、止した方がいいわ。心配してくれてる人でも、もう誰も心配してくれなくなると思うわ。」

私はその時以来、少くとも見舞客の前では、煙草を吸うのは止すことにした。懇意な女流作家のOさんが来てくれた時にも、私は遠慮して、我慢し通した。喫みたくなって来ると、気を紛らすために、火鉢の中に目を落して、火箸で灰をならしていた。考えてみると、矛盾したことだが、私が煙草を慎むのは、自分自身のためというより、ひとに対する遠慮や儀礼からという風に変形して行くのだった。

「今、そこのところでTさんに会いましたの。」とOさんが言った。

「そうでしたか。何か言ってませんでしたか。」私は気になるままに尋ねた。

「一緒にお茶を喫んで来ましたがねえ。Tさん、武智さんはまだ煙草を止めていないですよ、と心配していましたよ。」

「そうですか。そのことで、昨日T君から怒られたばっかりですよ。」と私は笑った。「T君は友人思いの、心配性ですからねえ。」

「本当に心配していましたわ。」

その前の日の夕方近く、私は寝床に持込んだ炬燵に埋もれて、ガラス戸越しに、陰鬱な寒空を所在なく眺めていた。そこへぶらりとT君が訪ねてくれた。執筆疲れの気晴らしであろう、近所まで散歩に出て来た序に寄ってみたということだった。T君は私と向い合って坐った。直ぐ、吸殻の堆高い灰皿が、私の座側にあるのが目を惹いたらしかった。私は悪いものを見られたと思ったが、今更隠すわけにゆかなかった。T君はそれに目を遣りながら、穏かに言った。

「武智さんは、まだ煙草をお止めになっていませんねえ。」

「どうも止められなくてねえ。」私は照れながら言い訳をした。「でもこの頃は、二十本入りの『朝日』を三日で吸っていますよ。今日も、朝からまだ三四本しか吸っていませんよ。」

「三四本でもいけませんねえ。」

「藤村は、丁度僕くらいの歳で脳溢血をやって、煙草が好きだったものだから、医者の許しを受けて、一日に三本ずつ喫んでいますねえ。三本か四本くらいだったら、いいんじゃないですかねえ。」

私は島崎藤村の場合を引合に出したが、実際は、藤村が一日に三本ずつ煙草を喫んだというのは、晩年に近く、萎縮腎を患った時である。私はそれを自分に都合好く摺り替えて、脳溢血の場合としたのだった。しかも藤村は、最初は一時煙草を絶っていたものらしい。藤村の煙草好きは有名な話で、火鉢の中は煙草の吸いさしが林立したものだそうである。女中が里がえりをする時、その吸いさしを紙に包んで土産に持って帰ったことが、藤村の随筆に書かれている。それほど煙草好きだった藤村ですらも、萎縮腎を患うと、煙草を一時禁じていたのである。それを話すと、脳溢血になって尚お煙草を止めぬ私にとって、不利な證言となる。だから、私はそれも伏せて、自分に有利なように、藤村を盾にして、T君の譴責を脱れようとしたのである。しかしT君は、私を案ずるためには、そんな盾など問題にしなかった。

「三本や四本でも、いけませんねえ。」とT君は繰返して来た。言葉は穏かでやんわりしていたが、言い逃れや頑冥さを踏みしだいて来る一途さだった。

私は答えるすべもなく、T君の顔がまともに見られないので、炬燵の上の蒲団に載っけた顎の無精髭を撫でながら、視線を外に向けて、空合いを眺めているよりほかはなかった。

「原稿は、あれから一枚も書かないですよ。」

私は自分を取繕ろうように、ぽつんと言った。原稿のことでも、この前T君に怒られているので、その点では慎重を期していることを仄めかさんがためだった。T君は、今はそんな取繕いなど相手にしなかった。むしろ払い除ける風であった。

「Aさんも、ひとの言うことを聞かなかったですねえ。」と、T君は一寸むっとした顔で言った。遠廻しに、私の我儘を衝いて来たのである。

A君というのは、T君などのグループに属していた作家で、結核で長患いをして、T君などの厄介になった後、二三年前惨めな死を遂げたのである。私もA君とは親しかった。あの温厚に見えたA君が、自分と同じように、友人達の忠言に耳を藉さないほど頑固で我儘だったのかと思うと、なんとなく頬笑ましく、まるで生きてる人に対するように、新しい親しみの湧くのを感じた。A君がどんなことで我儘だったのかは判らないが、若しもその事のために死を早めたことがあったとするなら、ひと事とは思えなかった。やがては自分の運命にも降りかかって来るのではないかと、私は自分のことを省みた。

それでも私は、煙草を止めるとは誓わなかった。ただ黙っていた。何んのことはない、止めないことの意思表示と同じであった。一寸T君と対立した形になった。私はいよいよ視線の置き所に困って、もじゃもじゃした顎を撫でながら外ばかり眺めていた。T君も黙っていた。自分の方に弱みを持つ私は、じりじりと押され気味で、気詰まりだった。私はこの気詰まりを破ろうとして、ふと或る事を思い浮べた。それは、お互の先輩に当るH氏からも、二三日前、私の煙草を心配して、それを諫止した葉書が来ていることだった。その葉書は、傍らの文筥の中にあった。これも友情に溢れたもので、「この頃誰や彼やから、君の容態をきかれることが多い。昨日も文筆家組合の幹事会の席上、君がタバコを吸っているという話が出た。佐久間老が驚いて、『タバコは酒より悪い。』と言った。タバコは高血圧にも禁忌となっているくらいだ。タバコはやめて下さい。アメリカ煙草のクールのような薄荷煙草ならいいでしょうけれど。心配のあまり一筆。」という文面だった。私はその葉書を取出して、話の種にしようかなと考えた。そうすれば、それを糸口にして、その場の硬張った空気も緩和されようし、自分に不可のことを敢えて打明けることによって、物事に拘泥していない自分の放胆な気持も示されそうに思えた。しかし私は、葉書の件には触れないことにした。やっぱり、それを打明ければ、T君の忠言が妥当さを増すに反し、自分は煙草を止めねばならぬ羽目に追込まれるのが嫌やだったからである。

　T君は相変らず黙って坐っていた。私から、煙草を止めるという言質を取ろうとして、むずむずしていたのかも知れなかった。さりとて、折れて出る気配もなかった。私は私で、いつまで経っても、言質を与えようとはしなかった。軽い物別れのような恰好になって、T君は立ち上った。私は炬燵に蹲ったまま見送ることを許してもらって、T君は玄関へ出て行った。そこで下駄を突っかけながら、私の下の娘に何かやさしく言っているのが、襖に遮られて、途切れ途切れに聞えて来た。それを綴り合せると、「お父さんが煙草を買って来いと言っても、買いに行ってはいけませんよ。」と言ってる風に聞えた。

私はそれを聞きながら、ふと戦争中のことを思い出した。私の家で留守の時、T君が訪ねてくれたことがあった。その時、私の家では、道に面した台所の外に、盥が置きっ放しにしてあった。それを見たT君は、他人の家のことでありながら、気が気ではなかったらしい。その後で会った時、T君はさもさも心配していた風に、直ぐ盥のことを尋ねて、「あんな所へ盥を置きっ放しにしておくと、泥棒が危いですよ。」と警告してくれた。私はその時のことを思い出すにつけ、今度は、それよりももっと重大な煙草のことなので、T君が如何に心を痛めていてくれるかが想像されて、相済まぬ気持に満された。

T君の帰ったあと、煙草は丁度切れていた。それに、T君の忠告ももだし難く、私は暫く煙草無しで我慢していた。T君の言いつけを受けている娘に、それを無にさせて、煙草屋へ行って来いと言うのも憚られた。それかあらぬか、娘の方でも忌避しているらしいのが、その素振りで看取された。便所へ行っていた娘が、私の部屋を横切って行った時だった。私は言葉をかけようとした。すると娘は、煙草の使いにやらされるのではないかと思ったらしく、逃げるように急いで、茶の間に消えようとした。私はそれに追っかけて言った。

「三津子、Tさんが、お父さんの煙草を買いに行ってはいけないって、言ってたんじゃない？」と私は笑いながら言った。

「うん。」と答えた娘の顔は、私の言葉でホッとしたようであったが、それより先にまっ赤くほてって、心なしか涙ぐんだように見えた。

夕食のあと、私はもう怺《こら》えていることが出来なくなった。しかし、下の娘を煙草屋へ遣るのは、可哀そうだった。父親とT君との間に板挾みになって、子供心にも、その立場が辛くなるだろうと同情された。また、万が一私の病気が悪化でもした場合、言いつけのままに煙草買いに走ったことを悔まねばならぬようになったとしたら、これくらい罪深いことはないと思ったからである。

「おい、幸夫、一寸煙草を買って来い。」と、私は珍らしく息子に命じた。息子は高等学校を卒業しているので、自分で判断を持っている。まだ十分に判断を持たない娘を使いに遣るよりも、この方が罪が軽いと思ったのである。これまでは、判断を持たないのをいいことにして、この娘を手なずけていたのだった。（この後当分、私は息子か上の娘を煙草屋へ遣っていた。今はまた下の娘に戻っている。）

「T君には悪いなア。T君があんなに煙草を喫むなと言ってくれたのに。」

息子が重い腰を上げようとした時、私は家族皆の前で懺悔するように言った。心の中では、T君の後姿に向って、掌を合せているような気持だった。

元来、私は煙草を喫まなかった。私の父も喫まない。学生時代、雑誌記者時代を通じて、私は幾度も煙草を試みようとしたことはあった。しかし、生理的にからだが受附けないのだった。直ぐ頭がのぼせ、胸がむかついて来た。私は煙草を吹かしている人が羨しく、ひと皆があんなに娯しむ煙草というものを、自分は一生娯しむこともないで終るのかと思って、口惜しんだものだった。

ところが、戦争中の昭和十九年秋、煙草の配給が始まったのである。東京空襲が始まったのと殆ど時を同じゅうしていた。その秋私は郷里へ帰省していて、東京へ帰ってみると、その配給の煙草が溜まっていた。試みにそれを吸ってみると、吸えたのである。味もあったし、胸も悪くならなかった。食糧も乏しくなっていたので、口を助けるせいもあったかも知れない。

兎に角こうして、私の晩学の煙草が始まったのである。時に私は、四十三歳であった。これ以前に書かれた私の作品に出て来る私は、全然煙草を吹かさないのであるが、これ以後の作品に出て来る私は、煙草を吹かすことになるのである。煙草の味を覚えた当座、私はとても嬉しかった。自分の生活が一つ豊富になったような感じだった。のみならず、戦争中の荒涼たる生活で、大きな慰めを得たのであった。最初は配給の煙草が余って、それを煙草好きの近所の魚屋へ持って行って、魚と取替えてもらったものであるが、次第に、むしろ急速に、私は煙草に淫して行った。それから半年、戦争の末期近い頃には、紅茶の茶殻を煙草風に巻いてでも吸わねば我慢出来ないくらいになっていた。

　現在の私は、煙草を喫んだとて、味がどうこうというわけではない。恐る恐る喫んでいて、胸の奥深く吸い込むこともないから、別に煙草がうまいと思うことはない。それに舌の半分が痺れていて、左の口角から涎をタラタラ垂らす始末だから、煙草らしい味もしない。ただ、いつ快癒するとも解らない業病を養っているのだから、屈託、無聊、沮喪、銷沈、焦燥などの弱い精神状態に落込むことが多い。そういう時一服の煙草を吹かすことによって、気分の展開、生気の招来を計りたいのである。

　私はH氏へ返事を書くに当っても、色々思案した末、自己弁護を表立てないように気を配り、以上のようなことを掻いつまんで書いて、当り障りなく、了解を訴えることにした。T君にも話したいのはこの趣旨だったけれど、口を開くのが億劫で、言わずじまいにしたのであった。たとえひとの了解を得ることが出来たとしても、自分にとって有害であって、徐々に腎臓が蝕まれるとしたら、愚かなことであるけれども。

　実際一頃の私は、天地晦冥《かいめい》であった。夜の寝支度をしながら、「朝が来たとて何んの楽しみもないが。」などと独り言を言って、膚触りの冷い蒲団の中へ潜り込むこともあった。夜なかに、ふっと眠りから醒める。前途の多難を思って、息の根の止まりそうなこともあった。毎日午後の三時頃になって来ると、身の置きようもないほど遣る瀬なくなった。それも天気が好ければまだしも、あの陰鬱な雪つづきでは、泣き出したいほどだった。天候の影響などと言った生易しいものではなかった。天候が自分の健康の工合そのものとも思われた。命を縮めても構わないから、一本の煙草が欲しくなるのは、そういう時々であった。そして現に、それによって苦渋を凌いで、春萌えの命となりつつあるとも言えるのである。

（昭和二十七年六月）

蹣跚

思えば、酒を飲んでいた頃がなつかしい。つい二三ヶ月くらい前までのことであるが、もう遠い昔になったような気がする。最近私は軽い脳溢血を患う身となって、全然酒を止めたのである。酔歩蹣跚《まんさん》として帰るなんてことも、もう出来なくなった。酒呑み特有の、鼻の先の赤くなる朱鼻症という病気は、酒を廃せざる限り絶対に癒らないものだそうであるが、その朱鼻症の徴候のあった私の鼻も、おかげで赤みが大分薄らいで来た。自分では喜んでいるが、ひとによっては、「武智さんの鼻の頭が、だんだん赤くなくなって来たのを見ると、なんだか淋しいですなア」と言うのである。

以前は、蹣跚どころの沙汰ではなく、蹌踉《そうろう》と形容せねばならぬていたらくが、長くつづいたのだった。「昨夜は大変好い御機嫌でお帰りになるところをお見かけしましたよ」と、ひとから言われたことは、何度か知れなかった。「踏切の所を這うようにしてお帰りになっていられましたよ」と、身真似をしてからかわれたこともあった。「右に往ったり左に往ったり、ゆらゆらしてお帰りになっていましたよ」と、私の後姿を見送ったという人もあった。これは或る飲み屋のおかみの話であったが、「名の知れた小説家なのに、だらしがないなア。もっとしゃんとすればいいのに」と、皆で話し合ったということだった。

これらはみんな、笑い半分の話であったが、笑ってばかり済ませないこともあった。それは、私の古くからの親友の一言だった。彼は或る晩遅く、訪問先から国電の駅の方へ帰っていた。「武智の奴、今夜も多分酔っ払って帰って来るにちがいない」と思いながら歩いていると、案の定、フラフラとした足取りで帰って来る私の姿を認めたのである。私と彼とは、すれ違ったそうである。私は知らなかった。

「君は、僕に気附かなかったろう。」と、友人は鋭い目を据えて、私を責めるように言った。

「うん、全然気附かなかった。」私は友人の前に恥じた。

「そうだろうと思った。僕は君を見て、実に嫌やな気がしたんだ。それで、君の通り過ぎるのを、道の端に除けて、わざと声もかけなかったんだ。」

醜態を曝した自分の姿が目に見えるようであった。私はドキリとした。その一言は、私の胸に突き刺さった。私は古い親友からも愛想を尽かされて、見放されてしまったのかと脅えた。私は首垂れるばかりで、返事が出来なかった。

「君は、旅行をしようと思えば、俺なんかと違って、いつだって出来るんだから、酒が飲みたければ、旅先で飲むといいよ。」と、最後は彼らしい真実を籠めて、私に忠言をした。

駅附近から私の家に帰るには、三方からの道がある。かなり遠いその何れの道も、夜になれば、まっ暗な、淋しい森蔭を通らねばならぬ。女子供の一人歩きが物騒なだけでなく、男の私でも、酒を飲んでない時は、些細な事でビクッとすることがあった。大概は前後不覚で通り過ぎるのであったが、幸なことには、どんなに夜遅く酔っ払って帰っても、追剝や何か、危害を加えられるような目には遭わずに済んだ。たった一度だけ、一寸おっかない思いをしたことがあったきりである。その晩も、私は例の如く鼻唄交りで、尼寺の脇の坂を降っていた。そして、先を歩いて行く同じ酔っ払いらしい男を、追い越そうとした時だった。その男が突然私のそばに寄って来た。「親爺、酒を飲ませろ」と言いざま、片腕で私の首を抱え込んで、歩きはじめたのである。若い男だった。私は気味が悪かったが、平気を装った。

「親爺の家は、どこだ。」

「僕の家は、弁天町二丁目だ。」

「これから、親爺の家へ行って、酒を飲ませろ。」

「僕の家へ行ったって、酒はないよ。」

「ないはずはない。飲ませろ。」

彼は別に手荒く私の首を締めようなどとはしなかったが、しつこく絡みながら、私の首を抱え込んだ腕を放そうとはしなかった。私は乱暴せられては困るので、無理にそれを振りほどこうとはしなかった。私は無抵抗に、彼になされるがままになっていた。言葉もやさしくした。

「君の家は、どこですか。」

「俺の家は、弁天町三丁目だ。」

それを聞くと、私はやや安心した。間もなく弁天町三丁目への岐れ道へ来れば、彼をまいてしまえると考えたのだった。もう暫くの辛抱だと思いながら、私はじっと我慢していた。やがて、ポストの立っている、その岐れ道の所へ来た。

「じゃア、失敬。君はそちらへ帰るでしょう。」と、私は彼の腕を解こうとした。

「いや、親爺の家へ行って、酒を飲ませろ。親爺の家はどこだ。」彼は腕を固くして放さない。

「僕の家は、そこのお風呂屋の先だが、僕の家へ行ったって、女房は死んでないし、妹と娘等が居るだけで、もう寝てるよ。酒なんか、ないですよ。」私はちょっと泣き落しになった。

「いや、飲ませろ。」

「ないと言ったら、ないですよ。」

「ないはずはない。飲ませろ。」

　そうして、彼は私を放さないで、到頭私の家の前までついて来たのである。

「僕の家は、ここだ。」

　そう言うと、彼はやっと腕を放してくれた。私はどうにかなるだろうと肚を決めながら、先に立って、玄関の戸を開けた。そこの三畳の間には、蒲団を一ぱいに敷いて、姉娘が眠っていた。彼は玄関の戸口まで来て、この光景を一目見た瞬間、今までの勢はどこへやら、急に心を搏たれたような感傷的な様子に変り、くず折れた恰好で、物も言わずに、引っ返して行った。私はホッと救われた感じだったが、拍子抜けでもあった。

　こんな無体な道連れに同行されたのには参ったが、或る大きな出版社の進行係だとかいう金沢君と一緒になった時は、これは罪のない道連れだった。私は時折行く、蕎麦屋を兼ねた飲み屋で初めて金沢君と落合ったことまでは覚えているが、途中でふっと気が附いてみると、私は金沢君と腕を組んで歩いてるのだった。金沢君は、その出版社から出ている雑誌のページ数や、一ページ当りの単価などを割出す役目をしているということだった。

「今夜は、どうしても武智さんを送らせていただきますよ。」と金沢君は言った。

「いや、いいですよ。僕は一人でも大丈夫だから。」

「僕は武智さんのお宅を知っていますよ。」

「僕の家を知ってる？」

「僕の家も弁天町二丁目で、武智さんのお宅の直ぐ近所ですよ。」

「僕の家の近所？　どのあたりですか。」

「武蔵屋という酒屋を御存じでしょう。あの前の家です。」

「あの、道の上の二階家？　それなら知ってる。春先になると、板塀のうちから猫柳の花が頭を出すんで、印象深いんだ。」

私はしょっちゅうその家の前を通っていて、いつも日当りのいいのを羨んでいたが、それが金沢君の家だとは知らなかった。もとは、飜訳で一寸名を知られた外国文学者の表札が、その石の門に嵌め込まれていた。そこから私の家までは、半町とないくらいである。

「一度武智さんにお会いしたいと思っていました。今夜はお目にかかれて、ほんとに嬉しかったですよ。」

「僕も、あんな近所に、あなたのような人がいられるとは知りませんでしたよ。」

「僕も、酒好きですよ。」

「僕も好きでねえ。」

「お書きになるもので、大体解っていますけど。」と金沢君は笑って、「お附合いするのは今夜が初めてでした。とても愉快でした。あすこの店へはしょっちゅういらっしゃいますか。」

「時々。とろろそばがうまいんでねえ。」

「僕もたまに寄ります。」

いつか、金沢君の家の前まで来ていた。金沢君は、トントンと二三段の段々を昇って、門内に入った。

「武智さん、一寸お待ちになって下さい。今お送りしますから。」

「いや、送らなくてもいいですよ。」

金沢君は忙しなく玄関のドアをねじ開け、「おうい」と奥に向って声をかけた。居間の方から廊下へ明りが流れていた。細君が出て来て、金沢君が何か断りを言っているのが聞えた。私は数歩、行き過ぎていた。金沢君は間もなく走り出て来た。

「どうも失敬しました。」

「いや。僕の家はもうそこだから、送っていただかなくて結構ですよ。奥さんが、起きて待ってたでしょう。お帰りなさい。」

「あんな者、いいです。」

「でも、奥さんに悪いから。もう二時ですよ。」

「女房には言って来たから、いいです。」

「奥さんに悪いなア。」

私が渋って動こうとしないのを見ると、金沢君は突然、そこへ、地べたへ、両手を突いて平伏して、何度も頭を下げた。旱天つづきで、道は乾いた砂埃だった。

「武智さん、こんなにお願いしても駄目ですか。」

「じゃア、仕方がない。僕の家の前まで一緒に歩きましょう。」

私は観念した。金沢君は起き上ると、急にはしゃいで、「女房は、これをしていました。」と、両手を動かして見せた。毛糸の編物をしていた所作である。

「毛糸の編物をしながら、あなたの帰りを待っていたわけですねえ。悪いなア、折角帰って来たと思ったら、直ぐまた出て来て……」

「女房って可愛いもんですねえ。寝ないで、待つんですからねえ。こう言うと、武智さんには悪いんだけど。」

「羨しいですなア。毛糸を編みながら、亭主の帰りを待ってる細君なんて。いいですなア。」

「こっちは、いつも酔っ払って帰るんで、怒られるんだけど。」

「僕なんか、怒るも怒らないも、待っててくれる人は誰もありませんよ。」

忽ち私の家の前まで来ていた。

「じゃア、また。ここで失敬します。」私は小さな泥溝を飛んで、暗いひっそりした玄関に向った。

「じゃア、お休みなさい。」金沢君はまだ残り惜しそうに、しかし満足した様子で、自宅の方へかえって行った。

私が好い機嫌になって帰って来る時、一番癪に障るのは、犬に吠え立てられることだった。犬は胡散臭い人と見るらしく、恰も罪人か泥棒とでも思うように、憎っ態に吠え立てて来るのだった。こちらも、人ひとり通らない深夜に、酒に酔っ払って歌をうたい、ステッキを振り、よろめきながら歩いて来るのであるから、吠えられても文句の言いようはないのだが、吠えつかれてみると、むらむらと怒りが心頭に上って来るのだった。私は子供の時から犬には慣れているので、ちっとも怖くはないが、実に癪に障って仕方がない。すると私は、飼主が癪に障って来る。犬は畜生であるから、いくら怒鳴っても聞き分けのあろうはずがなく、溜飲の下ることはないので、私は飼主に当りたくなって来る。その度に、私はその家を叩き起すのであった。「今晩は、今晩は」と声をかける。夜更けのことで、みな寝込んでいるのだから、一寸のことで家人が起きて来ることはない。「今晩は、今晩は」と、私の声はだんだん荒っぽく、執拗になり、果ては、門や玄関の戸を叩き、誰か起きて来るまでそうしているのだった。若しその時警官でも通りかかったなら、私は何等かの犯罪に問われたかも知れない。

遂に屋内に電燈が点き、誰かが起きて来る。概ね主人が顔を出した。そんな時の私は、罪な人間になっているので、睡たいであろうのを叩き起したことだけで復讐の満足を感じ、あとは荒立つこともなく、ただ附け足しのように、「お宅の犬が吠えて仕方がありません。僕は決して怪しい者ではありませんから、吠えないように繫いどいて下さい。」と警告的に言い残して、門や玄関から離れるのだった。時には、起きて来る主人の影を見ただけで、初めの見幕など忘れて、そっと離れ去ることもあった。根が臆病なので、逆にこっちが取っちめられそうな気がして、怖くなって来るのだった。

或る晩私が帰って来ると、セメントの流しや塵溜などを造る家の中から一匹の犬が出て来て、私に吠えついた。そこは三ツ辻になった所なので、その声を聞きつけて、忽ち三四匹の犬が飛び出して来て、一斉に私に吠えかかって来た。私を取囲んで、四方から吠え立てるのであった。犬は自然に数を増した。怒鳴っても、ステッキを振り廻しても、散るものではない。怒鳴ったり、ステッキを振り廻したりするから、いよいよ居丈高になって吠えかかるのかも知れなかった。私が歩き出すと、今度は行手を遮り、あとに尾行して来て、吠え止まなかった。あまりしつこいので、私には犬が犬と思えなくなって来た。意志を持った人間と同様に思われて来たのである。私はステッキであたりを薙ぎながら、鼻面を揃えて吠えかかる犬に向って、人間に物言う如く、本気になって食ってかかった。その鼻面が、人間の顔のように、酔眼に映ったことも事実である。

「馬鹿野郎? なんだ、貴様達は。俺を知らないのか。俺は怪しい者ではないんだ。武智一夫という小説家なんだ。知らないのか。馬鹿野郎共! まだ判らないのか。引っ込め!」

私は立往生をして、そんなことを喚めきつづけていた。しまいには咽喉が渇いてしまった。

　金沢君の場合でも判るように、誰でもそうであるらしいが、私も酒に酔うと、ひどく人懐しくなったものである。こちらは懐しさの余りであるが、向うにとっては迷惑したこともあったにちがいない。私が時々廻り道をして、フランス文学者の入来氏の門前を通ったのも、その人懐しさからだった。私は大抵事なく、一寸声をかけてみるくらいで、入来氏の門前を通り過ぎたようにしか覚えていなかったが、入来氏の話によると、先ず遠くの方から、私の得意とした「さらばラバウルよ」という唄が聞えて来る。門前に近づくと、普段の通り、「入来さん、入来さん」と呼ぶそうである。返事がないので、今度は「入来君、入来君」と呼ぶ。それでも黙っていると、おしまいには、「入来、入来」と呼び捨てにして、「勉強しているか」と言い残して、去って行ったということである。そう言えば、私は生垣に顔をくっつけて、雨戸の隙間から差す一条の光を見て、何かを言ったように覚えている。

　某私立大学の工学部の助教授をしている生方氏の勉強部屋に向って、声をかけたこともあった。生方氏とも飲み屋附合いだったが、そう度々の顔馴染みではなかった。生方氏の家は、バンガロオ風の風変りな住宅である。その二階の小窓を見上げると、灯影が映っている。製図か何かをしているのかも知れなかった。一時頃だった。

「生方さん。」と私は疳高く呼んだ。

小窓の障子が開いて、背から灯を受けて、生方氏が顔を出した。心なしか、白い歯を出して笑っているように見えた。

「武智です。御勉強ですか。」

「いや。今お帰りですか。」

「今夜も飲みましてねえ。そこで足駄の緒を切っちゃって、この通りです。」

私は鼻緒の切れた足駄を高く差上げて見せた。私は傘を杖に、片足駄の跣で帰っているところだった。

「大変でしたねえ。」

「生方さんは、結婚なさるそうですねえ。」

私は突拍子もないことを言い出した。生方氏は何んとも答えないで、ニヤニヤしている様子だった。駅の南口に、きれいな姉妹でやっている喫茶店がある。姉の方は一寸オールドになったが、妹の方は今が娘盛りで、美しい。その妹の方が近く結婚するらしい噂を、私は耳に挟んでいた。相手は、或る大学の工科の先生だという話だった。生方氏はまだ独身だし、相手というのはきっと生方氏に違いないと、私は独り決めにした。それかあらぬか、散歩の途中生方氏の家の前を通りかかると、数日前から大工が入って、家の造作をしている。てっきり嫁を迎える準備にちがいないと、私の独り合点を裏打ちされる気持だった。それを今、真偽も判らないのに、私は持ち出したのだった。

「羨しいですねえ。」私は身勝手に言った。

「いや、結婚なんかしませんよ。」生方氏は初めて打ち消した。

「結婚なさったら、琴瑟《きんしつ》相和して下さい。生方さん、琴瑟相和するんですよ。」

私はおしつけるように入らぬおせっかいを言い流して、帰って来た。

私のひと懐しがりは、度を越えて、見も知らぬ人にまで及ばんとした。尼寺の坂の中途に、尼寺の墓地に向き合って、「熊井」と標札の出た家がある。何をする人の家だか知らなかったが、私のよく行った飲み屋に来るそうで、或る大きな牛乳会社の販売部長をしているんだと判明した。しかも、私の小説を愛読してくれているという話を聞いた。よく聞いてみると、愛読するという私の小説が、孤独な散歩者的に武蔵野を歩いたりすることを書いた作品なのである。これは話せる、とその時私は思った。私のそういう作品を読んでくれるのは、文学の玄人に多く、一般の人にはあまり向かない作品だからである。

或る晩、私は熊井氏に会いたくなった。私は熊井氏宅の玄関に立って、頻りにベルを押した。もう理性が働かなくなっていたから、深夜のベルをぶしつけだとは思わなかった。

熊井氏は牛乳会社の重役だから、でっぷりと肥って、赭ら顔をしている人だろうと私は想像していた。ドアが開いたのは、大分経ってからだった。現れたのは、紺絣の揃いを着た、色の白い青年だった。

「熊井さんのお宅ですねえ。」

「はい、そうです。」

「僕は武智という小説を書いている者ですが、熊井さんが僕の小説を愛読して下さっていると聞いて、お会いしたくなって、お伺いしたんですが。」

「あれは、兄です。」

「ああ、そうですか。あなたの兄さんですか。」

「そうです。今夜はまだ会社から帰って来ないんですけれど。」

「そうですか。そりゃア残念ですが、お帰りになりましたら、僕がお伺いしていたと仰言って下さい。武智と言いますから。」

「畏りました。」

「夜おそく、大変失礼いたしました。」

そのまま私は熊井氏の門を出たが、実に他愛ないことで、ひとの家を騒がせたものだった。朝になると、昨夜の端ない所行を思い出して自己嫌悪に陥り、身悶えしたこと勿論だった。自分の作品を愛読してくれる人士と聞いて、好い気になって訪ねるなんて、自分のお目出度さに愛想が尽きた。その後間もなくして、私が飲み屋へ行っていると、会社の下役らしい人を三四人連れて来て、賑かに飲んで行く人があった。「あの方が、武智さんの小説を愛読なさるって熊井さんですわ」とマダムがそっと言った。私は手を振って、黙っていてくれという意味の目くばせをした。私は先夜のことを恥じているのだった。私は熊井氏の顔を盗み見した。もみ上げが濃く、重厚な感じのする人だった。

「武智さんは、最近お見えになりませんか。」と熊井氏が尋ねた。私は首を縮めた。

「昨夜お見えになっていました。」マダムは口尻に白らばくれた笑いを浮べながら、さりげなく答えた。

「この間の晩、武智さんが僕の家を叩き起したんだって、僕に会いたいと言って。」

「そうですの。」

「もう夜半《よなか》過ぎだったらしいが、大分御機嫌で、今頃誰が来たのかと、僕の女房なんか、びっくりしたらしいですよ。」

「仕様がないですわねえ。」

「仕様がないも何も僕の弟が出て行って、僕がまだ帰ってないって言ったら、とてもがっかりして、行き場のないような恰好で悄然として帰って行ったそうですよ。酒を飲んだ時の心理って、変なものですねえ。」

　熊井氏は快活な声を挙げて笑った。私はそれを聞くと、当夜のしょんぼりした気持が蘇って来た。独り勝手に、気負い込んで熊井氏方のベルを押していた私は、自分とは何んの係わりもない人間に会いそびれただけで、透かされたような落胆した気持になって、熊井氏の門を出たものだった。熊井氏の言う通り、実際変な心理だった。

　私はよく看板になるまでいて、店の女と同道して帰ったことも度々だった。私の家の方角から通っている女たちだった。夜更けのその頃になると、通りで店を開けているのは、いつも極まって唯果物屋だけだった。あたりは皆暗く、しかも果物屋の電燈は様々な色美しい果実類に反射するので、開けひろげたそこだけがいやに明るく、私は女に肩を組んで、店の主人が腕組みをして立っている前を、足早やに通り過ぎたものだった。時には、二人連れの女の両肩の間に縋《すが》って帰ったこともあった。

私は女を送って、もと或る宮様の別邸だった引揚者の寮の所まで行ったこともあった。喜久ちゃんという女だった。三十二三で、色が白く、目が大きく、睫毛の濃い女だった。私が初めて行き合わした晩、「失敬ですけれど、立ったままお酌をさせていただきますわ」と言ったので、私は特色を感じた。そういうエチケットがあるのかどうかは知らないが、そういうことを言われたのは初めてだったからである。引揚者らしいうらぶれた難はあったが、一寸鼻にかかった声で、からだのこなしにも、なんということなくコケットのある女で、私は気を引かれていたのだった。私が「今夜は送って行くよ」と言うと、「もう遅いから、いいですわ。それに遠いし」と遠慮して、肩に置かれた私の手をもぎ放そうとしたが、「いいよ、いいよ。どうせ遅くなり序だ」と言って、私は無理に同道して行った。途中から折れて、相当の道のりで、弁天町三丁目も野原に近くなっている所だが、以前私が野歩きをした時分に通った道だから、勝手は知っていた。小さな女学校や天理教の教会のそばを通って行く。某宮家の別邸であった時分には、一廓の林をなしていて、高い黒板塀で厳しく囲まれ、邸内の様子は覗うすべもなかった。戦争後、板塀がぶち壊されて、どこからでも出入勝手となって踏み荒らされ、用人の住宅であったらしい建物には、幾世帯も同居しているようで、子供達が騒ぎ、縁先には七輪などが散らばり、木から木へ渡した細引には、汚いおしめなどが干してあるといった工合で、何もかもまる見えになっていた。引揚者の寮に変ったのだった。喜久ちゃんはそこに住んでいるのだった。私は喜久ちゃんの肩を抱えるようにして、石地蔵を祀ってある所まで送って行った。そこは元別邸の角に当っていて、そこから右へ曲ると、表門になるのである。

「じゃア、ここで失敬するよ。」と言いざま、私は両手で女の温い首を引き寄せた。女は私の胸の上に額を載せた。私は女の耳に顔を寄せて「僕は家に帰っても、誰も待ってないんだ、これから帰ると、喜久ちゃんが、毛糸を編みながら、待ってるんだといいなア。」と、甘い声でささやいた。そう言うより早く、女はサッと頭を上げて言った。

「そうだったら、わたし、外へ出しませんわ。」

「ああ、そうか。」私は何んということなく満足を感じて、そう答えた。ここまで送って来た甲斐があったと思った。

「じゃア、左様なら。」私は女から離れた。

「こうなると、今度は私が送って行きたくなりますわ。」と、女は本気らしい気勢を示した。

「これからあんたに送られては、送って来た意味がなくなる。ここで失敬しよう。」

「月がいいですわね。」天心に細った月を仰ぎながら、女が言った。

「ああ、いい月だ。」

その時一匹の白犬が、表門の方から走って来て、女の裾にじゃれついた。

「おお、チロ、チロ。迎えに来たの。今一緒に帰るわ。」

女は犬の上にしゃがんで、犬の背を撫ではじめた。女のしゃがんでいる前は、少しばかり伸びた麦畑だった。私は振り返り振り返り帰って行った。月光を帯びた靄に霞んで、女と犬とは、大犬と小犬が並んでいるような黒い影に見えた。

「左様なら。」私はハンチングを振った。

「左様なら。」女の声が聞えた。

また一寸行くと、私は「左様なら」と言った。女も「左様なら」と言った。そんなことを三四度繰返し、最後に家並に入ろうとして、私が大きな声で「左様なら」と叫んだ時には、女の姿も犬の姿も、私の目に入らなかった。もう帰ったかも知れないと思いながら、私は当てずっぽうに叫んだのだった。するとまた、「左様なら」と微かになって、女の声が聞えて来た。女は動かないでいたのだ。女に実《じつ》を感じた私は、深夜の遠路も厭わず――遠路を遠路とも思わず、帰って来た。

私はまた、春ちゃんという女の子と一緒に帰って来たこともあった。私がたまさかに行った店の女の子だったが、歳よりもませた感じで、こちらの話に直ぐ乗って来るのが、時にはうるさく思われることがあった。生れが良さそうだと思っていたら、父親は外国通いの船の事務長をしていたのだが、戦争後失職しているので、お店で働かねばならぬということだった。私達は支那そば屋へ寄って、わんたんを食べた。歩いているうちに、ふと手と手が触れた。

「あら、先生の御手、冷いですわねえ。」

「うん、僕は冷え性なんだから。」

「冷え性にしても、ひどいですわねえ。わたしが温めて上げますわ。」

私はそのまま左手を渡した。女の子は私の手を取って腋の下に挟み、歩きながら、両手で私の手を撫でたり、さすったり、揉んだりしてくれた。

「先生の御手は、お歳の割に柔いですわねえ。」

「そうか。ペンしか持たないからねえ。君の手はまた、馬鹿に温ったかいねえ。」

「ええ、わたしは脂性ですから。」

「若い娘の手の感覚は、やっぱり気持が好いよ。」私はおどけて言った。

その時私達は、或る素封家の大きな屋敷の竹藪の蔭にさしかかっていた。女の子は突然、

「いやア」とおったまげた声を立てて、私のからだにしがみついた。私もびっくりした。

「どうしたの。」

「おお、怖かった。お巡りさんが藪にへばりついて、私達の方をじっと見詰めていたわ。」

「そうか。気附かなかった。」

私は振返ったが、巡査の姿は闇で見えなかった。これを機会に、私は揉んでもらってい
た手を外して、しっかりと彼女の肩に廻した。

「もう温まったから、揉んでもらわなくてもいい。」と私は言った。

「そう。本当にいいですの。」

女の子はオーバアのポケットから、手編みの毛糸の手袋を出して、手にはめた。試みに
指先を握ってみると、ゴツゴツした感じだった。

「先生は、今夜はあまりお飲みにならなかったですわねえ。」

「うん、血圧が高いから用心してるんだ。」

「それでですの。なんだか、お元気がなくて淋しそうでしたわ。」

「そうでもないつもりだが、心の底に引っかかることがあると、自分では気附かなくても、
やっぱりそれが外に現れるかも知れないねえ。」

「先生、おからだをお大事にねえ。」

「うん。大事にするよ。」私は女の子の言葉に情を感じていた。

「先生は、お幾つですの。」

「五十だ。君は?」

「そんなら、僕の娘と同い年だ。案外君は若いんだねえ。もっと年を取ってるかと思っていた。」

「数え年で二十一ですわ。」

そう言いつつ、春ちゃんの肩に廻していた私の手は、少し弛んだ。自分の娘と同年の女の子の肩に手をかけているのが、端ない所行に思われたのだった。

「先生のお嬢さんは、学校ですの。」

「うん。或る女子大学に行ってるよ。」若しかして、自分の娘と小学校で同級ではなかったかと思ったが、それは口をつぐんだ。

「いいですわねえ。頭がいいでしょうねえ。」

「別に頭は良くはないけど。」

「これからはお帰りになれば、炬燵をお蒲団の中に入れて、待ってるでしょうね。」

「さア、どうかなア。」

「先生がもし、わたしのお父さんだったら、とても親切にして上げるんだけど。」

「僕の娘は、ぞんざいなんでねえ。」

岐れ路へ来ていた。

「じゃア、お休み。ここで失敬するよ。」

「お休みなさい。先生、おからだをお大事にねえ。」

「有難う。」

女の子の靴音は、少しずつ遠のいて行った。

「ここで、一寸見送っていて上げるよ。」と私は叫んだ。

「先生、いいですわ。」女の子の白い顔が一寸振り返っていて、また歩き出した。

その時、ビールを主として飲んでいた私は、激しく尿意を催していた。私の立っている直ぐ下は、小さな泥溝だった。しかし私は怺えた。別れて直ぐ、ここで醜い小便の音を立てては、それがあたりに響いて、女の子の耳に入ると、艶消しになりそうに思えたからである。私は耳を澄まして、女の子の足音の聞えなくなるのを待った。足音が次第に薄れ、もう聞えなくなったと知ると、辛じて怺えていた私は、あたり構わず、放尿の音を立てた。

私の部屋の柱に、ハンチングが懸かっている。埃をかぶって白くなっている。元気な時分、私は毎夜のように、このハンチングを冠って、蹣跚蹌踉として帰ったものだった。時折、この埃をかぶったハンチングが私の目に停まる度に、ハンチングを冠らなくなってから久しいなアと、私は自分の病気に感慨を催すのである。或る晩、私はこのハンチングを冠ってみたくなった。丁度夕飯に呼ばれたのを幸い、私はこのハンチングを頭に載せて、「これを冠っていた時分が懐しいなア」と笑いながら、膳立ての出来た茶の間へ出て行った。しかし帽子を冠って、飯を食うわけにゆかないので、私は直ぐそれを脱いで、簞笥の上に置かねばならなかった。仕様事ない気持だった。

編者解説　上林暁の「私小説」について

坪内祐三

どうも私小説というのにはネガティブなイメージがつきまとう。

地味で、くすんで、イジイジして。

扱うテーマからして小説としての華やかさに欠ける。貧乏、病気、両親との確執、それから亡き妻との思い出など。

そういう私小説作家の代表選手が例えば尾崎一雄とこの上林暁だ。実際、学生時代、私小説害毒説——すなわち、日本の近代文学を悪しき方向にねじまげていった元凶は私小説であるという説——の半ば洗礼を受けていた私は、尾崎一雄や上林暁の作品を殆ど目にすることがなかった（そのくせ川崎長太郎や野口冨士男の作品は愛読していたのだけれど）。

それでも尾崎一雄の場合は自伝『あの日この日』全四巻が丁度その頃講談社文庫に収録されていったこともあって、少しはその世界になじんではいたのだが。上林暁の場合は。

転機となったのは大学院を出てブラブラしていた二十代終わりの頃。毎日これといった用事もなく、さりとて何もせずに時間だけがゆるやかに流れて行くのも不安で、私は、週に二回、定期的に都立中央図書館に通った。最初の内は漫然と色々な本を読み散らかしていたのだが、だんだんと読む本が絞られていった。その一つが筑摩書房の『上林暁全集』だった。

たしかその頃、私が愛読していた作家小林信彦が、かつてその全集を読破したことがあると何かで書いていたのを読み、小林氏ほどの読書巧者が全集を読破してしまうとは、かなり面白いのに違いないと思い、チャレンジしてみたのだ。それまで全然読んだことがなく、イメージは別として、具体的にその作品世界に対して予備知識がなかったことも幸いした。

読みはじめたら、これが止まらない。

特に感心したのは、その文章だ（なんて生意気なことを言うけれど、それぐらいの年齢の青年というものは、自分の文章力はさておき、他人の文章に対して生意気なものなのだ）。

上林の文章のどこが素晴しかったかというと、その独創性のなさ。これは上林自身が認めていて、「まともな文章」という随筆で、彼は、こう書いている。

私の文章には独創性がないことを、私は自認している。一目で判る、独得の文体を持たないのである。私はこれを、作家としてひけ目に感じている。

「ひけ目に感じている」というのは半ばは彼の本心であろうが、もう半分は、逆に、ひとつの自信の現われだろう。たしかな散文力を持っていることに対する。だから、続けて、彼は、こう語る。

その代り、私の文章はまともな文章ではないかと、私は自負している。本来の文章道に則って、相当正しい文章ではないかと思っているのである。正しいという意味は、文法的な踏み外しが少く、正確で、晦渋でなく、ケレンや誤魔化しを使わず、推敲も行きわたり、句読点にいたるまで心をつかい、かなり吟味した語彙や修辞を用いているということになるであろう。私は日本の文脈を踏まえている上に、西洋の文脈の影響も受けている。斬新ではないが、古臭くもない、面白さに感嘆させるところが少い反面、じっくり嚙みしめれば味が出ようということを狙っている。

プロの物書きになってあらためて痛感するのだが、こういった「まともな文章」を、つまり「斬新ではないが、古臭くもない」文章を書くのは、実は、とても難しい。まわりの物書きの人びとを見渡しても、この手の「まともな文章」を書ける人は、けっこう、数少ない（その数少ない一人が、先に名前をあげた小林信彦で、ひょっとすると小林氏は上林暁の文体的影響を受けているのかもしれない）。古風なんだけれど、どこか、ハイカラな香りもかすかにただよってくる、老舗の洋食屋のメニューのような文体。地味だけれど、けっしてくすんでいない文章。その文章に、まずは私は、はまったのだ。

ずんずんずんずん、いくらでも読めた。

しかも、また、その内容が、当時の私の無為な感じにピタリと来たのだ。上林暁の地味な私小説を読みながら、私は、三十歳近くにもなって何もしないで、こんな所で、こんな小説を読んでいて良いのだろうかと、不安に思いながら、一方、良いのだ良いのだ。まさに、これは、そういう人（低エントロピーの生活者）むけの小説なのだ、と、不安が恍惚へと転じて行くのを感じた。

そして、それらの小説群を読み進めて行く内に、私は、私小説というのは、これはなかなかあなどれないぞと思うようになった。例えば西洋指向のいわゆる本格小説などと比べても。

ここは小説とは何かを語る場ではないから、極めて手短かにすますけれど、日本の近代文学は、常に、西洋の文学スタイルをそのモデルとしてきた。それゆえ私小説は低く見られて来た。せいぜい評価されるにしても、その（西洋的な）小説の嫡子——自然主義文学の日本風のアレンジ——といった程度で。だが、実は、私小説こそは、西洋風の本格小説に拮抗しうる日本のもっとも有力な小説スタイルなのではないか。だからこそ私小説は、根強い批判がありながら、近代日本文学の中で、今に至るまで、一つの有力な流れとなり得ているのではないか。ここで思い出すのは福田恆存の例だ。雑誌『新潮』に連載され未完に終わった長編評論『独断的な、余りに独断的な』などに見られるように、福田氏は、中村光夫などと共に、田山花袋の「蒲団」や島崎藤村の『破戒』以来の日本風の自然主義的私小説への鋭く強力な批判者だった（私が若き日、私小説嫌いだったのは、福田氏の文学観に、そのまま染まっていたせいもある）。ところが福田氏は、大岡昇平とのある対談（「大岡文学の周辺」）で大岡氏から「あんたは私小説が好きなんだよ」と言われたことがあるように、実は、ある種の私小説の愛読者であり擁護者でもあった。太宰治や晩年の芥川龍之介の私小説的作品の、福田氏が、理解者であったことは良く知られている。そこに描かれるそのミニマルな世界こそが、日本人が、日本人に特有の、ある、深淵で永遠なるものに近づける道であることを。

つまり。

西洋には唯一の絶対的な神がいて、その神の視線のもとに市民社会が発達し、小説という文学ジャンルが生まれ成熟して行った。すると、絶対的な神ではなく、幾つもの小さな神さまたちが、こまごまといる日本の場合は？

読者はここで、この短篇集に収録された「いさかい」の巻末にある、「天の星を叩き落そうとは思わない、地の落花を掻き集めたい」という上林暁の省察を思い出してもらいたい。この省察は、また、彼の「私小説作法」と題する評論中の、次のような一節と重なり合うのだ。

> 私小説は、その性質上、作家の身辺日常生活を書く場合が多い。そのため、筋や事件の変化に乏しい。世界も視野も狭いといわれる。古い小説的なものを求めるひとには、それが不満のようで、しばしば「こんなものは小説ではない」との非難を受けがちである。
>
> しかし私小説家にしてみれば、自分が身辺日常生活で摑んだものが、何物にも代えがたく美しく真実に見えればこそ、飽くことを知らず、日常生活に即して書くのである。その意味では、私小説家は他人の思惑のために書くのでなく、自分のために書くのだといえよう。一旦そういう立場で書きはじめると、好い加減な空想で捏《でっ》ち上げたもの、浅薄な社会的視野をひろげたものなどは、手応えがなくて書く気がしなくなるのである。自己と自己の身辺日常生活を見詰めて書くということは、広い社会を描くのに劣らず、無限の仕事であると私は信ずる。一個の人体が、医学的見地から、無限の研究対象となるごとく、一個人の生活も、文学的見地から、無限の研究対象となるといっていいだろ

う。

最後に、この巻の構成について触れておこう。講談社文芸文庫の『白い屋形船／ブロンズの首』巻末の「作家案内」で文芸評論家の保昌正夫は、こう書いている。

自筆年譜の昭和二十二年に「この年初頭より酒を過ごしはじむ」とあるのには、「嬬恋い」の情もからんでいるだろうか。「過ごしはじむ」は、ただ「やり始めた」にとどまらず、文字どおり「過ごす」ことになって行ったようだ。作品にも「禁酒宣言」（昭24）、「酔態三昧」（昭25）などがあらわれる。高血圧となり、節酒を心がけたが、二十七年正月、軽い脳溢血となり、絶対安静四週間。以後三年、禁酒した。

上林暁は昭和二十一年六月、妻繁子（三十八歳）を病いで失なう。その時の体験を描いた名篇「聖ヨハネ病院にて」をはじめとするいわゆる病妻ものが、『晩春日記』（昭和二十一年）、『嬬恋ひ』（昭和二十二年）、『死者の声』（昭和二十三年）等の短篇集にまとめられていった。それに続く一節だが、以前は、「軽く一杯」で、「湯豆腐かなんかを肴に、コップに二杯も飲めば、好い気持になったものだった」上林も、この頃になると、ぐんぐんと酒量を増して行く。そしてその自らの「酔態」を描いた短篇を矢継ぎ早やに発表して行く。

例えば「いさかい」は『文芸往来』昭和二十四年十月号、「春寂寥」は『別冊文藝春秋』昭和二十四年十一月号、「魔の夜」は『小説新潮』昭和二十四年十一月号、「お竹さんのこと」は『中央公論』「文芸特集号第二号」（昭和二十四年十二月）といった具合に。

　これらの「酔態」作品は全集で言えば第七巻から第九巻までに集中しているのだが、かつて都立中央図書館で、これらの作品に目を通して行った時、いつか誰かが、この「酔態」ものだけを集めて一冊の短篇集をあめば面白いのに。代表作である病妻ものなどとはまた違った、上林ならではの――つまりその手の読者にはこたえられない――味わいが出て、あらたな読者が開拓出来るだろうに、などと夢想していた。その夢が、今回、ちくま文庫の青木さんのおかげで、私自身の手で現実となったのだから、これにまさる喜びはない。

　愛するものについて上手く語れないというロラン・バルトの言葉にあるように、いや、そもそも優れた私小説に解説など不要であるという私自身の躊躇の気持ちから、何だか中途半端な「編者解説」になってしまった。その代りといっては何だが、かつて雑誌『彷書月刊』の特集「飲み屋の宇宙」（一九九五年十一月号）に載った我が畏友、新進気鋭の日本文学者スタンレー鈴木の「上林暁の小説における「飲み屋」という「宇宙」」と題する評論を、同誌の好意により、ここに転載させていただく。

上林暁の小説における「飲み屋」という「宇宙」

スタンレー鈴木

かつてワタシはある雑誌（『クレア』一九九三年十一月号）に寄稿した論文（「カルトを超えたウルトラ・マイナーは偉大なニッポン文学」）の中でミニマリズム文学を、「ある種の欠落、肉体的あるいは精神的欠落が生み出した文学」と定義し、ニッポン版ミニマリスト作家として小沼丹、小山清、上林暁、木山捷平の名をあげたことがあります。

その時は紙数の都合もあって論じきれなかったのですが、アメリカのミニマリストたちと日本のミニマリストたちの間には、もちろん似ている点も多々あるのですが、非常に大きな相違点があります。

その一つが、ニッポン・ミニマリズム文学にしばしば登場する「飲み屋」という空間です。

コロラドのハイスクールでニッポン文学を読み始めたころ、ワタシは、どうしてもこの「飲み屋」という空間のことが理解できませんでした。

ワタシの住んでいたコロラドの田舎町にも、いわゆるバーやダイナーはありました。しかしその種の店の空間構造と「飲み屋」のそれとは、どうも大部異なっているようなのです。そして一番の違いは、「飲み屋」には必ず、「ママ」であるとか「マダム」であるとか、時には「オカミ」であるとか、さらに親しさを増してジョーレンになるとファースト・ネームで呼びかけることもできる、女性がいることです。ワタシが通っていたコロラドのダイナーにも、スーザンという名の金髪のオッパイの大きい子がいました。ワタシを含めて皆、その子がお目当てで、その店に通っていたのですが、その目的は、もちろん、彼女の肉体にありました。

ところが「飲み屋」の場合は違うのです。

「飲み屋」で働く女性はある種の神話性を帯びているのです。だいいち「ママ」と関係を持ったら近親相姦になってしまうし、「マダム」と関係を持つのはホスト・クラブのホストですし、毎日のように顔を合わせている「オカミ」サンと今さら肉体関係を持ちたいとは思いません。

つまり「飲み屋」の「ママ」は彼らを普通の日常世界（空間）から解放してくれる、神話世界の天使《エンジェル》、妖精《フェアリー》、女王《クイーン》なのです。

そこに「飲み屋」という空間の持つ特異性があります。

アメリカのミニマリズムの作品からは「神の不在」ということを強く感じさせますが、「飲み屋」というこの空間がしばしば登場するニッポンのミニマリズムの作品群を読むと、そこには、ささやかだけど、たしかな何かの実在を感じさせます。サムシング・イズ・ビーイング。まさに「飲み屋」という宇宙《コスモス》。これは大げさでしょうか。

実例をあげましょう。

アメリカのミニマリズムを代表する作家レイモンド・カーバーの作品世界と、上林暁のそれとは、一見すると、少し似ています。

どちらも酒好きで独身の中年男が多く主人公として登場します（独身といっても、カーバーの場合は妻に逃げられ、上林の場合は妻に先立たれ、という違いがあります）。

ところが、もうご察しの通り、酒を飲む場所が、まったく異なるのです。

カーバーの作品の男は一人自宅で酒を飲みます。それに対して、（やはり作者の分身である）上林の作品の男（たいていの場合武智さん）が酒を飲む場所は常に「飲み屋」です。対比的に言えば、カーバーの男は酒を飲むために酒を飲み、武智さんは「飲み屋」という「宇宙」を共有するために酒を飲むのです。

だから上林が「飲み屋」を舞台に描く連作短篇は、まさに、一つの宇宙的《コスモロジカル》な広がりを持ちます。それらの作品を初めてコロラドのカレッヂで読んだ時（このころには、ワタシは、「飲み屋」という空間を持つ神話性を学習していました。ただしそれを実際に体感するのは、のちに東京に遊学して知り合った編集者に新宿ゴールデン街に連れて行ってもらってからです）、ワタシは、ジェイムズ・ジョイスの長編『ユリシーズ』を思い浮かべました。ジョイスが何百頁も費やして描こうとした神話なき現代の神話世界を、上林は、わずか数十頁で描き尽しているのです。それもこれも上林が「飲み屋」という「宇宙」の住人だったからです。

いずれにせよこの時から、上林の住む（住んでいた）杉並区天沼二丁目及び阿佐ヶ谷駅界隈は、ワタシにとって、『ユリシーズ』におけるダブリンと同じ意味、重要性を持つようになりました。

ところで、筑摩書房の「新選現代日本文学全集」第八巻『上林暁全集』（昭和三十四年）の「月報」で、上林と親しかった批評家の河盛好蔵は、「僕は上林君の手ほどきを受けて、阿佐ヶ谷界隈の飲み屋のマダムを沢山紹介して貰った。『道草』『竜』『えにし』『洗心』みなそうである。思えば、あの頃、昭和二十三、四年時代は実によく飲んだものである」（傍点スタンレー）と書いていますが、実際、上林の「飲み屋」ものの秀作が矢継ぎ早に発表されるのは、昭和二十四、五年頃のことです。

より具体的に述べましょう。上林は昭和二十四年七月、自戒の念をこめて、「禁酒宣言」を発表します。しかし、読者にとっては喜ばしいことに、その念もむなしく、「飲み屋」通いを再開し、「お竹さんのこと」（昭和二十四年十二月）、「酔態三昧」（昭和二十五年二月）、「春浅き宵」（昭和二十五年五月）という「飲み屋の宇宙」を描く短篇を次々発表して行きます。

これらの作品群をワタシは、何度読み返したことでしょう。しかし何度読んでも、ワタシには、上林の描く阿佐ヶ谷界隈の「飲み屋の宇宙」を捕らえることができません。

例えば「酔態三昧」に、こういう一節が出て来ます。

〈私は、省線駅の南北にわたって、十数軒の顔馴染みの飲み屋が出来、多い晩には、七軒も九軒も経巡るというていたらくである。しまいには、勿論一銭もなくなっている。一銭も持たないで、見知らぬ店に飛び込んで、一杯飲ませてもらうことも珍らしくない〉。

十数軒というのは誇張ではありません。「或る女友達の家で、おひる過ぎから御馳走になって、その女友達が、映画『ハムレット』を見に行くのを、駅まで見送って、一人後に残ると、私は急に淋しくなって来た」と、短篇「春浅き宵」は書き始められて行きます。「淋しく」なった時、行く場所は、もちろん、「飲み屋」です。ところが時間が早過ぎて、一軒目の「不二の家」は、「錠が降りていて、まだマダムは出て来ていなかった」。足を延ばして「銀扇」へ行くと、「十五六の娘が顔を出して、小母さんは買物に出たということだった」。引き返して来て「桜川」に「狙いをつけ」ると、「十くらいの女の子が勉強をしているだけで、おかみはやはり買物に出ていた」。さらに「取って返して、『きさらぎ』を覗くと、ここの屋台でも、まだ女が出て来ていなかった」。「一酌亭」に行って見ても結果は同じだった。「『三平』と思ってみたが、あすこには三四千円の借金が溜っている」。結局落ちつけたのは、「たまにしか寄ら」ない「小雪」という「飲み屋」です。

その「たまにしか」行かない「小雪」に入って、「店の中を見廻し」ながら開口一番、

「随分きれいになりましたねえ」とお世辞を言い、さらに、「これから、チョコチョコ来ますよ」と武智さんが言葉を続けると、「小雪」の「マダム」は、「武智さんは、お蝶さんのお店ばかりでしょう」と答えます。

この一節を初めて目にした時、ワタシはとても驚きました（やはりミニマリズムの作家小沼丹なら、「スタンレーさんは喫驚した」と書く所です）。なぜならワタシは、年代順に作品が収録された筑摩書房の『上林暁全集』を、ここまで（第八巻の途中まで）一篇の読み落としもなく読み続けて来たのに、それまで彼の作品中で、「お蝶さん」という人の店など目にしたことがなかったからです。

ところがこの謎は、「小雪」の「マダム」の次のような一言で解けました。

「武智さん、お蝶さんのことを書いたお惚気小説、拝見しましたわ。」

つまり「お蝶さん」とは「お菊さん」あるいは「お竹さん」のことで、「お惚気小説」とは「春浅き宵」の半年前に執筆された「魔の夜」あるいは「お竹さんのこと」のどちらかだったのです。

「小雪」の「マダム」の言った「お惚気小説」とは一体、どちらの作品だったのでしょう。それはズバリ「お竹さんのこと」です。つまり「武智さん」が主人公の。

『小説新潮』に発表された「魔の夜」と『中央公論』文芸特集号に発表された「お竹さんのこと」を読み比べてみると、妻のいる作家「沢渡兼介」を主人公とした「魔の夜」の方がより読み物的であることがわかります。逆に言えば、「春浅き宵」と同じ「武智さん」を主人公とする「お竹さんのこと」の方が私小説（純文学）的であることが。「お竹さんのこと」は武智さんが「お竹さん」に惚れて振られるまでの経緯を描いた短篇です。武智さんのさ迷う「私小説」の神話世界、「飲み屋」という「宇宙」の中で「お竹さん《マダム・バンブー》」は「お蝶さん《マダム・バタフライ》」として飛び去って行ったのです。そしてその同様の題材を読み物小説的に描くと、「お竹さん」は、まるでフィッツジェラルドの『グレートギャツビー』の主人公が憧れるデイジーの名前を思わせる「お菊さん」というより「通俗」的な女性になってしまうのです。

新版解説

青柳いづみこ

上林暁は、井伏鱒二、太宰治、木山捷平、外村繁ら、中央線沿線の貧乏文士が集う「阿佐ヶ谷会」の主要メンバーの一人だった。亡祖父・青柳瑞穂が会場を提供していた関係から、母や叔母からよく話を聞かされた。

文士たちに会ったことはないが、手伝いに来ていた飲み屋のおかみたちは見たことがある。まだ学校に上がる前、自宅と地続きの祖父の家の庭で遊んでいると、台所の窓から和服に割烹着をつけ、洗い物をする女性が二人。

文士たちの行きつけの「みち草」と「龍」のおかみだろう。いずれも格式の高い飲み屋で、彼女たちが来るときは、元「ちどり」のおかみだった祖父の後添いは宴席に連なることなく、姿を消していた。

お竜さんは、大きな眼が印象的な可愛らしい女性で、むきたてのゆで卵のようなつるつるした肌が印象的だった。

祖父の評伝を書くために上林の妹、徳廣睦子さんが書かれた『兄の左手』を読んだとき、次の一節に出会ってびっくりしたことがある。

「たしか、昭和四十三、四年の初冬のころだったたと思う。浅見淵、青柳瑞穂、お竜さん、池田夫人という「龍」の常連の四人が、夜十二時過ぎ家に見えた。みんな酒気をおびていた。ちょうどビールがあったので、兄の枕元で三時ごろまで飲んだ。

浅見さんはいいご機嫌で、おはこだというロシヤ民謡「ボルガの歌」を、さびた声で歌ったりした。

『上林君は、お竜さんと再婚するとばかり思っていたんですよ。でも、上林君が渋ったんだよなあ』

浅見さんは私に言った。

お竜さんは黙っていた。

兄は鼾を立てていた。」

上林は、精神を患った妻を昭和二一年に亡くし、過度の飲酒から昭和二七年に最初の脳溢血を起こし、三年間は禁酒していたもののまた飲みはじめ、三七年に深刻な発作を起こして右半身不随になり、睦子さんが献身的な介護をなさっていた。上林が左手で書く文字を解読し、発表した小説は高い評価を得て、数々の文学賞も受賞している。『禁酒宣言』は、妻を亡くした上林が阿佐ヶ谷界隈を飲み倒していた時期に書かれたもので、「明月記」や「聖ヨハネ病院にて」など、いわゆる「病妻もの」と、発作後の作品の間に位置づけられる。

上林自身、「阿佐ヶ谷案内」という随筆の中で、「私は一時酒を飲み盛って、顔を利かせて飲める店が指折り数えてみると、二十三軒くらいはあった。阿佐ヶ谷花柳界という名を起したりして戯れたものだった。」と書いている。昭和二九年だから、最初の発作のあと禁酒していたころの文章だろう。

妻を亡くした寂しさから過度の飲酒に走った点では、昭和二三年に妻のとよを自死で失った祖父も同じだった。当時の日記には、飲み屋のおかみや手伝いの女性たちとの交渉がつぶさに描かれている。

そんな背景もあってか、上林の『禁酒宣言』は、酒よりもむしろ酒場の女性たちに焦点を当てて読んでみたくなる。

お竹さん、お菊さん、お園さん。私小説作家の上林のことだから、モデルは界隈のおかみたちなのだろうが、巧みな筆によって小説内の世界に活き活きと立ちのぼってくる。太宰治や祖父、やはり阿佐ヶ谷文士の藤原審爾などと違って艶福家という印象のない上林のイメージががらりと変わる。

『禁酒宣言』に共通するポイントのひとつは、帰郷である。地方出身の文士はときどき故郷に帰る。その間に店やおかみとの関係性が微妙に変化することもある。

『春寂寥』の武智は、以前は「源氏」に盛んに通っていたが、二月ほど里帰りしてからは「千鳥」に入り浸っている。ずいぶん浮気ですねぇと言われた武智はこう答える。

「酒呑みって、みんなそうしたものではないですかねえ。その点、薄情とも言えますねえ。気に入ったとなると、毎晩々々、うるさいほど通いながら、気に入らなくなったとなると、ぴたりと行かなくなりますからねえ。」

「魔の夜」のお菊さんは、作家の沢渡が九州まで帰る際、なんと沼津まで送って行くのである。それも、当初は熱海までの予定だったのに別れがたくて丹那トンネルを超えてしまったのだ。それなのに、五〇日ぶりに帰京してみると何だか雲行きがあやしくなっている。今のようにメールがない時代、通信手段は手紙。沢渡の手紙はなぜかお菊さんの元に届かないのだが、菊さんの手紙は届く。彼はその手紙を大事に持ち歩いている。しかし、お菊さんは留守中に他の飲み屋で沢渡の良くない評判を聞き、態度を変える。

沢渡は、「嫉妬だろ。僕たちの仲を妬くのだろ。」と受け流そうとするが、お菊さんは聞く耳もたない。

　おかみ同士の嫉妬もある。「お竹さんのこと」の作家武智は、「若竹」のおかみに、「田面」という店に行ったら武智の新作が置いてあって嫌な気がした、となじられる。「わたし、わたしにだけ下さったのかと思って、とても喜んでいたの。」

お竹さんにゾッコンの武智は妬かれていることに喜びを覚えるが、それが破局の遠因にもなっていく。

特別な部屋というセッティングもある。『暮夜』の作家、釘野は田舎から帰ってしばらく行きつけの「森の家」に寄れないでいる。

この店には一階と二階があり、親しい客は二階に通されるのが常だった。芸者上がりのおかみの私室で、三面鏡が備えられているので、釘野は自分の表情が洗いざらい映し出されるのを恐れて鏡を背にして座った。

「森の家」は釘野が東京を離れている間に経営者が変わり、おかみは娘と二人で二階に住んでいた。ある夜釘野は、娘が旅行で不在だからと二階の部屋に呼ばれる。「情婦のところへ通うようななまめかしい気持」で梯子段を昇る釘野。差し向かいでカストリ焼酎を飲むうち、窓に二人の影が映り、照れた釘野はそれとなく窓際から身をひくように努めた。

店を出るときおかみと握手した釘野がしばらくして振り返ると、見送っていたおかみは軽く会釈する。「もう一度振りかえると、野暮ったいと思われるぞ」と自らに言い聞かせる釘野。

この「別れ際」にも印象的なヴァリエーションがある。「魔の夜」のお菊さんは、自分から別れを突きつけても最後まで白い影となって見送っている。

いっぽう、「若竹」のおかみは、ラブラブのころは武智の帰り道に寄り添い、武智も引き返して抱きしめたり、お竹さんも男の姿が見えなくなるまで見送ったり、際限なかったのだが、いったん別離を決めると身を翻して逃げ去ってしまい、いくら探しても影も形もなかった。

こんなふうに、『禁酒宣言』、とりわけ「お竹さんのこと」にはヒリヒリするシーンが満載なのだが、私が一番衝撃を受けたのは次の一節。

武智が酒の勢いで、「お竹さんが、本当に僕の女房だったらいいなア。」と突っ込むと、お竹さんは、自分のような者にはとても勤まらないと控えめに返す。

武智は五〇歳、お竹さんは二九歳。「僕がもう十若かったらなア。」と歎く武智に「歳のことなんか考えませんわ。」とお竹さん。

感極まった武智は彼女を抱き締める。

「私はお竹さんを抱き締めたまま、目を落とすと、半腰に爪立ちになっているお竹さんの足の裏の汚れが、皺襞もありありと、間近かに迫って見えた。」

なかなかなもんであります。

（あおやぎ・いづみこ　ピアニスト、文筆家）

本書はちくま文庫のためのオリジナル編集です。
一九九九年、ちくま文庫より『禁酒宣言　上林暁・酒場小説集』として刊行されたものに新版文庫解説を加え、再編集をしています。

収録作品の中には今日の人権意識に照らし合わせて不適切と考えられる表現・語句等が含まれている場合がありますが、作品の描かれた時代的背景及び作品の文学的価値を鑑み、また著者が故人であることからおおむねそのままとしました。

ちくま文庫

新版《しんぱん》 禁酒宣言《きんしゅせんげん》——上林《かんばやし》 暁《あかつき》・酒場小説集《さかばしょうせつしゅう》

二〇二四年十一月十日　第一刷発行

著　者　上林　暁（かんばやし・あかつき）
編　者　坪内祐三（つぼうち・ゆうぞう）
発行者　増田健史
発行所　株式会社　筑摩書房
東京都台東区蔵前二—五—三　〒一一一—八七五五
電話番号　〇三—五六八七—二六〇一（代表）
装幀者　安野光雅
印刷所　株式会社精興社
製本所　株式会社積信堂

ISBN978-4-480-43988-8　C0193